6
고블린 슬레이어
GOBLIN SLAYER!
does not let
the dice.
© 2017 Noboru Kannatuki

"맞는데?"
"아니다."

"……당신은 뭐야?
저 녀석 부인이야?"

“고블린 슬레이어 씨이…….”

"무슨 일인가."
"승급 이야기가 나왔다는데 말이야."
"안된 건가."
"안된 모양이야."
© 2017 Noboru Kannatuki

"그래서,
흑요랑 백자 모험가분들은
어떤가요?"
"어떨지 모르지."

열심이다. 성실하다.
착한 소녀들이다.
그렇다 해도,
살아남을 거라 장담할 수는 없다.
“나는 모르겠다.”
“정말―.”

Contents

GOBLIN SLAYER!
He does not let anyone roll the dice.

고블린 슬레이어

GOBLIN SLAYER!

He does not let anyone roll the dice.

6

저자 카규 쿠모

일러스트 칸나츠키 노보루

고블린 슬레이어

인물 소개

CHARACTER PROFILE

—그러니까 나는.
놈들 입장에서 고블린이다.

고블린 슬레이어
Goblin Slayer

변경 도시에서 활동하는 별난 모험가. 고블린 토벌만 해서 은 등급(서열 3위)까지 올라간 희귀한 존재.

—지키고, 치유하고, 구하라.
『지모신의 세 마디 성스러운 구절』

여신관
Priestess

고블린 슬레이어와 콤비를 짠 마음씨 고운 소녀.
고블린 슬레이어의 무모한 행동에 휘둘리고 있다.

—무지한 자들이야말로
행복한 것이다.
알게 되는 것은 가장 커다란
기쁨이니까. 『엘프의 격언』

엘프 궁수
High Elf Archer

고블린 슬레이어와 모험을 함께 하는 엘프 소녀.
탐색자(레인저) 역할을 맡고 있는 굉장한 솜씨의 활잡이.

—그녀에게 중요한 것은,
언제나 날씨, 가축, 작물과
그 사람이다.

소치기 소녀
Cow Girl

고블린 슬레이어가 묵고 있는 목장에서 일하는 소녀.
고블린 슬레이어의 소꿉친구.

—펜과 종이도 없이, 어떻게
모험을 할 수 있을까요?

접수원 아가씨
Guild Girl

모험가 길드에서 일하는 여성.
고블린 퇴치를 솔선해서 하는 고블린 슬레이어 덕분에 언제나 마음의 짐을 덜고 있다.

—보석도 금속도 연마하기
전에는 모두 돌덩이로다.
사물을 겉모습으로만 판단하는
드워프는 이 세상에 없느니라.

드워프 도사 Dwarf Shaman

고블린 슬레이어와 모험을
함께 하는 드워프 술사.

—용은 도망치지 않는 법.

리자드맨 승려 Lizard Priest

고블린 슬레이어와 모험을
함께 하는 도마뱀 수인 승려.

나를 단련하고 칼날로 해치워라.
피가 나온다면 내 적이 아니다.
—강철의 비밀. 그 중 일부.

중장 전사 Heavy Warrior

변경 도시의 모험가 길드에
소속된 은 등급 모험가.
여기사를 포함한 변경 최고의
파티를 이끌고 있다.

—신비와 사랑은 혀로 자아낼
수록 쉽게 풀어지는 법. 하물며
여인의 아름다움은 어떠하리.

마녀 Sorceress

변경 도시의 모험가 길드에
소속된 은 등급의 모험가.

존경해 마땅한 적을,
내일의 벗이라 부르기는 싫다.
적어도 오늘은.

창잡이 Lancer

변경 도시의 모험가 길드에
소속된 은 등급의 모험가.

사랑이란 서로를 마주보는
것이 아니다.
같은 방향을 함께 보는 것이다.
—어느 시인.

검의 처녀 Sword Maiden

물의 도시에 있는 지고신 신전의
대주교. 과거에 마신왕과 싸운
금 등급의 모험가이기도 하다.

가자꾸나 모험가 나의 여행길아
기다림은 용인가 바위 거인(골렘)인가
혹여라도 사령의 기사 아니던가
전설속의 무구는 어디 있다던가
횃불자루 하나에 창을 짊어지고
무기하나 벗삼아 마음 편하구나

서쪽인가 동쪽인가 다리를 건너지나
건너지난 다음에는 죽는다 할지라도
바라는건 오로지 사랑 한가지라
왕녀라면 좋으나 사치 아니던가
하다못해 하룻밤 즐겨 지내보세
가자꾸나 모험가 나의 여행길아

제1장 『흔해빠진 봄의 하루』

동쪽에서 불어온 바람이 기분 좋게 산들거리는 계절이 되었다.

추위는 아주 살짝 자취를 남기며 쫓겨났고, 햇살은 부드럽고 따스하다.

변경 도시. 데이지가 피어난 언덕에서 한나절 이상 걸어간 곳의 광야에서도 크게 다른 것은 없었다.

그렇다. 광야였다.

그저 풀이 무성하게 우거졌으며 수풀이 퍼져있기만 하고 다른 건 아무것도 없다.

가도는 뻗어 있다. 마을과 마을, 도시와 도시의 거리를 생각하면 여관 하나쯤은 있어도 될 법한 장소.

그 광야에서 움직이는 것이 하나. 아니, 한 사람.

기묘한 모험가였다.

지저분한 가죽 갑옷, 싸구려 철 투구, 허리에는 어중간한 길이의 장검, 왼팔에는 자그마한 원형 방패.

새내기라도 그에 비하면 조금 더 나은 장비를 갖추고 있을 법한 그런 남자였다.

그는 묵묵히 가도를 걸어서 광야에 들어서더니 성큼성큼 거침없이 수풀을 헤치며 짓밟았다.

무슨 이정표라도 있는 것처럼 발걸음은 망설임이 없고 결단적이었다.

오른쪽으로, 왼쪽으로, 수풀을 헤치면서 걸어가기를…… 5분도 걸리지 않았으리라.

그는 멈춰 섰다.

역시 그곳에도, 아무것도 없었다.

그저. 그렇다. 수풀 속, 내디딘 신발에 밟힌 무언가가 부서지는 소리가 났다.

몸을 웅크려 집어보니 그것은 지독하게 그을린 숯이었다.

그걸 집은 손가락의 힘조차 이기지 못하고 검은 얼룩으로 변해버렸다.

무언가가 타고 남은 찌꺼기. 본래 나무였는지, 사람의 뼈였는지도 분명치 않았다…….

—바보 같군.

그는 괜한 생각을 잘라내듯 고개를 옆으로 저었다.

벌써, 10년이다.

타 들어간 사람의 뼈가 10년이나 들판에서 비바람을 맞으며 형태를 유지하고 있을 리 없었다.

혹여 남아 있다고 해도— 누구 것이란 말인가?

"……."

휘잉, 바람이 불었다.

돌고 도는 계절의 방문. 봄이 왔다는 것을 전하는 따스하고 부드러운 바람.

풀이 사르륵 흔들리고, 잔 파도처럼 광야를 지나 흘러갔다.

희미하게 물소리가 들렸다.

고개를 돌리자 기억에 남아 있던 장소에 연못이 있는 게 보였다.

문득 하늘을 보자 싫증이 날 정도로 투명한 파란 색이 한없이 펼쳐지고 있었다.

미약하게 떠오른 구름은 하얗고 색이 번진 것처럼 얇았다.

"……그래서, 어쨌다는 거지."

그는 손에 묻은 숯을 난잡하게 떨쳐내고 팽개쳤다.

그는 이것이 누나의 뼈가 아닌 걸 알고 있었다.

누나가 어떻게 됐는지를 알고 있었다.

누나의 피와 살과 뼈가 어떻게 됐는지 알고 있었다.

과거, 여기에 마을이 있었던 것을, 알고 있었다.

모험가의 훈련장이, 여기에 세워질 예정인 것도, 알고 있었다.

"……돌아가야겠군."

그가 이 마을의 주민이었다는 것을 아는 자는 그 말고 3명밖에 없었다.

고블린 슬레이어는 목장의 두 사람이 어떻게 생각하는지 물어보려고 하지 않았다.

§

"에헤헤헤……헷."

여신관이 볼이 느슨하게 풀며 웃었다.

봄여름가을겨울 언제나 모험가 길드는 떠들썩하지만, 봄이 되면 특히 혼잡해진다.

겨울잠이 끝난 괴물들이 나타나 마을들을 위협하고, 모아둔 돈을 겨울 동안 다 써버린 모험가도 있다.

또한 따뜻해졌으니까 이제부터 이름을 날리자면서 뜻을 가진 젊은이가 문을 두드리는 일도 많다.

"네~에, 다음, 15번 분. 3번 접수처까지 와주세요!"

"어이, 의뢰다, 의뢰! 하수도에 지저분한 것들이 들끓는다고! 손이 빈 녀석 있나!"

"무기와 방어구 준비는? 포션(물약)은 있군. 주문 암기는 했나? 피트 장대는…… 좋아, 가자!"

"미안하구랴. 우리 마을에 곰이 나왔수다. 그게, 회색 곰이라서."

직원들이 뛰어다니고, 모험가들이 소리를 지르고, 의뢰인의 설명이 날아다녔다.

축제처럼 밝다고 할 수만은 없지만, 활기가 넘치지 않는다고 하면 그런 거짓말도 없다.

그런 소란 속에서 여신관은 생글생글, 들썩들썩, 꽃처럼 피어나는 웃음을 참지 못하고 있었다.

대합실, 정위치가 된 기다란 의자에 오도카니 앉았다. 석장을 손에 들고 느슨한 볼을 숨길 생각도 없었다.

팔꿈치를 괴고서 멍하니 사람들을 보고 있던 엘프 궁수가 시선을 쓱 그녀에게 움직였다.

"꽤나 기분이 좋아 보이네……."

"그야, 저도 1년 지나서 2년째인걸요. 선배라고 말을 해도 용납되지 않을까요?"

"아아, 벌써 그렇게 되나?"

"네! 그리고 이제 그만 9위에서 8위로 승급해도 되지 않겠냐고 했어요."

흐흥. 가녀린 가슴을 펴고서 함박웃음을 지은 그녀는 파티 안에서도 최연소다.

엘프 궁수도 막내 같은 마음을 모르는 건 아니니까 기다란 귀를 기분 좋게 부르르 흔들었다.

—이럴 때는 조금, 언니 행세를 해도 되겠지?

"그렇다고, 우쭐하면 안 돼. 후위직은 파티의 요체니까."

검지를 척 세우고 우아하게 흔들며 타이르는 엘프 궁수에게 여신관이 순순히 고개를 끄덕였다.

"네에, 알고 있어요."

그 금발을 엘프 궁수가 살짝 빗어내 줬다. 키득키득 웃으며 여신관이 눈웃음을 지었다.

정말로 귀여운 여동생 같은 아이다. 그렇게 말하면 또 드워프 도사 녀석이 놀리겠지.

"뭐, 하지만 떠들썩하네."

엘프 궁수는 의식적으로 시선을 길드의 홀에 모인 모험가들에게 보냈다.

정확히는 모험가 지망자, 라고 해야 할까? 아니…….

—「**지망**[#1]」이라는 건 안 좋아.

엘프 궁수는 마음속으로 「모험가 희망자」라고 정정했다. 희망. 그

#1 지망 일본어에서는 「지망(志望)」과 「사망(死亡)」의 발음이 둘 다 「시보우(しぼう)」로 같다.

래, 좋은 말이다.

그 모험가 희망자들이 접수처를 향해서 주욱 기다란 뱀처럼 줄을 서고 있었다.

전사가 있고, 마술사가 있고, 승려가 있고, 척후(스카우트)가 있고, 종족도 성별도 연령도 다양하다.

공통된 것은 꿈으로 타오르는 눈동자와 그들이 입고 있는 장비들.

가격표가 붙어 있을 법한 상처 하나 없는 깔끔한 것부터, 녹을 떨어낸 오래된 강자들의 것까지.

장비의 질이야 새내기답게 높지는 않지만 모두 다 번쩍일 정도로 닦아내서 빛나고 있었다.

"흐흠."

엘프 궁수가 중얼거리며 기다란 귀를 흔들었다.

"오르크볼그한테 본받으라고 해볼까?"

"고블린 슬레이어 씨는 빛나는 거 싫어하는 모양이니까요."

어렵지 않을까요?

여신관이 중얼거리고 문득 얼굴을 붉히더니 어색한 기색으로 몸을 꿈틀거렸다.

"왜 그래?"

"아뇨."

엘프 궁수가 물었지만 조용히 중얼거리며 눈길만 돌린다.

엘프 궁수는 의문부호 몇 개를 머리 근처에 떠올리고서 고개를 갸웃거리더니 금세 이해했다.

하긴 무리도 아니지.

선배 모험가, 그것도 아리따운 아가씨가 두 사람. 게다가 한쪽은 상위 숲 종족
하이 엘프.

모험가 희망자들이 기다리는 시간 동안 흘끔흘끔 시선을 보내는 것이다.

"우와……. 이쁜 누나들이다……."

"역시 말이야, 모험가가 되면 저런 애랑 사이좋게 지낼 수 있는 거구나—."

"엘프라, 좋겠다……."

흥, 엘프 궁수는 콧방귀를 뀌었다. 엘프 상대로 비밀 이야기를 할 수 있는 줄 아나 봐.

하이 엘프라서 주목을 받는 것보다는 은 등급으로 봐주면 좋겠는데…….

"작년에는 저도, 저기 서 있었는데요……."

가녀린 가슴을 내밀며 목에 건 인식표를 강조하는 엘프 궁수에 비해, 여신관은 가슴팍을 쥐었다.

거기에는 백자에서 흑요로, 다시 말해서 10위에서 9위로 승급한 증거인 인식표가 흔들리고 있었다.

"이렇게까지 많지는, 않았어요."

그때 그녀도 저들처럼 주위의 대화에 귀를 기울이며 놀라고 있었다.

그 즈음부터 계획이 있었던 훈련장의 개설.

고블린 로드의 습격이다 뭐다 소동이 이어진 탓에 계획이 늦어지고 지지부진하면서 1년.

그 계획이 이제 와서 갑자기 급하게 진행된 이유를 두 사람은 알

고 있었다.
"편지, 읽으셨어요?"
"읽었어, 읽었어. 당연하지!"
엘프 궁수는 여신관에게 대답하면서 주머니에서 접어둔 편지를 삭 꺼냈다.
몇 번이고 펼쳐서 읽어보고 접었으리라. 접은 흔적이 선명하게 남아 있었다.
"가지고 다니셨어요?"
"그거야, 친구의 편지잖아. 너는 달라?"
"저는 방에. 지모신 님께 맡겼어요."
친구니까요. 여신관이 수줍은 기색으로 미소 지었다.
친구— 영애 검사. 몇 개월 전에 북방의 고블린 요새에서 함께 싸운 모험가 소녀.
동료를 잃고, 자신도 유린당하고, 그러나 열심히 버티고 있던 모습의 기억이 아직도 선명하다.
사선을 헤쳐나가는 가운데 심경의 변화가 생겼으리라.
영애 검사는 가출이나 마찬가지로 뛰쳐나왔던 고향으로 돌아간다고, 그렇게 말했다.
그 이후로 그녀와는 편지를 나누는 나날이 이어지고 있는데…….
"신입 모험가를 위해서 기부를 한다더니……. 움직임이 참 빨라."
"네. 정말로요."
모험가로서가 아니라, 지원하는 쪽으로서 싸우겠습니다.
편지는 그렇게 끝을 맺고 있었다.

고지식하고 줄을 딱 맞춘 정중한 필치는 그 아가씨의 성격 그 자체 같아서 호감이 간다.

가족하고도 어떻게 화해를 했다. 또다시 모두와 만나고 싶다. 내용은 많지 않지만 그렇게 적혀 있었다.

"오기를 부리는 건 여전하지만 말야."

"후후……."

엘프 궁수가 입으로는 그렇게 말하면서도 소중한 손놀림으로 편지를 접었다. 그걸 보면 속마음은 말할 것도 없었다.

여신관도 같은 마음이었다.

고블린의 음침하고 참혹한 행위를 눈앞에서 봤다, 라는 의미에서는 여신관도 그녀와 마찬가지였다.

그저 간발의 차이로 구원이 늦지 않았는가 늦었는가, 주사위 눈의 차이밖에 없었다.

그렇기 때문에, 그녀가 아직도 「오기를 부리고 있다」는 것은 더할 나위 없이 격려가 되는 것이다.

꺾이지 않았다.

여신관도, 그녀도.

"……역시, 처음에 뭔가 배울 수 있느냐 없느냐가, 중요하겠죠."

"어떨려나—. 나는 그다지, 그렇게까지 의미가 있는 건 아닌 것 같기도 해."

그 애의 노력을 부정할 생각은 없지만.

의문스레 눈썹을 찌푸리는 여신관에게 엘프 궁수가 훌쩍 손을 흔들었다.

"뭘 배웠다고 해도, 바보 같은 짓을 하는 녀석은 하잖아?"

"하지만 배우지 않으면 뭐가 잘못인지도 모르잖아요."

예를 들어…… 예를 들어, 그렇다. 몇 가지 있다.

대화에 열중하느라 전위와 후위 사이가 너무 가까워지면 안 된다.

외길이라고 후방 경계를 소홀히 하면 안 된다.

그리고, 고블린이라고 얕봐선 안 된다.

생각해보면…… 그 첫 모험에서 얻은 교훈은, 대단히 대단히 많았다.

"아아, 딱히 말야. 부정하는 건 아니야. 그저……."

여신관의 침울한 표정을 어떻게 받아들였는지 엘프 궁수가 경쾌하게 손을 흔들었다.

"남의 이야기를 안 듣는 녀석은 절대로 안 들으니까. 예를 들어서…… 그렇지, 드워프(난쟁이)라든가."

"이것아. 다 들린다, 길쭉귀야."

불쑥. 엘프 궁수의 어깨너머, 긴 의자의 등 뒤에서 낮게 으르렁대는 목소리가 날아왔다.

"흐흥."

만족스레 웃은 그녀는 자신만만하게 기다란 귀를 흔들었다.

"들리라고 한 말이니까, 안 들리면 곤란하지."

돌아본 곳에는 머리가 벗겨져가는 드워프 도사가 긴 의자의 등받이를 붙잡고 찌릿 노려보고 있었다.

대낮인데도 얼굴이 붉은 것은 가볍게 술을 마셨기 때문이리라.

그렇지만 드워프란 것은 오히려 그게 당연한 것이다.

꺼억. 숨을 일부러 내쉬자 엘프 궁수가 콜록콜록 가볍게 기침을 했다.

“그리고―. 엘프가 외려 남 말은 못 듣지 않느냐?”

“어머, 드워프보다 귀는 좋거든?”

“거봐라. 모루에게는 비아냥도 안 통하느니라.”

“누가 모루야……!”

“네 가슴에 손을 대보면 알 수 있을 게다.”

“뭐라고오오!”

시끌벅적, 평소와 같은 대화.

처음에는 당황하기만 했던 여신관도 이제는 이 떠들썩함이 듣기 좋았다.

싸울수록 사이가 좋은 건지 아닌지는 모르지만, 좋은 파티다. 그 생각이 들었다.

이제는 모험가 길드 사람들에게도 익숙한 일이다.

1년 만에 완전히 익숙해진 그들이 오고 갈 때마다 여신관이 눈인사를 했다.

“후, 후후, 떠들썩하, 네.”

“너무 소란 떨지 좀 마라. 신참들한테 체면이 안 서잖아.”

요염하게 미소 짓는 마녀와 떨떠름한 표정을 지으면서 말을 거는 창잡이.

“거봐. 그러니까 내가 말했잖아. 저렇게 교류하는 게 좋은 연대감으로 이어진다고…….”

“아~ 정말, 술주정의 변명으로 억지를 부리지마. 너 질서이자 선(Lawful Good)이라며.”

중장 전사와 여기사가 투닥거리는 대화를 나누면서 복도를 활보했다.

“안녕하세요!”

“여러분, 좋은 아침이네요.”

“야아, 오늘도 무운을 빌어.”

소년 척후, 레아(들판 종족) 소녀 무술사(드루이드), 그리고 하프 엘프 경장 검사가 신경 쓰지 않고 지나갔다.

“오, 곱슬 씨네 파티다. 안녕!”

“잠깐, 좀! 인사를 할 거면 제대로 해야지. 내가 창피하잖아!”

나이가 가까운 신참 전사가 허물없이 인사를 하자 수습 성녀가 옆구리를 찔렀다.

평소와 같다. 아무것도 변함없다.

“야아야아, 오늘도 다들 모였군. 사이가 좋으니 좋은 일일세.”

뒤늦게 불쑥 얼굴을 내미는 거구가 있었다.

온몸은 비늘로 뒤덮였고, 기묘한 옷차림을 한 리자드맨(도마뱀 수인) 승려였다.

그는 왁자지껄하게 말다툼을 벌이는 동료 두 사람을 유쾌한 기색으로 보더니 눈을 빙글 돌렸다.

일단은 개입하는 건 조금 나중에 해도 된다고 생각했는지 느긋한 태도였다.

그는 여신관을 돌아보더니 당연한 예의로서 기괴한 손놀림으로 합장하며 인사를 했다.

“제법 따스해져서 다들 마음이 풀어진 듯 하군. 소승도 따스한 공기가 고맙다네.”

"겨울에는 힘들어 보였으니까요."

"아무렴."

여신관이 목 안쪽으로 키득 웃으면서 말하자, 그는 묵직하게 고개를 끄덕였다.

"무시무시한 용도 빙하는 당해낼 수 없었지. 자연과 세상의 이치는 참으로 무시무시한 것이라네."

리자드맨은 보이는 그대로 추위에 약하다.

그것은 그들이 남방의 밀림에서 태어나 자란 탓일까? 아니면 파충류의 성질이 많이 남아 있는 탓일까?

어느 쪽이든, 지난번 설산의 탐색에서는 이 리자드맨 승려가 무척이나 고생을 했었다.

"하지만 아이스 드래곤(빙설룡(氷雪龍))이라는 눈보라의 브레스(숨결)를 뿜어내는 용도 있다고 하는데요?"

"내 친척뻘 중에는 그런 자가 없다네."

어디까지가 진심이고 농담일까? 그것을 구분하기 어려운 경쾌함이, 참으로 고지식해 보이는 말투에 서려 있었다.

리자드맨 승려는 빙글 고개를 돌려 신참 모험가들로 붐비는 길드 안을 돌아보았다.

"헌데, 소귀 살해자 선생은?"

"아, 네. 어제 어디 좀 나갔다 오시느라 오늘은 조금 늦는다고 하셨어요."

"허허어. 그것은 드문 일이로군."

"네, 정말로."

이제 곧 올 것 같은데요. 그렇게 말하는 여신관도 같은 의견이었다.

고블린 슬레이어.

그 기묘한 모험가가 쉬는 날에 어딘가 외출하는 것 따위 상상도 안 된다.

목장의 소치기 소녀 말로는 휴식하는 날에도 무구와 장비 준비에 여념이 없다고 하니까…….

요전 축제에서도 접수원 아가씨나 소치기 소녀가 같이 다니긴 했지만 하염없이 도시의 방비를 굳히고 있었다고 한다.

그렇잖아도 혼자서 묵묵히 고블린 퇴치를 하러 가니까 내버려 둘 수가 없는데.

정말이지, 참. 여신관의 입에서 친근함이 담긴 한숨도 흘러나오는 법이다.

"정말, 못 말리는 사람이라니까요."

그때—.

술렁. 술렁. 모험가 길드의 소란에 술렁거림이 일어났다.

스윙도어를 밀면서 모험가 한 사람이 들어온 것이다.

성큼성큼, 난폭하고 거침없는 발걸음으로.

싸구려 철 투구에 지저분한 가죽 갑옷. 허리에 찬 어중간한 길이의 장검. 왼손에 고정한 자그마한 원형 방패.

신입 모험가라도 조금 더 나은 차림새를 하지 않을까 싶은 꼴.

그러나 가슴 앞에서 흔들리는 인식표는 은. 제3위, 은 등급의 증거.

"고블린 슬레이어 씨!"

여신관이 외치자 신입들 사이에서 키득키득 웃음소리가 들렸다.

소귀를 죽이는 자? 가장 약한 괴물인 고블린을?

그런 가운데, 웃지 않는 자도 있었다.

5년 동안 그가 구해내며 다닌 마을은 많다. 그 마을에서 모험가가 되고자 여행을 떠난 자도 있다.

그들은 혼자서 고블린을 퇴치한 모험가를 잘 알고 있었다.

노래로 들은 자도 있을 것이다. 황당무계하긴 해도, 변경에서 활약하는 고블린 살해자의 노래를 말이다.

그러나 웃음이 일어나는 것도 무리는 아니었다.

그들 대부분은 아직 고블린 퇴치를 경험한 적이 없으니까…….

경험했다고 해도, 고작해야 마을 변두리에 나타난 것을 내쫓은 정도.

그리고 설령 동굴 안에 들어간 경험이 있다고 해도 변하지 않는 것이 하나 있었다.

고블린은, 가장 약한 괴물이라는 사실.

"그래."

그것을 송두리째 개의치 않고서, 고블린 슬레이어는 고개를 끄덕였다.

"벌써, 모두 와 있었나."

"오르크볼그가 늦은 거야!"

낭랑하고 시원스런 목소리의 엘프 궁수.

말다툼을 가볍게 끝낸 그녀는 검지를 우아하게 세우고 척 그를 가리켰다.

버들잎 같은 눈썹과 마찬가지로 곤두선 기다란 귀가 커다랗게 흔들렸다. 기다리다 싫증난 것을 여실하게 말해주고 있었다.

그녀는 콧김을 뿜어내더니 거드름을 피우며 팔짱을 끼었다.

"그래서, 오늘은 어떡할 건데?"

"고블린 퇴치다."

"그야 그럴 테지."

드워프 도사가 큭큭 삐걱거리는 웃음소리를 내면서 기다란 수염을 매만졌다.

"카미키리마루에게 맡기면, 뭐, 그야 고블린 퇴치가 아닌 모험이 되질 않는 법이니라."

"우으……."

"무슨 희망사항이 있다면 듣겠다만."

고블린 슬레이어가 그렇게 말하자 여신관의 볼이 살짝 느슨해졌다.

1년 전과 비교하면 그도 상당히 둥글어진— 것 같은 생각이 들었다.

나는 어떨까? 변했을까? 성장했을까?

그리 간단히 알 수 있는 것도 아니지만.

"뭐, 소승으로서는 공덕이 된다면 뭐든지 상관없다네."

찰싹. 찰싹. 리자드맨 승려가 꼬리를 휘둘러 바닥을 때렸다.

"고블린 퇴치. 사실은 꽤나 중요한 일이 아닌가? 봄이 시작되는 무렵이라면 놈들도 많을 걸세."

"……우으응."

엘프 궁수가 잠깐 끙끙대더니 포기한 기색으로 손을 들었다.

"알았어. 알았다고. 좋아, 고블린 퇴치. 같이 가주겠어."

"고맙다."

조용히 중얼거린 고블린 슬레이어가 삭 뒤로 돌아서버렸다.

그대로 성큼성큼 모험가가 늘어선 접수처로 걸었다.

늘어선 신입 모험가들이 기이한 것을 보는 시선으로 보지만 그는 전혀 신경 쓰지 않았다.

"오, 고블린 슬레이어! 또 고블린 퇴치냐?"

그에 비해 익숙한 모험가들이 허물없이 말을 걸자 그는 고개를 끄덕였다.

"그래. 고블린이다."

"질리지도 않는군."

"우리는 좀 멀리 간다. 유적 탐색이야."

"그런가."

"조심해라—."

"그래."

그 모습 또한, 아무것도 모르는 신입들은 이해하기 어려울지도 모른다.

그들은 서로 마주 보더니 소근소근 작은 목소리로 뭔가 속삭였다.

멀리서 고블린 슬레이어를 기다리는 엘프 궁수가 여신관 옆에서 표정을 찡그렸다.

여신관은 무심코 엘프 궁수의 기다란 귀 곁으로 입술을 가까이 대고 작게 속삭였다.

"……뭐라고들 하는 거죠?"

"안 듣는 편이 좋아."

하긴, 안 들어도 대강 짐작은 간다.

"우으."

여신관도 살짝 볼을 부풀리고 입술을 삐죽거리고 있지만 딱히 도움이 되지 않았다.

리자드맨 승려와 드워프 도사가 표연한 태도를 취하는 게 어쩐지 납득이 안 갔다.

§

"네, 다음 분—."

동료들이 기다리고 있는 동안에도 모험가들이 볼일을 마치고, 이윽고 줄이 줄어든다.

담담하고 의무적으로 대응하던 접수원 아가씨가 고개를 들자 지저분한 철 투구가 보였다.

지어낸 웃음이 달라붙어 있던 그녀의 얼굴에 확 커다란 꽃이 피었다.

"고블린 슬레이어 씨!"

"고블린이다. 있나?"

"물론이죠! 제가 잘 챙겨놨어요. ……사실은 남아 버렸을 뿐이지만요."

접수원은 장난스레 서류로 입가를 가리고 혀를 내밀더니 선반에서 의뢰서를 꺼냈다.

익숙한 손놀림으로 정리정돈 된 서류는 그녀의 우수한 일처리 능력을 단적으로 드러내고 있었다.

이윽고 손톱이 예쁘게 다듬어진 손가락이 몇 개의 의뢰서를 늘어놓고 그에게 제시했다.

수는 5장.

"규모는 그리 커다란 거나 특별해 보이는 건 없지만요……."

"의뢰 자체의 수가 많은 모양이군."

"네. 역시 봄이라서 그럴까요? 고블린도 활동이 늘어났나 봐요."

"늘 있는 일이다."

"이것도 신입 분들이 받아간 다음인데 말이죠?"

"할 수 있어 보이던가?"

고블린 슬레이어가 단적으로 묻자 접수원은 모양이 예쁜 눈썹을 찌푸리고 말이 없었다.

알 수 없다는 것이다.

어지간히 주의 깊은 파티가 아니면 돌아올지 아닐지는 주사위 나름이다.

천상의 신들이 던지는 숙명과 우연의 주사위는 신들조차 자기 맘대로 하지 못한다.

접수원은 고블린 슬레이어 어깨 너머로 신입 모험가들의 줄을 보았다.

몇 건 정도는 그들에게 맡겨야 할까? 아닐까?

조금 생각하고서 고블린 슬레이어를 올려다보았다.

"……부탁드릴 수 있을까요?"

"상관없다."

고블린 슬레이어는 주저 없이 말했다.

"받아간 것도 보여주겠나."

"언제나 정말로, 죄송해요."

모험가는 자기책임의 직업이다.

그리고 모험가 길드는 결코 상조 조직이 아니다.

다른 직업 조합과 달리 도제 제도도 없고, 모험가에게 이것저것 강제할 수 있는 입장도 아니다.

길드에 소속된 모험가의 신원을 보증하고, 일을 알선하며, 선을 넘으면 추방한다.

그것은 결코 편한 일이 아니었다.

이제 갓 들어온 신입에게 일일이 자잘하게 신경을 써주는 일이 가능할 리 없었다.

하물며 고블린 퇴치 정도의 뒷바라지 따위를 어떻게 해주겠는가?

접수원의 얼굴에 어쩐지 울적한 표정이 떠오르는 것도 무리가 아니었다.

"훈련장이 생기면, 이런 고생을 끼치지 않을 수 있겠지만요……."

고블린 슬레이어는 그 말에 대답하지 않고 묵묵히 의뢰서를 넘겼다.

내용은 다들 흔했다.

마을 근처에 고블린이 소굴을 만들었소. 퇴치해주시오.

가축이나 작물에 피해가 생긴 곳, 안 생긴 곳.

이미 사람이 잡혀간 곳, 잡혀가지 않은 곳.

고블린 슬레이어는 여성이 잡혀갔다는 보고가 있는 것을 서류더미 위로 다시 정리했다.

모험가가 이미 갔다는 곳은 아래쪽으로 보낸다. 아직 피해가 가벼운 곳은 가운데.

전부 10건 있었다. 그럼에도 그는 태연하게 말했다.

"이 순서대로 다 돌아보지."

"네, 알겠습니다. 조심하셔야 돼요! 아, 그리고 포션은……."

"받지."

고블린 슬레이어는 흘끔 등 뒤의 동료들을 살폈다. 다섯, 아니, 예비를 넣어서 여섯.

"힐(치유), 안티 도트(해독), 스태미나(강장). 여섯 개씩 부탁한다."

"네에!"

가방에서 금화 18닢을 꺼내 카운터에 놓자 접수원이 신이 나서 물건을 가지러 갔다.

고블린 퇴치에 포션 18개!

멀리서 눈여겨보던 신입들의 술렁거림이 잔 파도가 겹치는 것처럼 커졌다.

주의 깊다고 해야 할지, 겁이 많다고 해야 할지. 어느 쪽이든 말도 안 된다.

명백하게 조소를 짓는 자도 있을 정도였지만, 질투나 시기도 있을 것이다.

누가 뭐래도 그들은 제대로 된 무구를 갖추느라 대부분이 지갑에 여유가 없었다.

고작해야 포션을 하나 정도 살 수 있을까 없을까다. 파티 전부의 지갑을 합친다면 모를까.

그것을 18개. 사람 수를 넘어 예비까지 포함해서!

그런 짓을 태연하게, 마치 자랑하는 것처럼 해버리면 다들 이런저런 생각이 드는 법이다.

"그러면, 네. 이걸로 18개……군요. 확인 부탁 드려요!"

"그래."

"그럼, 조심하세요!"

물론 고블린 슬레이어는 신경 쓰지 않았다.

§

미소 짓는 접수원의 배웅을 받으며 돌아온 그가 맨 처음 한 일은 끈을 꺼내는 것이었다.

털썩. 의자에 앉은 그는 이어서 18개의 작은 병을 죽 늘어놓았다.

3색의 작은 병 중에서, 힐 포션에 우선 끈을 묶었다.

다음, 안티 도트에는 그냥 묶는 게 아니라 매듭을 괜히 하나 더 만들어둔다.

그리고 스태미나 포션에는 매듭을 더욱이 하나 더 묶어서 3개.

종류별로 다른 수의 매듭이 되도록 끈을 감았다.

—지금까지 본 적이 없는 작업이네.

흥미진진. 엘프 궁수가 기다란 귀를 흔들면서 눈빛을 반짝거리더니 작업하는 손을 들여다보았다.

"저기, 오르크볼그? 뭐 하는 거야?"

"요즘 들어서, 포션을 급하게 마시는 일이 많았으니까."

숲의 향기가 살포시 풍겨오지만 고블린 슬레이어는 태연하게 기계적으로 손을 움직였다.

"손으로 만졌을 때 헷갈리지 않도록 하는 거다."
"아, 저도 도울게요!"
"부탁하지."
정성스럽고 갸륵하게 말한 여신관에게 고블린 슬레이어가 살짝 움직여 자리를 비워줬다.
거기에 살며시 작은 엉덩이로 앉은 그녀는 꼼꼼하고 정성스레 끈을 묶기 시작했다.
한편으로 엘프 궁수는 한 세트 만들어진 병 세 개를「내 거」라면서 멋대로 집어 들었다.
"너는 말이다, 길쭉귀 처녀야."
드워프 도사가 한숨을 쉬었다.
"좀 더 뭐냐, 사양할 줄 모르느냐?"
"어머, 그래?"
엘프 궁수는 새침한 표정으로 기다란 귀를 흔들었다.
"드워프만큼 욕심쟁이는 아니거든?"
그녀는 사뭇 당연하다는 태도로 지갑에서 금화 3닢을 꺼내 손가락으로 튕기더니 의자 위에 놓았다.
"음."
한 발 늦은 드워프 도사도 마찬가지로 금화 3닢을 의자 위에 놓았다.
"딱히 상관없다만."
작업하는 손에 눈을 — 정확하게는 투구를 — 향한 채, 고블린 슬레이어가 짧게 말했다.
"그럴 수야 없는 법이니라."

드워프 도사가 확실하게 고개를 옆으로 저었다.

"돈과 도구는 동료 사이에서 더욱 확실히 해야지."

"그런가."

"그런데, 이것저것 수를 생각해내는구나."

"이런 자잘한 수는 효과가 있다."

"저, 저도, 끝나고 나면 낼게요."

"……그래."

"어디, 소승도……."

리자드맨 승려가 금화를 꺼내 의자에 놓은 것과 동시에, 조금 기이한 일이 일어났다.

"저, 저기……."

누군가가 조심스럽게 파티에게 말을 건 것이다.

리자드맨 승려가 돌아보니 척 보기에도 새내기. 말끔한 장비의 전사였다.

꽤나 몸집이 작은 소녀— 살짝 뾰족한 귀를 보니 알겠다. 초원의 백성, 레아다.

말끔한 장비. 쭉 뻗은 다리를 레깅스로 감싸고 있지만 레아답게 복숭아뼈부터는 맨발이었다.

레아 소녀는 긴장한 표정이고, 그녀의 등 뒤에는 조심조심 그녀를 바라보는 그녀의 동료들이 있었다.

그녀는 파티를 둘러보고는 어째선지 제일 말을 걸기 쉽다고 생각한 것처럼 리자드맨 승려를 보았다.

"저기, 뭘, 하고 있는 건가요?"

"흐흠."

리자드맨 승려는 친근함을 보이려고 한 건지 눈을 살며시 가늘게 떴다. 소녀가 움찔거렸다.

"포션에 말일세."

비늘이 돋은 손가락으로 병을 집어 훌쩍 들어올렸다. 참방거리는 물소리. 힐 포션.

"급하게 꺼낼 때 착각하지 않도록, 표시를 하는 걸세."

"표시를……."

"왜냐하면, 쓸 때마다 일일이 확인할 수 있다고 장담할 수 없지 않은가?"

아하, 그렇구나. 소녀는 감탄한 표정을 지으며 몇 번이고 고개를 끄덕였다.

"말해두지만."

그쪽을 돌아보지도 않고 고블린 슬레이어가 조용히 말했다.

"뭐든지 다 표시를 해도 기억 못한다."

"아……. 에, 에이이. 그런 짓은, 안 해요……. 하하."

짐작하건대 물품에 죄다 표시를 해둬야겠다고 생각했으리라. 소녀의 표정이 굳었다.

엘프 궁수가 키득거리며 방울소리 같은 웃음을 흘리자, 소녀가 곧장 얼굴을 붉히며 고개를 숙였다.

"급하게 써야 할 법한 것에만 해둬라. 그리고……."

한 세트. 고블린 슬레이어는 마지막으로 자신의 것을 완성하더니 그것을 가방에 순서대로 넣었다.

자칫 깨지지 않도록 신중하게 위치를 정하고서 숨을 내쉬었다.

“고블린은 조심해라. 처음에는 쥐라도 퇴치하도록.”

“엣, 아, 네, 네에……. 알았, 알겠어요!”

소녀가 그렇게 말하더니 몇 번이고 고개를 숙인 다음 황급히 동료들 곁으로 달려서 돌아갔다.

금세 빙 둘러서서는 소곤소곤 이야기를 하는 걸 보니 관계는 나쁘지 않아 보였다.

가진 장비에 끈을 묶는 팀과 의뢰를 확인하러 가는 팀으로 갈라지는 걸 보니 연계도 되고 있었다.

“백아를 걸어온 위대한 양이여, 영구하게 전해지는 투쟁의 공훈, 그 중에 하나가 되어 그들을 이끄소서.”

리자드맨 승려가 기괴한 손놀림으로 합장하며 그들의 무훈과 공, 명예로운 죽음을 기도했다.

험담을 좋아하는 모험가가 있는가 하면, 살아남기 위해서 탐욕스레 지식을 모으고자 노력하는 자도 있다.

어느 쪽이 좋고 나쁜 것이 아니다. 어느 쪽이 옳고 어느 쪽이 틀린 것도 아니다.

다른 사람의 말을 들었다고 성공할 수 있는 것은 아니다. 듣지 않았다고 실패한다고 장담할 수는 없다.

그러나, 그래도, 아아.

“그들이 살아남으면 좋겠군.”

“……알 수 없다.”

고블린 슬레이어의 대답은 쥐어짜낸 것 같았다.

쥐 퇴치마저도 죽을 상황이 되면 죽기도 하는 법이다.

설령 잘되더라도 다음, 다음, 다음으로 등급이 오르면 의뢰의 위협도 늘어난다.

안전하다면 모험이라고 하지 않는다.

고블린 슬레이어는 정리된 예비 포션도 가방에 넣더니 천천히 자리에서 일어섰다.

"아, 고블린 슬레이어 씨. 여기 돈이요."

"……그래."

그는 퍼뜩 일어선 여신관이 허둥지둥 짐을 뒤져서 꺼낸 금화를 받았다.

그 대신 그녀에게 의뢰서 다발을 건넨다.

"받아왔다."

"와……."

두께를 보니, 남은 고블린 퇴치 의뢰를 모두 받아온 것을 짐작할 수 있었다.

여신관은 솟아오르는 웃음을 억누르고자 의식적으로 의뢰서에 집중했다.

—정말이지, 「처음에는 쥐라도 퇴치하도록」이라뇨!

조심을 하려고 해도 고블린 퇴치 의뢰는 이미 없잖아요.

그가 의식한 건지 아닌지 여신관은 알 수 없었지만…… 아아. 정말이지, 참.

"어떤가?"

이번 경우 그의 「어떤가?」란 말은, 「나는 갈 건데 너희들은 어떤가?」란 뜻이다.

몇 번을 말해도 낫지 않는 버릇이다. 이제는 익숙해져 버렸다.

여신관은 괜히 한숨을 쉬고서 고개를 옆으로 저었다.

“어떻고 뭐고, 가기로 결정했으니까 여기에 있거든요?”

“음…….”

“애당초, 그냥 놔두면 혼자서 가버리잖아요.”

“그리고, 오르크볼그는 주위를 지나치게 신경 안 써.”

엘프 궁수는 마치 자신이 험담을 들은 것처럼 짜증을 내며 거친 콧김을 뿜었다.

“엉망진창으로 제멋대로 말하는데 뭐 다른 생각은 안 들어?”

“안 든다.”

고블린 슬레이어의 대답은 단적이었다. 그는 천천히 철 투구를 좌우로 흔들었다.

“애당초 그들이 나에게 뭘 기대하는지 전혀 모른다.”

“그야, 카미키리마루여. 고블린 퇴치 아니겠느냐?”

“틀림없을 걸세.”

드워프 도사가 굵직하게 웃고, 리자드맨 승려가 유쾌하게 대답하며 꼬리로 고블린 슬레이어의 등을 두드렸다.

엘프 궁수만 남겨진 꼴이다.

“이제 됐어.”

고개를 돌리고 삐치기 시작했다.

“에이, 화 푸세요.”

여신관이 그것을 달래며 한숨 돌리고 척척 짐을 점검했다.

—장비 됐고. 도구 됐고. 식량 됐고. 모험가 세트도 잊지 않아야죠. 갈아입을 옷도, 됐고.

"네. 괜찮은 것 같아요."

"그러면, 간다."

흄(인간) 전사, 엘프 탐색자(레인저), 드워프 술사, 흄 신관, 리자드맨 승려.

다종다양, 직업도 종족도 성별도 다른 다섯 명의 모험가들은 길드를 나섰다.

—모험가의 파티, 여행의 동료.

여신관은 그 말을 뇌리에 떠올리면서 아주 약간 발걸음을 빨리 했다.

인파들 속을 걷고 있어도, 역시 뭔가 기묘한 연대감 같은 것이 있었다.

그때—.

"어이, 비켜! 다친다!!"

"꺅?!"

한 소년이 여신관을 밀쳐내듯이 그들 옆을 지나쳤다.

외투를 펄럭이며 손에 굵직한 지팡이를 들었다— 마술사일까?

자칫하면 부딪힐 뻔해서 휘청거린 여신관을 고블린 슬레이어의 손이 휙 잡아당겼다.

"죄, 죄송해요."

"아니."

모자를 고쳐 쓴 여신관에게 고블린 슬레이어는 딱히 흥미가 없다는 태도로 대답한 뒤 걷기 시작했다.

그에 비해서 드워프 도사는 참지 못했는지 주먹을 흔들며 소년을 돌아보고는 굵직한 목소리로 호통을 쳤다.

"이놈, 조심하지 못할까!"

"시끄러! 느릿느릿한 그쪽이 잘못이잖아! 불덩이 쏴 버린다!!"

그렇게 외치면서 소년은 멈추지 않고 길드로 뛰어들었다.

똑바로 일직선으로 달려가는 모습이 과연 불덩이 같았다.

"정말이지, 요즘 젊은 것들은……."

"와, 그거 나이든 티 났어. 드워프."

"너에게는 듣고 싶지 않은 말이니라."

찌릿. 드워프 도사가 눈을 게슴츠레 뜨고 엘프 궁수를 노려보았다.

보다 정확하게 말하자면 사냥꾼 복장에 감싸인 그녀의 평평한 가슴을 바라보면서.

"오히려 나이에 걸맞은 것을 몸에 좀 익히거라, 모루 처녀."

"윽, 뭐라……고!! 이, 이 술통!"

기다란 귀를 곤두세운 엘프 궁수가 얼굴이 새빨개져서 드워프 도사에게 외쳤다.

평소와 같은 떠들썩함. 눈앞에서 시끌벅적한 대화가 시작되자 여신관이 눈웃음을 지었다.

—하지만…….

문득, 여신관은 뒤쪽— 모험가 길드를 돌아보았다.

인파 너머로도 잘 보이는 커다란 건물.

"뭐, 신입이 늘어나면 많든 적든 저런 친구도 있는 법일세…….
왜 그러시나?"

"아, 아뇨. 아무것도 아니에요. ……아무것도."

쓰윽 고개를 내린 리자드맨 승려에게 황급히 손을 흔들고, 여신관은 다시 앞으로 돌아섰다.

걸어간다. 동료의 뒤를 따라서. 동료와 함께. 그런데.

숨을 헐떡이면서 달려간, 붉은 머리칼의 주문술사 모습이 어째선지 뇌리에 떠올랐다.

—어디서 본 것 같은데, 기분 탓일까요?

§

"ORAGARARA?!"

"전방, 고블린 일곱! 그리고 나머지 여섯!"

동굴에 메아리치는 고블린의 비명에 섞여서 낭랑하고 시원스런 목소리가 울렸다.

비좁고 축축한 통로를 달리면서 엘프 궁수가 차분하게 노리고 화살 일격을 쏘았다.

그리고 눈구멍에 화살이 박히며 넘어지는 고블린의 시체를 넘어서 모험가 파티가 달렸다.

"좋다."

고블린 슬레이어가 작게 응답했다.

앞서서 달리던 그는 오른손의 검을 역수로 쥐자마자 들어올리고, 망설임 없이 전방으로 투척했다.

"GRAB?!"

"GRROB! GRARB!!"

내던진 검의 칼날이 고블린의 목에 파묻혔다.

꿀럭꿀럭 자신의 피에 익사하며 숨이 끊어지는 동포 옆에서 녹슨 검을 든 고블린이 비웃었다.

저 모험가는 멍청이다. 무기를 놓아서 어쩔 셈일까?

고블린은 고블린 슬레이어가 들어 올린 횃불에 칼날을 반짝거리더니, 소리 지르며 덤벼들었다.

"GRAARBROOR!!"

"흥."

덤벼드는 고블린의 검을 고블린 슬레이어가 원형 방패로 받아냈다.

그리고 재빨리 오른손으로 횃불을 바꿔 쥐더니 그것을 곤봉 대신 때려 박았다.

"GRAB?!"

비명. 부서진 코뼈가 뇌를 찌르는 고통, 안면을 불꽃으로 지지는 통증.

그 고블린은 살아생전 타인에게 준 고통보다 훨씬 나은 격통 속에서 숨이 끊어졌다.

"둘, 셋."

숨이 끊어진 고블린의 시체를 차버리고 쓰러진 시체에서 검을 뽑으며 앞으로.

나머지는 네 마리, 아니—.

"이이이이야아아아아앗!!"

고블린 슬레이어 옆을 달려간 리자드맨 승려의 포효, 경문을 외친다.
동시에 강력하게 휘두른 송곳니 칼이 탐욕스럽게 고블린을 베어 버렸다.
숨통을 한 일자로 베이고서도 살아 있을 수 있는 고블린 따위 있을 리 없었다.
"GROAROROB?!"
그 한 마리의 처리를 리자드맨 승려에게 맡기고, 고블린 슬레이어는 이미 적 탐색을 끝냈다.
"넷. 나머지는 셋이군."
통로를 나아간 너머의 어둠, 횃불 빛을 받아서 번들거리는 둔탁한 빛을 본 것이다.
고블린 슬레이어는 망설이지 않고 얼굴 앞에 작은 원형 방패를 들었다.
비이잉. 곧장 맥 빠지는 현을 퉁기는 소리와 함께 대기를 가르며 어둠 속에서 무언가가 날아왔다.
동시에 왼팔에 호되게 맞은 충격이 흐르자 고블린 슬레이어는 혀를 한 번 찼다.
"GRORB!"
"GRAROROBR!"
보지 않아도 안다. 그곳에는 화살대 하나가 돋아 있었다.
나머지 둘 중 하나는 포물선을 그리며 파티의 머리 위를 넘어갔고, 하나는 리자드맨 승려가 막아냈다.
어둠 속에 숨어 있는 고블린 궁병의 존재는 알고 있었다.

쇠뇌를 쓴다면 두려워 마땅하지만, 다행히 이 고블린은 보통 활이었다.

"칫……!"

경고하는 게 늦은 것에 혀를 한 번 찼다.

고블린 슬레이어는 화살대를 붙잡아 거침없이 뽑아냈다.

화살촉의 미늘로 자신의 장비가 상하는 것을 전혀 신경 쓰는 기색이 없었다.

오히려 그 화살촉에 걸쭉하게 들러붙은 역겨운 액체를 주목해야 할 것이다.

"독이다!"

그는 뽑아낸 화살을 내던졌다.

"맡겨둬!"

완벽한 박자의 대답이 돌아왔다.

엘프 궁수는 이미 화살을 메기고 당겼다. 깔끔하게 현이 퉁기는 소리가 나면서 고블린 궁병의 목을 꿰뚫는다.

사격에 관해서 엘프에게 대항하려고 하는 건 주제를 모르는 짓이다. 이걸로 다섯.

"여섯!"

아니, 이미 고블린 슬레이어는 동굴 속을 달려가 고블린 놈들에게 접근하고 있었다.

고블린 슬레이어는 울부짖는 고블린의 목에 거침없이 검을 휘둘러 숨통을 끊었다.

시체를 걷어차서 검을 뽑고는 전방에서 덤벼드는 하나를 방패로 후려치며 뒤로 흘렸다.

"오오오오오오옷!!"

곧장 뛰어든 리자드맨 승려의 송곳니 칼이 녀석을 죽이자 도합 일곱의 고블린이 시체가 되어 쌓였다.

잠시 동안, 어슴푸레하고 비릿한 동굴 안에 파티 다섯 명의 얕고 거친 호흡만 울리고 있었다.

"이, 이걸로, 일단, 끝……일까요?"

"아마도."

후우, 후우. 호흡을 가다듬는 여신관에게 고개를 끄덕이고, 고블린 슬레이어는 횃불을 내던졌다.

거칠게 다룬 탓도 있어서 이제는 불티 정도만 남은 꼴이었다.

아무리 파티에 어둠 속을 볼 수 있는 자가 셋이나 있다지만 광원이 없어도 괜찮을 리가 없다.

"아, 고블린 슬레이어 씨, 이거……."

그가 가방을 뒤져서 횃불을 꺼내는 걸 보더니 여신관이 즉시 부싯돌을 준비했다.

"미안하군."

"아뇨."

여신관이 희미하게 웃으며 불꽃을 튀겼다. 횃불이 타오르는 것을 확인하고 살며시 한숨을 쉬었다.

이렇게 차분해지고서 새삼 주위를 둘러보니—.

비좁은 동굴은 고블린 둥지 특유의 썩은 내가 뒤섞인 피와 내장의 냄새가 가득했다.

"우에……."

이제 슬슬 익숙해질 법도 하지만 기분 좋을 리 없었다. 엘프 궁수가 코를 집고서 얼굴을 찌푸렸다.

그래도 한손에 활을 들고 기다란 귀를 흔들며 주위 경계를 게을리하지 않는 것은 과연 대단하지만…….

"바닥까지 꽤 내려왔으니까 어쩔 수 없지만, 아직 위로 못 나가?"

"어쩌죠? 수가 늘어나기만 해요……."

아무래도 피로한 기색이 짙었다.

여신관이 물주머니를 내밀자, 엘프 궁수는 사양하지 않고 받아서 목을 축였다.

"고마워."

마을에서 가까운 강가의 동굴에 도전하고 있었다. 이미 돌아가는 길이라지만 절반이 지난 실감이 안 났다.

왜 그런가에 대한 대답이라 할 수 있는 것이 이미 그들 곁으로 다가오고 있었다.

"GROORORB!"

"GRAARB! GROB! GRORRB!!"

땅속보다 깊은 곳에서 울려 퍼지며 메아리치는 추악한 소리.

개미 둥지처럼 깊게 퍼져나간 굴은 나락의 심연이나 미궁과도 같았다.

무수히 솟아 나오는 고블린은 그저 그것만으로도 신입 모험가들의 마음을 꺾어놓을 것이다.

어쨌거나 지난 몇 시간 동안 거의 휴식이 없었다.

여섯, 일곱은 방금 마주친 고블린의 수에 지나지 않는다.

처치한 고블린의 수를 다 합치면 열이나 스물은 가뿐히 넘는다.

“……또, 오겠죠.”

여신관은 핏기가 가신 얼굴로 입술을 꾹 깨물었다. 본래 하얀 피부가 더욱 창백했다.

석장을 쥔 양손은 힘이 들어가 떨렸고, 너무 힘을 준 나머지 굳어진 것이 아닌가 하는 착각이 일었다.

“할 수 있겠나?”

“아, 네…….”

고블린 슬레이어의 담담한 물음에 그녀는 열심히 고개를 끄덕이고 대답했다.

안 된다고 해봤자 상황이 변하는 것도 아니지만…….

그래도 누가 신경을 써주기만 해도 어느 정도 마음이 가벼워진다.

숨을 들이쉬고, 내쉰다. 자기 손가락 같지 않은 손가락을 어떻게든 한 번 펼쳤다가 다시 쥐었다.

그 모습을 지켜보면서 리자드맨 승려가 송곳니 칼에 묻은 피를 떨쳐냈다.

“우리가 맡아서 다행일세.”

고블린 놈들의 잡스런 발소리가 서서히 다가왔다.

가늘고 비좁고 어두운 몇 개나 되는 갈림길에서 웅웅 반향을 일으키며, 모험가들을 둘러싸듯이.

“고블린 놈들이, 과연, 얼마나 더 있겠는가?”

“……서른은 안 될 거라고 생각하는데.”

엘프 궁수가 귀를 흔들었다.

"열 이하도 아니야."

"스물이라고 봐야 하겠군. 아무리 고블린 퇴치가 신입들 임무라지만, 이것은 지나치게 무거운 짐일세."

그에 비해서 이쪽은 고작 다섯 명.

"흐흠."

리자드맨 승려가 한 번 신음하더니 소굴 바닥을 돌아보며 꼬리를 때렸다.

드래곤투스 워리어
용아병(龍牙兵)을 꺼내야 할지 아닐지. 주문을 써야 할지 아닐지. 고민스런 문제였다.

"어이쿠야, 이거 좀 수고롭겠구먼."

등에 진 짐— 아니.

지저분하고, 긁힌 상처투성이. 의식도 없는 아가씨를 벽에 내려주면서 드워프 도사가 신음했다.

"아무래도 이쪽은, 요 아가씨도 지켜야 하지 않느냐?"

늘 있는 일…… 이라면, 늘 있는 일이다.

하지만 그러나, 사람의 인생을 손쉽게 파괴할 수 있는 「늘 있는 일」이었다.

따지고 보면 일의 발단은 이렇다.

고블린이 마을 변두리에 둥지를 틀었다.

젊은이들이 조심했지만 약초를 캐러 간 양치기, 바깥에 나선 마을 아가씨가 잡혀갔다.

어떻게든 퇴치를 해주시오. —라는, 것이다.

이 세계 어딜 가든 싫증이 날 정도로 듣게 되는 고블린에 의한 재앙.

고블린 슬레이어가 맨 먼저 간 강가의 작은 마을에서는 사공 아가씨였다.

그것이 다행이었는지 불행이었는지는 분명치 않았다.

매일 노를 저으며 배를 왕래하던 그녀는 좀 힘이 약한 남자들 보다는 제대로 단련되어 있었다.

그렇기에 고블린 놈들의 폭거와 능욕에 노출되고서도 그녀는 숨이 붙어 있었다. 제정신을 유지하고 있었다.

이 다음에 그녀가 어떻게 살아갈 것인가까지 모험가가 알 수는 없지만, 살려주는 것이 사명이다.

"더 이상 늘어나면, 지상으로 나서서 하는 짓이 더 화려해진다."

고블린 슬레이어의 결단은 단적이었다.

"고블린 놈들은 몰살시킨다."

그것 말고 다른 대답이 있을 리 없었다.

그렇다. 늘 있는 일이라면 늘 있는 일이다.

적어도 고블린 슬레이어에게는.

"어떻게 보지?"

"글쎄, 좁은 통로에서 맞서게 된다면 수가 다소 많은 것은 문제가 되지 않을 것이네……만."

리자드맨 승려는 사려 깊고 묵직한 목소리로 응답하더니 손톱 끝으로 동굴 벽을 긁어냈다.

흙이 부드럽다. 제대로 굳혀뒀으니 무너지진 않겠지만 파내기는 쉬울 것이다.

"고블린 놈들이 벽을 뚫고 양쪽에서 공격을 하면, 다소 성가실 걸세. 움직이는 편이 좋을 테지."

"그러면 결정됐군."

고블린 슬레이어는 자신의 무기를 점검하고 말했다.

"술법은 남아 있겠지?"

"아, 네."

여신관이 맨 먼저 대답했다.

"이번에는 길어질 것 같으니까요, 아직 세 번 아껴뒀어요."

"소승도, 지금 막 《용아도(龍牙刀)(샤프 클로)》를 마련한 참일세."

나머지 세 번. 리자드맨 승려의 말에 고블린 슬레이어가 고개를 끄덕였다. 충분하다.

"나는, 뭐 네 번쯤 된다마는……."

하나 둘 손가락을 꼽아본 드워프 도사가 어깨에 건 가방을 엿보고 표정을 찌푸렸다.

"……분명히 전부 열 군데 돈다고 하지 않았느냐?"

"애당초 그게 이상하잖아."

엘프 궁수가 구시렁거리며 불평을 하는 것도 신경 쓰지 않고, 고블린 슬레이어가 고개를 옆으로 저었다.

"휴식할 시간은 줄 거다."

"그런 문제가 아냐."

성직자든 마술사든, 기적을 받아 세상의 섭리를 뒤바꾸는 것은 소모가 심하다.

하루에 몇 번이 고작. 백금 등급처럼 규격을 벗어나지 않은 한,

그것이 사람의 분수란 것이다.

따라서 주문술사에게 충분한 휴식을 주는 것은 모험가에게 중요한 요소 중 하나다.

태만한 자는 죽어도 불평할 수 없다. —주의해도 죽을 때는 죽는 법이지만.

엘프 궁수에게 응답한 고블린 슬레이어 옆에서 리자드맨 승려가 눈을 돌리며 아아 납득했다.

"촉매가 필요하신 겐가."

"오냐. 보급할 수 있는 한 보급하겠지만, 마술 도구란 것은 좀처럼 구하기 힘들구먼."

"좋다."

고블린 슬레이어는 지방으로 무뎌진 칼날을 고블린의 누더기로 난잡하게 닦아냈다.

앞으로 한 마리 두 마리 벨 수 있으면 충분하다. 어차피 무기는 상대 쪽에서 가져오니까.

상관할 것 없었다.

"그렇다면 《터널(땅굴)》이다. 그건 촉매도 쓰지 않을 테니."

"옳거니. 그러나, 어째서 《터널》…… 아아, 그런 게냐?"

드워프 도사가 하얀 수염을 쥐더니…… 생각할 것도 없다는 듯 뭔가 떠올리고 얼굴에 주름을 더했다.

"……나도 카미키리마루에게 옮은 모양이로다……. 어이. 비늘 친구, 어깨 좀 빌리세."

"하하아, 과연, 알겠네. 어디, 소승의 키면 충분하겠는가?"

깊숙하게 숨을 내쉰 드워프 도사가 리자드맨 승려를 불러 그의 등과 어깨로 기어 올라갔다.

그는 가방에서 검은 항아리와 붓을 꺼내더니 깔끔한 필치로 천장에 무늬를 그리기 시작했다.

엘프 궁수는 이해하지 못하고 있었다.

그녀는 기다란 귀를 의문스레 흔들고 드워프 도사가 낑낑거리며 그리는 모습을 올려다보았다.

모르겠다.

"알겠어?"

여신관에게 물어봤다.

"아뇨……."

그녀도 애매하게 얼버무렸다.

"있지, 잠깐만 오르크볼그. 무슨 생각인지 가르쳐줘."

순순히 고블린 슬레이어에게 물어보자 그는 평소처럼 무기질적이고 담담하게 응답했다.

"일단은 말해주지."

"뭘?"

"긴급 피난이다."

"뭐가?"

"인질도 구해냈다. 문제는 없다."

그렇게 말하고, 고블린 슬레이어는 엘프 궁수에게 무언가를 던졌다.

그녀의 눈동자는 어둠 속에서도 그것을 포착하여 손으로 착 쥐었다.

"**그것**의 올바른 사용법을 보여주지."

엘프 궁수가 고개를 갸웃거리는 옆에서 여신관이 「아아」 하며 포기한 한숨을 내쉬었다.

"……하지 않을까 생각은 했어요."

그가 건넨 것은 수중 호흡의 반지였다.

§

그것은 고블린에게도 늘 있는 일이었다.

모험가였다.

놈들은 언제나, 그들이 기분 좋게 지내고 있는 잠자리에 흙발로 들어온다.

이번에는 다섯 명.

그것도 마침 딱 좋게 여자가 둘이나 있다. 둘 다 젊고, 게다가 한쪽은 엘프다.

어째선지 냄새는 알 수 없었지만 실제로 봤으니 틀림없다.

"GRAORB!"

"ORGA!"

구멍 바닥에서 고블린 놈들은 어두운 욕망을 가슴에 품고 지저분하게 웃었다.

정말이지 이렇게 운이 좋을 수가 있나! 여자가 둘. 당분간 즐길 수 있다. 가족도 늘어난다.

말을 가진 자들의 전쟁에서는 포로로서 가치가 있는 건 남자다.

왜냐하면 당연히 노동력이 되기 때문이다.

정당한 전쟁에서 발생한 포로라면 계약에 따라 충실하게 일을 해준다.

그러나 고블린에게는 다르다.

하여간 남자란 놈들은 위험하다. 금세 화를 내면서 날뛰고, 무섭다.

팔다리를 잘라내고 감옥에 던져 넣어도 되지만, 그러면 나중에 먹거나 장난감으로 삼을 뿐이다.

엄청 고생을 한 것치고 도무지 써먹을 데가 없다.

이런 점에서 여자는, 암컷은 어떤가?

임신 시키면 그것만으로도 도망치지 못한다. 날뛰어서 팔다리를 잘라내도 곤란할 것 없었다.

무엇보다, 즐겁다. 중요한 일이다. 게다가 동료가 늘어난다. 굉장한 일이다.

질리거나 죽거나 하면 먹으면 된다. 남자랑 비교하면 편리하기 짝이 없다.

"GROB! GROAR!"

"GROORB!"

부드러운 흙을 잡다하고 조잡한 도구로, 욕지거리를 하며 파내면서 고블린 놈들이 중얼거렸다.

그 가녀린 소녀는 두세 번 찔러보면 분명히 얌전해질 거다.

엘프는 기질이 드세 보였다. 하지만 다리 하나 정도 부러뜨리면…….

아니다. 두 번 다시 활을 당길 수 없도록 손가락을 부숴버리면 어떨까? 그건 좋다.

통통하게 살찐 드워프는 먹을 부분이 많다. 배불리 먹을 수 있다.

리자드맨은 비늘을 후두둑 벗겨내자. 끈으로 엮으면 갑옷으로도 좋다.

뼈나 손톱이나 이빨도 창으로 만들기에 딱 좋았다.

그리고 저 갑옷 입은 놈. 검에 방패에 모든 것이, 딱 맞춘 것처럼 고블린이 쓰기 좋다.

정말이지 모험가란 것들은!

고블린은 자신들이 질 거란 생각은 요만큼도 하지 않는다.

고블린의 강점은 수가 많다는 것이다.

만약 고블린에게 조금이나마 「사려 깊음」이란 것이 있었다면…….

분명 한참 옛날에 고블린은 방치되지 않고 멸망했을 것이 틀림없다.

이윽고, 흙벽의 감촉이 변했다.

귀를 기울이자 희미한 소리도 들렸다.

여기다.

고블린 놈들은 얼굴을 마주보며 고개를 끄덕였다. 씨익 징그럽게 웃었다.

손마다 채굴에 사용했던 조잡한 무기를 쥐고 있었다.

대부분 뼈나 돌과 가지를 조합한 것이고, 언뜻언뜻 약탈한 삽이 섞여 있었다.

일이 이 지경이 되면 전략 따위는 없다.

동료가 살해당하는 동안 자기가 틈을 찔러 덤벼들어서 놈들을 핏덩어리로 바꾸면 된다.

얼빠진 모험가 놈들이 뭘 꾸미고 있는 모양이지만, 그렇게는 못한다.

이미 고블린의 뇌에서는 자신들이 사공 아가씨에게 무엇을 했는지 사정에 맞게 사라져 있었다.

살해당한 20마리가 넘는 동료들, 그들의 원한을 통감해라!

우리들의 둥지를 유린한 보복을 내려주마!

죽여라! 범해라! 빼앗아라!

"GOROROB!!"

"GRAB! ORGRAAROB!!"

고블린의 무리는 함성을 지르며 벽을 꿰뚫고 공간으로 뛰쳐나갔다.

그들은 포효를 지르면서 노호처럼 모험가들에게 덤벼들고—.

"바보 놈들."

그 순간 해방된 스크롤에서 나온 거센 물결이, 성난 파도 그 자체가 되어서 고블린을 집어삼켰다.

§

땅속을 뒤흔드는 굉음과 함께, 광야에 하얀 기둥이 치솟아 올랐다.

아니.

곧장 봄의 대기에 뒤섞인 소금의 냄새는 그것이 바닷물이라는 것을 여실하게 말해주고 있었다.

상상도 못할 정도로 깊은 바닷속에서, **소환**된 것이다.

《터널》을 통해서 지상으로 솟아 오른 바닷물의 소용돌이 속에는 당연히 모험가들의 모습도 있었다.

"싫어어어어?! 싫어싫어싫어싫어싫어엇?!"

"핫핫핫하! 어이쿠. 이것은 또 참으로."

새된 소리로 비명을 지르며 울부짖는 엘프 궁수 옆에서 리자드맨 승려가 유쾌한 태도로 웃었다.

기다란 귀를 곤두세우고서 눈을 꼭 감은 엘프 궁수에게 하이 엘프다운 위엄은 전혀 없었다.

그보다는 오히려, 존엄이 새어 나가고 있다 해야 하지 않을까 싶은 꼴이었는데…….

"뭐, 무리도 아닐세."

"너는 왜 차분한 건데에?!"

"우리들의 가르침에는 소승들과 새가 먼 친척이라 한다네."

그렇지만.

아무리 호흡을 할 수 있어도 이렇게 치솟았다가 떨어지면 피해(대미지)는 당연한 일.

자비 깊은 지모신은 모든 것을 평등하게 치명적(크리티컬)으로 받아들일 것이다.

"떠, 떨어져요. 떨어져요오! 서둘러 주세요……!"

경건한 신도인 여신관은 바람으로 뒤집어진 옷자락을 누르면서, 마음속으로 탄원을 외쳤다.

—기적으로 대지를 부드럽게 할 수 없는 건 불공평한 것 같아요!

불손하게도 그런 생각이 스쳤지만, 휘이이 지나가는 바람이 눈에 맺힌 눈물과 함께 실어 보냈다.

"오냐! 맡기거라!"

예상했으니 망정이지.

드워프 도사는 당황하거나 소란을 피우지 않고, 붙잡혀 있던 아가

씨를 등에 진 채 공중에서 복잡한 주인을 맺었다.

"《흙의(노움) 정령아, 흙의 정령아. 물동이를 내려라, 천천히 내려라. 내려서 가만 놓거라》!"

그러자 어떻게 된 일인가?

그 기세 그대로 땅에 부딪힐 것 같았던 모험가들이 깃털처럼 하늘을 떠돌았다.

이거면 추락사도 면할 수 있는 법이다. 여신관은 안도의 한숨을 쉬었다.

"이, 이제, 괜찮아요."

"싫어! 안 돼, 절—대 안 돼! 무리, 눈 못 뜨겠어!!"

여신관의 목소리도 다소 긴장된 탓이었을까?

엘프 궁수는 눈을 꼭 감은 채 귀부터 몸까지 부르르르 떨면서 고개를 옆으로 저었다.

"《폴링(강하) 컨트롤》은 올리거나 내리는데 쓰는 것이로다만."

본래는 높은 곳에서 떨어지거나 함정에 빠졌을 때를 위한 것이다.

"카미키리마루. 너 우리들과 파티 맺기 전에는 어떻게 했느냐?"

"몸을 고정하고, 수몰된 다음 걸어서 탈출했다."

"아이구 이놈아."

"이번에는 시간이 없었으니까."

드워프 도사가 게슴츠레한 눈으로 노려봤지만 고블린 슬레이어는 태연자약했다.

잠시 지나자 중력이 파티를 붙잡아서 천천히 땅으로 이끌었다.

솟아 오른 바닷물은 주위를 진흙으로 바꾸었고, 소금기 섞인 냄새가 기이한 분위기를 풍기고 있었다.

지금부터 소금기가 빠지고 경작에 적합해질 때까지 몇 년이 걸릴까?

"아아, 정말……. 역시 갈아입을 옷, 필요하네요."

여신관은 진흙에 발을 붙잡히지 않도록 조심하면서 포기한 기색으로 한숨을 쉬었다.

그녀는 젖어서 달라붙은 옷자락을 들어 올려 꾹 짜냈다.

하얀 다리, 가녀린 허벅지가 드러났지만 수치심보다 우선해야 할 것이 많았다.

"아, 하지만, 이쪽은 보지 말아주세요."

"그래."

물론 전혀 안 보는 고블린 슬레이어에게 불만이 없는 건 아니었다.

"그렇겠지만요."

여신관이 중얼거리고「영차」겉옷을 벗기 시작했다.

왜냐하면 바닷물이다. 이대로는 사슬 갑옷이 녹슬어 버린다.

"아, 아, 저, 정말, 싫어, 이거 금지. 절대로 정말로, 두 번 다시 못하게 할 거야…………."

여신관은 옷을 갈아입으면서 망연자실하게 주저앉은 엘프 궁수를 살폈다.

분명히 그녀는 금속 장비가 없었을 거다.

—그러면, 괜찮겠죠.

평정을 부르는 기적은 아직 받지 못했고, 기적에 너무 의존하는 것도 좋지 않다.

그냥 둬도 자연스럽게 기분이 침착해진다면 그게 제일이다.

지극히 당연하게, 여신관은 엘프 궁수를 햇살에 데리고 가서 말리기로 결정했다.

봄의 햇살이다. 금세 마르겠지.

"그러면……."

그리고 눈길을 돌리자 고블린 슬레이어도 자신의 일을 우선하고 있었다.

그는 고블린 슬레이어이며, 다시 말해서 고블린을 죽이는 게 그의 일이다.

《터널》의 효과가 풀리기 시작하자 땅에 뚫린 구멍은 서서히 메워져 가고 있었다.

바닷물이 동굴 입구로 흘러서 고블린 놈들을 쓸어버릴 것이다.

그쪽은 됐다.

고블린 슬레이어는 격류 속에서도 놓치지 않은 검을 고쳐 쥐었다.

성큼성큼 걸어 발치의 진흙을 튀기면서, 거침없는 발걸음으로 앞으로.

바닷물에 말려들어서 함께 튀어 나온 고블린 몇 마리가 쓰러져 있었다.

"흥."

"ORGAR?!"

한 마리. 고블린 슬레이어가 주저 없이 연수를 꿰뚫자 그 고블린은 비명을 지르고 몸을 떨었다.

그대로 칼날을 돌려서 파헤치고, 완전히 움직이지 못하게 된 다음에 고블린 슬레이어는 검을 뽑았다.

"호오. 살아 있던 것인가?"

"**주사위 눈**이 좋았던 거겠지."

종종 있는 일이다. 고블린 슬레이어는 리자드맨 승려에게 말하고 묵묵히 작업을 계속했다.

고블린을 찾아서, 검을 박아 넣고, 생사를 확인하고, 살아 있으면 죽는 것을 기다린다.

잠시 지나서 칼날이 무뎌지자 고블린 슬레이어가 그것을 내던졌다.

무기는 산더미처럼 있었다. 적당한 고블린에게서 곤봉을 빼앗아 인사 대신 두개골을 때려 부쉈다.

고블린 태반은 죽어 있었다.

그러나, 한두 마리는 살아 있었다.

확률이란 그런 것이다. 고블린 슬레이어는 그것을 넘어가줄 생각 따위 없었다.

"그 녀석이 제정신으로 돌아오면, 장비를 닦고서 다음으로 간다."

"오냐."

드워프 도사가 대답하고 화주 병을 꺼내 마개를 뽑았다.

"정말이지, 오늘은 고블린 놈들에게 최악의 날일지도 모르겠구먼."

보거라, 길쭉귀야. 드워프 도사의 말과 함께 화주를 억지로 마신 엘프 궁수가 또 다시 비명을 질렀다.

귀를 곤두세우고 얼굴을 붉히고, 드워프에게 대들면서 시작되는 말다툼.

떠들썩한 평소의 대화를 죄다 무시하고서 고블린 슬레이어는 낮게 중얼거렸다.

"그렇지도 않을 거다."

제2장 『붉은 머리칼의 소년 마술사』

“그게요, 아무래도 혼자서는 무리가 아닐까요……?”

“어째선데? 다 알거든. 옛날에 두 명째 용사는 혼자서 마왕이랑 싸웠잖아!”

“그거야, 백금 등급이니까요. 가능하면 파티를 맺거나, 어느 파티에 들어가서…….”

“내 눈에 차는 모험가가 없어.”

“…………우~으응. 난처하게 됐네요.”

완전히 인기척이 끊어진 길드의 접수처에서, 그녀는 세 갈래로 엮은 머리채를 빙글빙글 돌리며 만지작거렸다.

이미 해도 푹 저물었고 모험가의 모습은 없었다.

남아 있는 사람들은 자고 있거나 놀러 간 사람들, 모험에 나선 사람들은 말할 것도 없다.

남아 있는 직원도 지금은 그녀 혼자뿐이었다.

사실은 자기가 바라는 의뢰만 가만히 기다리는 모험가 소년을 내쫓아 버려도 상관없지만.

“……하는 수 없네요.”

나는 어째서 이런 걸까?

접수원은 깊숙하게 한숨을 내쉬고 자리에서 일어섰다.

"차, 내올게요."

안쪽의 급탕실로 가면서 살짝 한쪽 눈을 감아서 윙크를 한 번.

"기다리고 있는 건, 저도 마찬가지니까요."

§

고블린 슬레이어 일행이 변경 도시의 문을 지난 것은 밤이 깊어진 무렵이었다.

이미 길가의 불빛은 끊어지고, 오고 가는 자는 없으며, 쌍둥이 달과 별빛만 지상을 비추고 있었다.

"……우, 야, 아, 도, 도착했어어……?"

"오냐, 도착했다, 도착했어. 도착했느니라, 길쭉귀 처녀."

"신관 선생도 이제 더는 못 버틸 것 같군."

"응………… 우……."

일동은 피로에 찌든 꼴이었다.

엘프 궁수는 귀가 추욱 늘어져 있고, 무거운 눈꺼풀을 들고 있는 것도 벅차 보였다.

여신관은 꾸벅꾸벅, 리자드맨 승려의 등에서 이미 꿈나라로 가고 있었다.

남자들 셋은 지난 며칠 싸움이 연속되어 피와 땀과 진흙으로 더러워진 얼굴로 마주보더니 고개를 끄덕였다.

"소귀 살해자 선생, 맡겨도 되겠는가?"

"그래. 그쪽도 부탁한다."

"오냐 그래. 어이, 길쭉귀야. 정신 차리거라."

"우, 우……. 졸려어……. 잘래애……."

"그러면 방까지 가서 잠들거라. 여기는 길거리니라."

눈을 부비부비 비비는 엘프 궁수의 등을 드워프 도사의 작은 몸이 억지로 밀었다.

가는 곳은 길드의 2층, 숙소로 쓰이는 구역이다.

주거지를 마련한 모험가는 보기 드물다. 다른 여관이 없다면 대부분 길드에서 방 하나를 빌린다.

"그러면, 내일 또 보세나."

"그래."

리자드맨 승려가 기괴한 손놀림으로 합장하자 고블린 슬레이어가 고개를 끄덕였다.

어슬렁어슬렁 먼저 가는 동료를 뒤따르는 리자드맨의 커다란 등에는 자그마한 소녀가 업혀 있었다.

"…………우. 안…………히, 주…………무, 세………요."

그 띄엄띄엄 끊어지고 발음도 불분명한 희미한 목소리를 듣고, 고블린 슬레이어는 투구를 흔들었다.

"흐음."

동료.

문득, 자연스럽게 떠오른 말이지만 나쁜 기분은 안 들었다.

1년 전에는 없었던 사람들. 1년이나 함께 다닐 줄은 몰랐던 사람들.

과거의 자신이라면 이번과 같은 상황을 어떻게 했을까?

가진 장비. 전술. 시간. 리소스.

그들이 없었다면.

그저 그것만으로 고블린 슬레이어의 선택지는 무시무시하게 넓어지고, 무시무시하게 좁아졌다.

이토록 달라지는가?

그렇게 생각하면서 그는 길드의 스윙도어를 밀어 열었다.

"음……."

위화감이 있었다.

불빛.

이미 직원은 남아있지 않을 텐데. 그래도 그가 온 것은 보고를 정리하기 위해서였다.

—고블린인가?

반쯤 반사적으로, 고블린 슬레이어의 손이 칼집에 넣어둔 도끼칼을 붙잡았다.

허리를 깊숙하게 낮추고, 스슥 발을 미끄러뜨리며 길드에 들어섰다. 등 뒤에서 문이 흔들리며 닫혔다.

우스꽝스런 동작이라고 할지도 모르지만 그는 이것을 전혀 우스꽝스럽다고 생각하지 않았다.

도시 안에 고블린이 나타나지 않는다고? 어째서 잘라 말할 수 있단 말인가?

고블린 슬레이어는 문득 길드 대합실의 긴 의자에 눈길을 주었다.

거기에 웅크리고 누워 있던 그림자가 희미하게 움직인 것 같았으니까.

아니.

기분 탓이 아니었다.

그것은 담요를 덮은 사람처럼 꼬물꼬물 움직이고 있었다.

고블린 슬레이어가 한 걸음 발을 내딛자 바닥이 삐걱대며 소리를 냈다.

"……우, 으, 응?"

그러자, 그 그림자가 담요를 걷어내면서 천천히 몸을 일으켰다.

눈을 비비면서 작게 하품을 했다. 붉은 머리칼의 소년이었다.

일어나는 바람에 의자에 기대 세워놓은 지팡이가 쓰러져 바닥을 굴렀다.

"……우나. ……아직, 좀 더 자도, 괜— 으?"

깜빡. 소년이 잠에 취한 눈을 깜빡이더니 눈앞에 선 인물을 주시했다.

그의 커다랗게 부릅뜬 눈동자에는 어둠 속에 선 고블린 슬레이어의 모습이 비치고 있었다.

피와 진흙투성이, 싸구려 투구, 지저분한 가죽 갑옷, 녹슨 도끼칼을 손에 든 남자의 모습.

"으."

소년의 입이 경련하고, 괴상한 모양으로 뒤틀리더니, 그리고.

"우와아아아아앗?!"

"음……."

—뭐야. 고블린이 아니었군.

메아리치는 외침 소리에 고블린 슬레이어는 그렇게 생각했다.

"히약?!"

그와 동시에, 접수처 쪽에서 귀여운 비명과 덜커덩 의자가 흔들리는 소리가 났다.

돌아보니 접수원이 몸을 벌떡 일으키는 참이었다.

"어, 아, 아, 고, 고블린 슬레이어 씨?! 안 잤어요, 안 잤답니다!"

그녀는 허둥지둥 머리칼을 다듬고, 미약하게 흐트러진 제복을 정돈하더니 볼을 물들이며 고개를 옆으로 저었다.

그리고 어흠, 가볍게 헛기침. 평소 얼굴에 붙이고 있는 작위적 미소가 아닌, 자연스럽게 풀어지는 미소.

"저기, 수고하셨어요."

고블린 슬레이어는 힘이 들어간 손가락을 풀고 도끼칼을 손에서 놓았다.

§

소리 없이 내민 홍차 컵을 고블린 슬레이어가 거침없이 벌컥 들이켰다.

맛 따위 알 수 없는 방식이지만 접수원은 생글생글 눈웃음을 지었다.

그녀는 익숙한 태도로 서류를 정돈하고, 깃털 펜 끝을 깎아 잉크병을 열고 블로터[#2]를 준비했다.

"그래서, 어땠나요? 이번에는 수도 많아졌죠?"

"그래."

#2 블로터 필기한 잉크가 마르지 않아 번지는 것을 방지하기 위해 잉크를 흡수하는 기구.

고블린 슬레이어는 고개를 끄덕이고 말했다.

"고블린이 있었다."

"몇 마리 있었나요?"

접수원이 끄적끄적 펜을 움직이면서 말했다.

"아, 한 건씩 부탁 드려요."

"첫 번째는 30마리."

말이 끊어졌다.

접수원이 펜을 멈추고 고개를 들자 고블린 슬레이어가 조용히 덧붙였다.

"그리고, 열이 안 된다."

"열이 안 돼요?"

"소굴에 들어가서, 포로를 구해내고 소굴은 수몰시켰다. 확인한 시체는 34마리. 나머지는 열 마리가 안 될 거다."

"아아……."

키득. 접수원의 볼이 느슨해지고 웃음이 흘렀다.

포기— 라기보다는 어쩔 수가 없네 싶다.

평소와 다름없는 그의 모습을 보면서 오히려 기뻐하는 기색마저 있었다.

"두 번째는 어땠나요?"

"고블린이 있었다."

그가 말했다.

"수는 스물하고 세 마리……."

대강 이런 식이다.

담담하게 말하는 고블린 퇴치.

물로 수몰시키고, 불로 태우고, 무너뜨려 묻어버리고, 아니면 담담하게 쳐들어가 압살한다.

무기를 던지고, 찌르고, 빼앗고, 교환하고, 사전에 준비한 장비를 때려 박는다.

"……."

그 모든 것을, 소년이 고개를 돌리고서 귀 기울이며 듣고 있었다.

나이는 열다섯 정도.

타오르는 듯한 붉은 머리칼을 정성스레 깎았고, 두르고 있는 외투도 깔끔했다.

지팡이에 졸업을 나타내는 보옥이 없으니 학원에서 뛰쳐나온 마법사일까?

흥미 없다는 태도를 보이고 있던 그는 문득 생각난 것처럼 짐을 뒤졌다.

부시럭부시럭 꺼낸 것은 작은 수첩과 목탄을 끼운 연필이었다.

뭐든지 적어 두려고 하는 것이 참으로 학도다운 태도였다.

그러나 고블린 슬레이어는 그것을 보자마자 차갑게 말했다.

"그만둬라."

"……?!"

소년 마술사가 움찔 몸을 떨었다.

그러나 그래도 납득이 안 가는지 불만이 가득한 시선으로 고블린 슬레이어를 보았다.

"뭔데. 어차피 고블린 따위 별 것도 아니겠지만, 만약을 위해서

예습 정도는—."

"괜찮지 않다."

짖어대는 강아지 같은 소년에게 담담하고 무기질적인 차갑고 낮은 목소리가 응답했다.

"적어둔 것이 고블린에게 빼앗겨 봐라. **큰일**이다."

소년의 관자놀이가 움찔 떨리면서 얼굴이 굳어졌다. 어슴푸레한 램프의 불빛으로도 잘 보였다.

"내가 고블린에게 진다는 거야?!"

"그럴 가능성이 높다."

"뭐라고오—?!"

무심코 자리에서 일어선 소년이 대들었지만, 고블린 슬레이어는 귀찮은 기색으로 투구를 돌렸다.

—슬슬 때가 됐으려나요?

접수원이 쓴웃음을 지으며 소년의 컵을 살며시 가리켰다.

"차 한잔 더, 필요해요?"

"아, 저기, 그게……."

지적 받은 소년은 어색하게 볼을 긁었다.

"피, 필요 없……지도, 않아."

"그래요, 그래."

쪼르르륵. 접수원이 김이 오르는 옅은 붉은색 차를 컵에 따랐다.

이 모습을 가만히 바라보는 소년은 역시나 15세. 나이에 걸맞은 생김새였다.

—뭐, 모험가가 되려고 하는 친구니까요.

꿈이나 희망, 금전이나 명예. 그에 걸맞은 이유도 있고, 오기나 허영도 있으리라.

접수원은 다 마신 고블린 슬레이어의 컵에도 차를 따랐다.

"미안하군."

"아~뇨♪ 무슨 말씀을 하세요."

생글생글 웃는 표정에 소년 마술사가 눈을 깜빡였다.

아까 이 기묘한 갑옷의 모험가를 맞이했을 때도 그랬다.

자신이 등록을 신청했을 때의 미소하고는 뭔가 그, 잘 표현하기 어렵지만 뭔가 달랐다.

그는 침을 꿀꺽 삼키고 이 기묘한 갑옷의 모험가에게 조심조심 말했다.

"당신이…… 고블린 슬레이어……란 녀석, 이야?"

"그렇게 불리고 있다."

고개를 끄덕이는 고블린 슬레이어. 소년 마술사는 더욱 몸을 내밀었다.

안경 안쪽에서 빛나는 녹색 눈동자에 더욱 커다랗게 그의 모습이 비쳤다.

긴장과, 고양과, 흥분과, 기대와, 불안.

그것들 모두가 뒤섞인 표정과 목소리로 그는 말했다.

"그러면, 나한테 고블린 죽이는 법을 알려줘!!"

"안 된다."

고블린 슬레이어는 매정하게 내쳤다.

"어째서?"

"배우기 전까지 행동하지 않는다면, 배워 봤자 아무것도 안 변한다."

"무슨……."

고블린 슬레이어가 단적으로 그렇게 말하더니, 방금 따라준 홍차를 들이켰다.

벌컥. 단숨에.

그리고 컵을 철커덕 소리를 내면서 놓고 접수원을 돌아보았다.

우두커니 선 소년을 보지도 않고 접수원이 내민 서류를 받았다.

이미 보고서는 완성이 되었고 고블린 슬레이어의 사인만 기다리고 있었다.

고블린 슬레이어는 첨필을 집어서 자신의 이름을 적었다.

그리고 천천히 고개를 갸웃거렸다.

어째서 그녀는 이렇게 늦은 시간까지 길드에 남아 있었을까?

결론을 내리는데 2, 3초 정도 시간이 걸렸다.

"미안하군. 고맙다."

"아뇨아뇨. 늘 수고하시니까요. 아, 보수는……."

"등분으로 나누고, 내 것만 지금 받지."

"네~."

접수원이 졸음도 피로도 느껴지지 않는 경쾌한 태도로 빙글 등을 돌렸다.

금고를 열고, 화폐가 들어 있는 주머니를 꺼내 천칭으로 무게를 잰다.

"아아."

그 등에서 통통 튕기는 머리채를 바라보며, 고블린 슬레이어가 말했다.

“요전에, 갓 등록한 모험가 파티가 있었는데.”

그렇게 말한 뒤에 조금 생각하고서, 고블린 슬레이어가 덧붙였다.

“레아 소녀가 있던 파티다.”

“그 사람들 말인가요?”

후훗. 접수원의 입술에서 희미한 웃음소리가 흘러나왔다. 표정을 감출 수 있어 다행이라고 생각했다.

“괜찮아요. 쥐 퇴치를 갔다가 조금 물리기는 했던 모양인데요. 안티 도트는 가지고 있었으니까요.”

“그런가.”

“안심하셨어요?”

“그래.”

기쁜 기색으로 돌아본 그녀가 접시에 올린 가죽 주머니를 고블린 슬레이어 앞에 놓았다.

그가 안을 확인하지도 않고 들어 올리자 주머니에서 촤르륵 묵직한 소리가 났다. 금화다.

고블린 퇴치 한 번의 보수는 적고, 그것을 5등분했다면 더욱 줄어든다.

그러나, 그것을 열 번 한다면?

단순하게 계산하면 혼자서 고블린 퇴치를 두 번 한 것과 같은 금액의 보수를 받게 된다.

변경의 마을들에 사는 사람들이 필사적으로 땀 흘려 준비한 금액, 그것의 2배.

그것을 가방에 쓱 집어넣고 고블린 슬레이어가 턱짓을 했다.

"누구지?"

"이제 막 모험가로 등록한 앤데요."

"왜 여기에 있나."

"그게, 저기……."

그녀가 살짝 주위를 둘러보고 접수대 위에 몸을 내밀었다.

비밀 이야기를 하는 것처럼 철 투구에 입술을 접근시켰다. 제복의 가슴 부분이 안쪽에서 밀려나와 살짝 일그러졌다.

"고블린을 퇴치하고 싶다, 그것 말고는 하기 싫다, 라고 해서요……."

"파티는?"

붕붕. 세 갈래로 엮은 머리채가 좌우로 흔들렸다.

"없는 것 같아요."

"바보 같은 소리군."

접수원이 뭐라 말하기 어려운 깊이 있는 표정을 지었다.

당신이 그런 말을 해요? 살짝 노려보더니 미간을 문질러 풀고서 한숨.

"어떡할까요? 고블린 슬레이어 씨."

"……음."

눈동자만 올리며 쳐다보고 매달리는 목소리로 말하자, 고블린 슬레이어는 낮게 신음했다.

길드 안은 조용했다.

미약한 숨소리와 천이 스치는 소리, 갑옷이 스치는 소리. 램프의 심지가 지글지글 타오르는 소리.

천장에서는 미약하게 바닥이 삐걱대는 소리가 들린다. 아까 그 비명 때문에 깬 걸까? 아니면 밤늦게까지 놀고 있나?

어느 쪽이든 모험가의 휴식을 방해하는 건 어지간히도 급한 일이거나 어리석은 짓 둘 중 하나다.

"어이."

고블린 슬레이어가 부르자 고개를 숙이고 있던 소녀이 흠칫 고개를 들었다.

"방은 잡았나."

"그, 거는……."

소녀은 뭐라고 대답해야 할지 망설이는 것 같았다.

입을 열었다가 닫고, 열었다가 닫고를 반복하면서 미끄러진 안경을 밀어 올렸다.

고블린 슬레이어는 대답을 기다렸다.

"……상관없잖아."

"그런가."

고블린 슬레이어는 퉁명스런 소녀의 말에 한 마디만 대답하고 접수원을 보았다.

그녀는 위를 가리키더니 다음으로 손가락을 교차시켜서 가위표를 만들며 고개를 옆으로 저었다.

무슨 뜻인지는 명백했다.

"방은 안 잡았군."

"……."

"봄이니 감기에 걸리진 않겠지만……."

고블린 슬레이어는 자리에서 일어섰다.

성큼성큼 거침없는 발걸음으로 걸어가는 것을 소년은 무심코 눈으로 좇았다.

그러나 고블린 슬레이어는 그를 돌아보지도 않고 스윙도어를 밀어 열었다.

"따라와라."

무뚝뚝한 한 마디.

그것을 남기고 고블린 슬레이어의 모습은 밤거리로 사라져 갔다.

소년은 남겨졌다.

그는 허둥지둥하며 황급히 문과 접수원을 번갈아 보더니 문을 향해 달리기 시작했다.

"어, 어이, 기다려! 왜 멋대로 정하는데……!"

그러나 문 앞에서 멈추더니, 빙글 돌아서 접수원에게 살짝 고개를 숙였다.

"……차, 고마워."

그리고 그는 다시 달리기 시작했다. 스윙도어가 끼이끼이 소리를 내며 흔들리고 봄바람을 들여왔다.

"……후우."

접수원 또한 살짝 한숨을 쉬고 일어섰다.

서류를 정리하고, 제자리에 수납하고, 금고를 닫았는지 확인, 자물쇠도 확인.

1층 안쪽의 주점, 2층의 여관 관리인도 있지만 직원은 그녀가 마지막이다.

터무니없는 잔업을 해버렸지만 불평할 생각은 전혀 생기지 않았다.

봄에 쓰려고 꺼낸 얇은 외투를 손에 들고 개인 소지품을 가방에 챙겼다.

"역시 나, 당신 영향을 확실히 받아 버렸어요."

키득 웃음을 흘린 접수원은 키스하는 것처럼 숨을 불어서 램프의 불을 껐다.

§

문을 빠져나가자 마치 바다 같았다.

초원에 바람이 산들거리고, 하늘에는 별, 쌍둥이 달.

"……흥."

고블린 슬레이어는 한쪽, 녹색 달을 올려다보더니 금세 걷기 시작했다.

소년은 허둥지둥 그 뒤를 따랐다.

"뭐, 뭐냐고. 이봐. 나를 어디로 데리고 가려는 건데……!"

"와 보면 안다."

약간 갈라진 — 긴장인지 공포인지 — 소년의 목소리가 제대로 닿기나 한 건지 모르겠다.

고블린 슬레이어는 길을 똑바로, 한눈팔지 않고 성큼성큼 나아갔다.

별빛 아래. 가도라지만 용케도 망설임이 없었다.

소년은 작게 욕지거리를 하고는 몇 번이고 발치의 작은 돌에 비틀거리며 매도하는 소리를 흘렸다.

이윽고 그것이 보였다.

광야가 바다라면, 그것은 등대.

저 멀리 외로이 비치는 빛이 서서히 서서히 조금씩 다가왔다.

동시에, 그 주위에 있는 것의 윤곽이 어렴풋이 보였다.

작은 문. 나무로 만들어진 울타리. 몇 개의 건물이 검은 그림자를 만들었다.

밤의 어둠에 익숙해진 눈을 깜빡이자니 소년의 귀에 희미하게 소의 울음소리가 들렸다.

"목……장……?"

"달리 뭐로 보이나."

"아니, 그야. 이런 흐름이면 여관 같은 데라고 생각하잖아."

"여관은 아니다."

고블린 슬레이어가 짧게 말하고, 주저 없이 문의 격자를 열었다.

낡은 나무 빗장이 덜컥 소리를 냈다. 그리고—.

"앗! 돌아왔다!"

파앗. 밤인데도 태양이 연상되는 소리가 들렸다.

"우어……엇?!"

소년이 흠칫 몸을 떨고는 목소리의 주인을 찾으려고 고개를 돌렸다.

소녀다.

어디선가 달려온, 육감적인 몸에 작업복을 입은 소녀.

소치기 소녀는 허물없는 태도로 고블린 슬레이어의 어깨를 만지고 숨을 내쉬었다.

"어서 와."

“그래.”

고블린 슬레이어가 고개를 끄덕였다.

“다녀왔다.”

“응.”

그 말만 듣고서도, 소치기 소녀는 눈부신 것처럼 눈을 가늘게 뜨며 고개를 끄덕였다.

“이번에는 꽤 오래 걸렸네. 어땠어? 다친 데는?”

“고블린이 있었다. 그것 말고는 문제없다.”

고블린 슬레이어가 말하더니 살짝 투구를 기울였다.

“아직 일어나 있었나.”

“흐흥. 지난 며칠 동안 나는 밤늦게까지 놀았어요.”

자신만만하게 내민 소치기 소녀의 가슴이 살짝 흔들리자 소년은 무심코 꿀꺽 침을 삼켰다.

“우와, 크다………….”

“응?”

조심성이 없었다.

소치기 소녀는 소년의 말을 날카롭게 포착하고, 슥 몸을 앞으로 숙여 들여다보았다.

“얘는, 누구~?”

“으, 어……!”

몸을 젖힌 소년은 털썩 엉덩방아를 찧었다. 얼굴에 열이 올랐다. 입을 뻐끔뻐끔 움직인다.

“나, 나는, 나는, 모, 모험가다!”

바로 앞까지 다가온 연상의 여성의 얼굴. 달콤한 땀 냄새에 살짝 섞인 마른 풀 냄새.

"신입이다."

이름도 말하지 못하는 소년 대신에 고블린 슬레이어가 담담하게 말했다.

"방을 못 잡았다고 한다."

"어머나, 그래?"

소치기 소녀는「그렇구나, 그렇구나」하고 어쩐지 기쁜 기색으로 몇 번 고개를 끄덕이더니, 이윽고 납득한 모양이다.

"나는 별로 상관없어."

"미안하군."

그녀가 가볍게 말하자 고블린 슬레이어가 고개를 숙였다.

"고맙다."

"괜찮다니까. 네가 할 법한 짓이잖아?"

"백부님께도 이야기를 하고 싶다. 깨어 있나?"

"아마도."

"그런가."

손을 흔드는 그녀 옆을 지나서 고블린 슬레이어가 성큼성큼 집 안으로 들어갔다.

아니, 집으로 돌아갔다고 해야 할까?

소년은 이번에도 남겨졌다. 그는 소치기 소녀와 목장의 문을 몇 번이고 번갈아 보았다.

"……당신, 뭐야? 저 녀석 부인이야?"

"맞는데?"
"아니다."
새침하게 대답한 그녀의 등 뒤에서 짧은 목소리가 들렸다.
들려버렸네. 가볍게 혀를 내밀며 웃는 소치기 소녀에게 소년이 의심스런 눈길을 보냈다.
"그러면, 뭔데……."
"모르겠어?"
소치기 소녀가 키득 웃었다.
"여기서 하룻밤 재워주고 싶다, 라는 거."
"아니, 영문을 모르겠거든!"
"괜찮아, 괜찮아. 자, 들어와."
"그만둬, 야, 이거 놔!"
"에~이. 버둥대지마!"
신입(노비스) 마술사(메이지). 숙련자(베테랑) 농부(파머).
근력은 비교해볼 것도 없었다.

§

"안 된다."
하물며, 그녀를 웃도는 농부라면.
본채의 식당. 탁자 앞에 앉은 다부진 목장 주인은 한 마디로 세입자의 부탁을 기각했다.
맞은편에는 고블린 슬레이어, 그 좌우에는 붉은 머리칼의 소년과 조카인 소치기 소녀.

맨 먼저 반론한 것은 입술을 삐죽 내민 소치기 소녀였다.

“에이, 괜찮잖아요. 삼촌. 하룻밤 정도는 재워줘도.”

“너 말이다…….”

목장주는 햇살에 그을린 얼굴을 찌푸리며 너무나도 위기감이 없는 조카에게 눈길을 돌렸다.

아직도 어린애 같은 생각에서 빠져 나오질 못한 건가. —아니군.

애당초 그녀는 어린 시절을 잃었다. 목장주는 깊은 한숨을 쉬었다.

“……이제 막 등록한 모험가 따위는 무뢰한과 다름없다는 걸 모르니?”

“뭐……어!”

이 말에 소녀이 흥분했다.

그가 탁자를 탕 때리자 식기가 튀어 올랐다. 더욱이 몸을 내밀고 대들었다.

“농담하지마! 내가 불량배들하고 똑같다는 거야?!”

“입 다물어라.”

일갈이었다.

낮은 목소리에 억양이 없고, 조용하지만 짓누르는 것처럼 압박감이 있었다.

수라장을 헤쳐 나왔는가 아닌가, 그런 것과는 비교가 안 된다.

나날이 하늘과 땅의 모습을 신경 쓰고, 가족을 생각하며 하염없이 농기구를 휘두른 남자.

그 세월이 만들어낸 무게였다.

"으……."

목장주는 무심코 숨을 삼킨 소년을 까마귀나 여우를 보는 것처럼 힘주어 보았다.

"그런 태도니까 신용 받지 못하는 거다."

모험가 제도, 모험가 길드의 목적이 바로 그것이었다.

모험가란 무뢰배들이다. 그들에게 신용을 내리고, 동시에 범죄를 저지르지 않도록 하여 치안을 지킨다.

괴물 퇴치가 주목적이라도, 정처 없이 떠도는 난폭자를 한데 모으는 것은 좋은 수였다.

입이 험한 자들은 먹을 입을 줄이기 위해서라고도 말들은 하지만…….

적어도 법을 어기지 않고, 제대로 된 방법으로 돈을 벌어 명성도 얻을 수 있으니 불평할 수 없으리라.

대부분의 다른 직업과 달리 위험은 있지만, 모험가는 노력이 결과로 나타나기 쉬웠다.

그러면 새내기, 신입, 10등급 중에서 최하위인 백자 등급은 어떠한가?

말 그대로 논할 가치가 없다.

그들은 이제부터 신뢰를 얻어야 하니까 오히려 당연하다고 할 수 있다.

물론 모험가가 된 이상, 무법자처럼 범죄자 취급을 하진 않는다.

그러나 이 세상은 몸에 베인 예절이 인상을 만드는 법이다.

당사자가 이렇게 혈기왕성한 놈이어서는 신용하지 못해도 무리가 아니었다.

하물며…….

“우리 집에는 젊은 여자애가 있다. 무슨 일이 있으면 어쩔 거냐?”

“삼촌, 걱정이 지나치다니까…….”

“너도 입 다물고 있어라.”

차갑게 말하자 소치기 소녀가 웅얼웅얼 입 안으로 말을 삼켰다.

하지만, 그치만. 희미한 소리가 나지만 목장주는 개의치 않았다.

“……그러면.”

대신, 고블린 슬레이어가 말했다.

그는 다소 둔한 동작으로 창 밖, 밤의 어둠으로 덧칠 된 작은 오두막을 가리켰다.

목장에서 빌린 낡은 헛간이다.

“제가 빌린 헛간이라면 어떻습니까.”

“……이 애한테.”

목장주가 조카를 가리켰다.

“무슨 일이 있으면, 책임질 수 있나?”

아뇨. 고블린 슬레이어가 고개를 옆으로 젓더니 딱 잘라 말했다.

“그러니까, 불침번을 서겠습니다.”

목장주는 앙다문 이 사이로 신음 같은 소리를 흘렸다.

정말이지, 할 말을 잃었다.

이 남자가— 이 가여운, 어딘가 망가진 청년이 무엇을 보고, 무엇을 해왔는지.

목장주가 모를 리 없었다.

무심코 꽉 움켜쥔 주먹 위에 소치기 소녀가 살짝 손을 올렸다. 작은 속삭임.

"……삼촌."

"……. ……알았다. 상관없어."

기어이, 그가 꺾였다.

꺾일 수밖에 없었다.

이 소녀을 밤이슬 속으로 내쫓는다. 이 피로에 잠긴 청년에게 불침번을 강요한다.

둘 중 하나를 고를 정도로 목장주는 오만하지 않았다.

그는 조카의 손에서 떨어진 양손을 깍지 끼더니 기도하는 것처럼 이마에 대었다.

"……그 대신, 잠은 제대로 자."

"죄송합니다."

"사과하지 말고. 모험가는 몸이 밑천이니."

"네. 정말 감사합니다."

고블린 슬레이어가 순순히 고개를 끄덕였다.

목장주가 자신의 사죄, 혹은 인사를 듣고서 기뻐하지 않는 것 정도는 그도 잘 알고 있었다.

그러나 그렇다고 인사를 하지 않고 감사를 하지 않을 정도로, 그는 은혜를 모르는 자가 되고 싶지 않았다.

"……아아, 그리고."

그렇기에, 고블린 슬레이어는 가방을 뒤져서 돈주머니를 하나 집어 탁자 위에 놓았다.

좌르륵. 묵직한 소리를 내면서 안에 든 금화가 무너졌다.

"이거, 이번 달 치입니다."

"……하아."

돈이란 것은 무엇보다도 알기 쉬운 지표다. 다른 사람의 선의에만 호소하는 것보다 훨씬 성의가 있다.

그러나 돈으로 해결하려는 자세를 좋게 봐야 하는 걸까?

목장주는 대답을 내지 못한 채, 한숨을 쉬고 돈주머니를 쥐었다.

"그럼 이만."

고블린 슬레이어는 그것을 보고 한 마디 고한 뒤, 자리에서 일어섰다.

"가자."

"아, 어, 어어."

말대꾸를 용납하지 않는 말에 소년은 무심코 순순히 고개를 끄덕이며 뒤를 따랐다.

그때 소치기 소녀도 자리에서 일어서더니 고블린 슬레이어의 소매를 살짝 당겼다.

"아, 맞아맞아. 내일은 어쩔 거야?"

"의뢰에 따라 다르지만, 이제 돌아온 참이다. 녀석들은 쉴 셈이겠지."

"네가 어떡할 건지를 물은 건데 말야."

정말이지. 그러나 소치기 소녀에겐 이미 익숙한 일이다. 볼을 긁적이더니 더 이상은 묻지 않았다.

"뭐, 됐어."

그녀는 살짝 중얼거리고 생긋 웃더니 그의 소매를 놓아주었다.

그리고 허리 부근에서 살짝 손을 흔들었다.

"아침 준비해둘게. 잘 자!"

"그래."

고블린 슬레이어는 고개를 끄덕였다.

"잘 자라."

고블린 슬레이어가 문을 열고, 소년과 함께 밖으로 나갔다.

헛간은 목장의 뒤쪽에 있다. 낡기는 했지만 수선은 잘 되어 있었다.

그리고 안내 받은 헛간 안을 보고서, 붉은 머리칼의 소년이 뻔뻔스레 말했다.

"그래서, 저 녀석들은 대체 뭔데?"

"뭐라니?"

그을음으로 지저분한 램프가 뿜어내는 주황색 빛이 비추는 실내는 기이할 정도로 잡다했다.

주변의 선반에는 본 적도 없는 고철들이 들어 있고, 먼지에 뒤섞여서 약 냄새가 떠돌았다.

학원의 도사들 방과 비슷하네. 소년은 멍하니 생각했다. 그것이 지독하게도 마음에 안 들었다.

불만이라면, 침대 대신이라며 가리킨 짚 더미도 싫었다.

어떻게 자라는 거야? 불평을 흘리자 고블린 슬레이어가 대답했다.

"외투를 깔아라."

그러면 지푸라기가 외투에 달라붙잖아. 소년은 투덜거리면서 그 말에 따랐다.

"네 부인이 아니란 건, 가족은 아닌 거잖아."

"……그렇게 되지."

짚 더미에 드러누워 봤더니, 생각보다 훨씬 부드러웠다.

"오."

고블린 슬레이어는 약간 놀라는 소년의 맞은 편, 문 앞에 털썩 앉았다.

"상대가 어떻게 생각하고 있는지 까지는, 모른다."

"그게 뭐야?"

"옛날부터 아는 사이. 집 주인. 그리고 그 딸. 객관적으로는 그렇게 된다."

고블린 슬레이어는 그 말을 끝으로 입을 다물었다.

소년은 짚 더미에서 그를 노려보았지만, 철 투구 너머에서 어떤 표정을 짓고 있는지 알 수는 없었다.

천장으로 눈을 돌렸다. 몸을 뒤척여서 선반을 보고 늘어놓은 물건들을 바라보았다.

무슨 정체 모를 생물의 두개골부터 약액이 들어간 병, 날이 3개인 기묘한 투척 나이프.

주르르 늘어선 그것은 과연 무엇에 쓰는 것일까? 소년은 도무지 상상할 수 없었다.

잠시 지나서, 다시 뒤척인 소년은 아까와 완전히 같은 자세인 그를 보고 숨을 내쉬었다.

"……당신은 안 자?"

대답은 대단히 낮은 목소리였다.

"나는 한쪽 눈을 뜬 채로 잠들 수 있다."

"정말이지. 남한테 묵으라고 해놓고는 당신도 의심이야?"

"아니."

고블린 슬레이어의 투구가 살짝 흔들렸다. 소년은 그가 고개를 옆으로 저었다는 걸 깨달았다.

"고블린이 왔을 때를 대비하는 거다."

"뭐라고?"

"떨어져서 잠드는 거니까. 즉시 대응하지 못하면 곤란하다."

"……그건 또 뭐야."

"고블린을 죽이고 싶다면, 이 정도는 해라."

소년은 잠시 입을 다문 다음 뒹굴, 이번에는 드러누웠다.

그의 시야에는 천장에 매달린 램프가, 바람에 끼익끼익 삐걱대면서 불꽃을 밝히고 있었다.

눈을 가늘게 뜨고, 다음으로 눈을 감아도 미약하게 주황색이 눈에 들어온다. 그렇게까지 광량이 있을 리 없는데도.

소년은 불꽃 바로 아래를 노려보면서 이윽고 입술을 삐죽거렸다.

"……그런 거. 필요 없잖아."

"그런가."

고블린 슬레이어가 말했다.

"그렇게 생각한다면 그래도 된다."

"……."

"자라. 내일 길드까지 데려다 주지."

그렇게 말하고, 갑옷과 투구를 입은 기묘한 모험가가 입을 다물었다.

—이 녀석, 무슨 생각이지?

소년이 의심스레 그 지저분한 투구를 흘기면서 머리를 굴려봤다.

기세에 휩쓸려서 여기까지 왔지만, 아무리 생각해도 이상하다.

생판 보지도 못한 신입 모험가를 어째서 자신의 방에서 재워주는 걸까?

부인인지 가족인지 뭔지는 모르겠지만, 그걸 설득하면서까지?

소년이 세상 물정 모르는 귀족 같은 거라서 돈을 가졌거나, 여자였다면 또 모를까?

그러나, 재워줘도 아무런 이득이 안 될 텐데.

어쩌면 소문에 들어본, 신입을 두들겨 패서 가진 것들 벗겨내는 그런 건가—.

—아니, 하지만 은 등급이니까.

길드의 심사가 어지간히 허술하지 않은 이상, 한통속이 되어 부정을 저지를 가능성은 낮았다.

길드가 생기기 전이었다면, 잠깐 들른 마을에서 살해당하는 모험가도 있었다고 하지만 말이다.

—그리고 이 녀석, 갑옷이나 투구가 지저분하고 무섭단 말이지.

소년은 희미한 어둠 속에서 가만히 이쪽을 노려보는 투구에서 벗어나고자 몸을 돌려 등졌다.

—저런 차림으로, 그냥 친절을 베풀었다고?

"……설마."

있을 수 없다. 소년은 고개를 끄덕이고, 옷 안쪽에 숨기고 다니던 단검을 쥐었다.

—젠장. 나도 그냥 살해당하지는 않는다고!

소년은 자신을 「방심할 수 없는 인물」이라고 정의할 정도로 자부심이 있었다.

상대가 무슨 꿍꿍이든 간에, 잠든 틈에 기습으로 살해당해주진 않으리라고 결심했다.

그래서, 그는 자신이 금세 잠에 빠져버린 것을 마지막까지 깨닫지 못했다.

§

"………으, 어……?"

소년의 의식이 깨어나기를 재촉한 것은 탕, 탕, 탕, 불규칙적으로 울리는 메마른 소리였다.

몸을 일으킨 소년이 맨 처음 느낀 것은 따끔따끔 찌르는 지푸라기의 감촉이었다.

흐릿한 시야에 비치는 실내는 아무리 봐도 학원의 기숙사일 수 없었다.

—애당초 그곳 침대는 지푸라기가 아니니까.

베갯머리, 라기보다 머리 위쪽 지푸라기를 손으로 더듬어서 놓아두었던 안경을 집어서 썼다.

고철 덩어리가 가득 차 있는 헛간 안에 희미하게 햇살이 내리쬐자 먼지가 춤추는 것이 보였다.

"……아, 아아."

그렇지.

그는 그 고블린 슬레이어란 작자에게 이끌려서 여기서 자고 있는 것이었다.

입구에 앉아 있던 이상한 모험가의 모습은 이미 보이지 않았다.

안으로 들어오는 햇살의 높이를 보니 아직 해가 뜨고서 얼마 지나지 않았을 텐데.

"……칫, 영문을 모르겠어. 그리고 역시 짚투성이잖아."

혀를 한 번 찼다. 소년은 일어서서 침상에 깔았던 외투를 집었다.

주위를 한 번 둘러보고 망설이기는 했지만, 펄럭펄럭 털어서 지푸라기를 떨궈냈다.

외투를 입자 아직 따끔거리는 감촉이 있었지만 얼굴을 찌푸리면서도 헛간 밖으로 나왔다.

"……우, 와. 역시 춥네."

봄이 시작됐지만 이른 아침은 아직 겨울의 숨결이 남아 있었다.

소년은 외투의 깃을 세우고, 몸을 부르르 떨었다.

목장은 우유라도 뿌린 것처럼, 흐릿하지만 하얀 아침안개가 떠돌고 있었다. 구름 속에 있는 것 같았다.

밤늦은 시간에 왔으니 목장의 지리 같은 건 알 수 없었지만, 소년은 대강 목적지를 정하고 걸었다.

역시 예상대로 멀지 않은 곳에 자그마한 지붕이 달린 우물이 있었다.

나무 기둥에 장대를 얹어 우물 위까지 뻗어 있었다. 끝부분에 밧줄이 달렸고, 물동이와 묵직한 돌이 이어져 있었다.

간단한 구조의 두레박틀이었다.

소년은 물동이를 우물에 던지고 밧줄을 당겨서, 돌을 들어 올리는 요령으로 물동이를 깊게 가라앉혔다.

그리고 당기는 손을 천천히 풀자, 올라간 돌이 떨어지며 물동이가 올라왔다.

안경을 벗은 소녀는 그대로 차디찬 우물물에 머리를 담가 버렸다.

"끄, 으으으으으으으으으으으……! 푸아?!"

숨이 막힐 정도로 차가움을 만끽하고서 고개를 들더니, 부르르 흔들어 물방울을 떨쳐냈다.

이어서 입을 헹구고 발치의 목초에 물을 뱉어내더니 외투 자락으로 난폭하게 얼굴을 닦았다.

아침 몸단장 치고는 난폭하지만, 간편하고 빠르니 좋다.

"……응?"

그때 또 다시 하얀 안개 너머에서 탕, 탕, 메마른 소리가 귀에 닿았다.

요리하는 소리는 아니다. 목공 일이나 밭일, 혹은 장작을 패는 소리하고도 달랐다.

마술사의 길에 뜻을 품었다면 당연히 호기심이 강해야 한다.

그쪽으로 가고자 했던 소녀는 그 순간 자기 손이 비어 있는 것을 깨달았다.

"아차, 깜빡 했다!"

황급히 헛간으로 돌아가서 침상 옆에 세워둔 지팡이를 낚아채 돌아갔다.

메마른 소리는 변함없이 울리고 있었다. 아무래도 그리 멀지 않은 곳이란 건 확실했다.

잠시 지나, 그는 안개 너머에서 움직이는 그림자에 도착했다.

아침 해가 천천히 안개를 녹이자 주문을 쓸 것도 없이 정체가 드러났다.

"……오."

고블린 슬레이어였다.

여전히 지저분한 가죽 갑옷에 싸구려 철 투구를 쓰고, 깊게 허리를 숙인 자세를 잡고 있었다.

목장을 둘러싼 나무 울타리와 대치하는 모습. 묘하게 낮은 위치에 둥근 표적이 붙어 있었다.

표적에 꽂힌 나이프는 고블린 슬레이어가 던졌을 것이다.

소년은 학원에서 내준 난제만큼 고민해볼 것도 없이 아까 그 소리의 원인을 이끌어냈다.

"……뭐 하는 거야?"

"연습이다."

고블린 슬레이어는 성큼성큼 표적으로 다가가서, 꽂힌 무기를 거침없이 뽑았다.

소년이 보기에 투척용이 아니라 극히 평범한 나이프 같았다.

아니, 나이프만 있는 게 아니다.

살펴보니 표적에 꽂힌 것은 검에, 창에, 손도끼에…… 저건 도끼칼인가?

그렇다면, 혹시나 풀숲에 굴러다니는 돌도 고블린 슬레이어가 투척한 것일까?

투척.

소년은 그 말을 머릿속에서 되새겨봤다.

—모험가, 전사란 것은 무기를 휘두르는 게 아니었나?

"무기를 던지면 싸울 수 없잖아. 바보 같긴."

"빼앗으면 된다."

고블린 슬레이어는 뽑아낸 나이프의 날을 손가락으로 더듬어 점검했다.

"고블린 놈들에게서."

소년은 그 대답에 흥 콧방귀를 뀌었다.

"……처음부터 좋은 무기를 가지는 편이 좋지 않아?"

"그런가."

"애당초 고블린 정도는 주문 한 방으로 정리할 수 있어야지."

"그런가."

"그리고…… 오늘은 쉬는 날 아니었어? 그 여자한테 슬쩍 말했잖아."

"전에, 길게 휴식을 취한 다음 움직임이 무뎌진 일이 있었다."

고블린 슬레이어는 그렇게 말하면서 무기를 적당히 발치에 던졌다.

그리고 호흡을 가다듬으며 천천히 표적에서 등을 돌렸다.

"다음에도 상대를 죽일 수 있다고 장담할 수 없다."

말하자마자 고블린 슬레이어가 몸을 돌렸다.

동시에, 발치에 떨어진 무기 하나를 붙잡아서 조준을 할 틈도 없이 던졌다.

메마른 소리와 함께 공중에서 1회전한 단검이 표적의 가운데쯤 박혔다.

"흥."

그대로 무기를 주우면서, 차례차례 투척을 반복했다.

묵묵히, 묵묵히, 던지고 회수하고, 던지고 회수하고, 하염없이 반복한다.

—대체 뭔 재미지?

소년은 풀밭에 웅크려 앉아서 커다랗게 하품을 했다.

수면의 정령이 남긴 모래 입자를 떨궈내고자 눈을 비볐다.

“움직이지 않는 표적에 던져봤자 도움이 안 되는 거 아냐?”

“모른다.”

“애당초 표적의 위치가 묘하게 낮잖아.”

“고블린의 목 높이다.”

소년이 입을 다물자 멀리서 「아침 다 됐어!」라는 따스한 목소리가 들렸다.

돌아보자 아침 안개가 걷힌 목장 너머에서 소치기 소녀가 창틀에 몸을 내밀어 손을 흔들고 있었다.

손을 멈춘 고블린 슬레이어는 어쩐지 눈부신 기색으로 그녀를 보더니 고개를 끄덕였다.

“알았다.”

그리고, 철 투구를 소년 쪽으로 빙글 돌렸다.

“가지.”

—켁. 어차피 제대로 된 밥도 아닐 거 아냐.

소년은 마지못해서 구시렁거리며 고블린 슬레이어 뒤를 따랐다.

—맛없으면 테이블을 걷어차 주겠어.

§

아침 식사는 스튜였다.

소년은 세 그릇을 더 먹었다.

§

"으, 으그그그………."

"과식했군."

도시 변두리의 목장에서 문을 지나 길드로 가는 길. 소년은 비틀거리며 걸었다.

지팡이에 매달려서 필사적으로 걸어가는 모습이 과연, 장렬한 모험을 한 다음 같기도 했다.

끝없는 광야를 답파하고, 드디어 성에 도착한 모험가가 이러랴.

스윙도어를 넘어서 대합실의 소란 속에 뛰어든 소년은 무너지듯 의자에 주저앉았다.

오늘도 길드를 찾아오는 모험가는 많았다.

새롭게 등록하러 온 자도 그렇지만, 날마다 일을 구하러 오는 자도 당연히 많았다.

"우에에에에………."

"유적에서 승강기까지 도착한 뒤풀이 때문에 숙취라니, 바보 아냐?"

"보양을 좀 하려는 거였어……."

"바보 아냐?"

취해서 숙취를 겪는 모험가도 드물지 않아서, 긴 의자에서 축 늘어져 있는 자도 종종 보였다.

소년도 그런 사람이라고 생각했는지 그다지 주목을 받지는 않고 있었다.

"그러면, 나는 간다."

고블린 슬레이어는 긴 의자 하나를 점령하고 우우 으르렁대는 소년을 내려다보며 말했다.

"처음에는 하수도에서…… 자이……어쩌고 하는 쥐라도 퇴치하도록."

"나는—. 고블린 퇴치를, 할, 거야……!"

"그런가."

그것을 끝으로, 고블린 슬레이어는 소년에게 등을 돌렸다. 그의 행동에 어찌 참견을 할 수 있을까?

고블린 슬레이어는 곧장 성큼성큼 거침없는 발걸음으로 늘 앉는 정위치로 향했다.

길드 대합실 가장 안쪽, 한 구석에 있는 의자였다.

5년……. 아니, 6년 전. 그가 갓 모험가가 되었을 무렵에는 거기에 그밖에 없었다.

그러나, 지금은 달랐다.

동료들이 모여 있고, 그에게 용건이 있는 자도, 그저 인사만 하러 오는 자도, 찾아오게 되었다.

오늘도 그랬다.

꼬리를 흔들며 서 있는 리자드맨 승려. 긴 의자에는 엘프 궁수와 드워프 도사 사이에 오도카니 앉아 있는 여신관.

그런데…….

"고블린 슬레이어 씨이……."

아무래도 평소와 분위기가 다르다.

빙 둘러선 사람들의 중심. 여신관은 무릎 위에 올린 양손을 꼭 쥐고서 힘없는 목소리로 말했다.

"무슨 일이지?"

"승급 이야기가 나왔다는데 말이야."

대신 대답한 엘프 궁수의 말에 고블린 슬레이어는 「아아」 고개를 끄덕였다.

"슬슬 그럴 때로군."

모험가는 백자에서 백금까지 총 10등급으로 나뉜다.

규격을 벗어난 백금은 그렇다 치고, 그 구분 기준이 되는 것이 속된 말로 「경험점」이었다.

다시 말해서 보수 금액과 주변에 대한 공헌도, 그리고 인격.

여신관이 지하 유적에 있었던, 그 뭐라고 했던 괴물을 쓰러뜨리고 흑요로 승급한 것이 1년 전이다.

그 다음에도 물의 도시에서 무슨 거대한 눈깔 괴물이나, 도시에 쳐들어온 고블린 군단의 두목.

그리고 북방에서는 고블린 팔라딘(소귀 성기사)과 싸움을 거치며 금액도 공헌도도 충분히 벌었다.

인격에 이르러서는 말할 것도 없다.

과연. 승급 이야기가 나오는 것도 당연한 일이다.

그런데, 이렇게 풀이 죽어 있다는 것은…….

"안 된 건가?"

"안 된 모양이니라."

추천장도 있었는데. 엘프 궁수가 중얼거리자 여신관이 「네」 하고 가는 목소리로 응답했다.

기가 죽은 모습이 비를 맞으며 버려진 강아지 같았고, 목소리도 우는 것처럼 작았다.

"아무래도, 그게, 저는, 공헌이 부족한 것이 아닌가 싶대요."

"어쩔 수 없는 면이 있군. 우리들은 다들 은 등급이니 말일세."

말을 망설이는 그녀의 중얼거림을 리자드맨 승려가 보충하자, 드워프 도사가 불만스럽게 콧방귀를 뀌며 수염을 비틀었다.

"우리들한테 업혀온 거 아니냐, 한다는 게냐? 그렇게 보는 녀석도 있을 법은 하구나."

이것만큼은 역전의 모험가라도 해도 어떻게 할 수 없는 일이었다.

"음."

고블린 슬레이어가 낮게 신음했다.

그녀— 여신관의 첫 파티는, 이미 존재하지 않는다.

함께 백자 등급에서 성장했어야 할 사람들은 이미 없는 것이다.

흘끔 접수처를 보니 모험가에게 응대하느라 바빠서 이리저리 움직여 다니는 접수원 아가씨의 모습.

시선을 깨달은 그녀가 양손을 마주치며 「죄송해요」 하는 걸 보니 어쩔 수 없는 일인 모양이다.

하긴 모험가 길드를 운영하는 건 그녀가 아니니까.

상관이 있고, 서류가 있고, 심사가 있고, 사무 수속이 있고, 세상은 그렇게 움직이는 법이다.

개인의 노력은 필수 불가결하지만, 언제나 그것만 가지고 움직일 만큼 세상은 간단하지 않았다.

"저, 저기, 신경 쓰지, 마세요."

생각에 잠긴 고블린 슬레이어나 동료들을 배려하듯이, 여신관이 기특하게 말했다.

"분명히, 노력하면, 인정해줄 테니까요……."

"오냐. 요컨대 기량이 충분하고, 역할을 다하고 있다는 것이 전해지면 되는 것 아니더냐?"

"후으음……."

드워프 도사가 말하자 벽에 기대서서 사려 깊게 팔짱을 끼고 있던 리자드맨 승려가 꼬리를 털썩 흔들었다.

"우리들 부족에서는 많든 적든, 후진에게 전투 기술을 전해야 비로소 의미가 있다고 하네만."

"그거다."

엘프 궁수가 손가락을 튕기려고 했다. 틱, 하는 가벼운 소리.

우우. 입술을 삐죽이면서 한 번 더. 역시 소리는 안 났고, 드워프 도사가 소리죽여 웃었다.

"……뭐야."

"아니, 뭐가 그거다인가 싶어서 말이다."

엘프 궁수가 꿰뚫을 것처럼 노려보았지만 드워프 도사는 산들바람처럼 무시했다.

헤실헤실 웃으면서 수염을 만지는 동작에 엘프 궁수는「나중에 두고 보자」라는 결심을 굳혔다.

"……그러니까 말야. 우리 등급이 문제라면 백자급이나 흑요들끼리만 모험을 시켜보면 되는 거 아냐?"

"분명 그렇구먼. 어찌 됐든 여기도 길드가 아니더냐? 도제의 형식으로 보여주면 되는 법이야."

"저기……."

여신관이 고개를 들어 당황하면서 일동을 둘러보았다. 눈빛이 살짝 떨리고 있었다.

메마른 입술을 가볍게 혀로 핥고, 살며시 검지를 대고는 확인하는 것처럼 말했다.

"그러니까, 여러분 말고 다른 사람들과 모험을 한다, 라는 건가요?"

"그렇겠군."

고블린 슬레이어는 담담하게 말했다.

"나쁜 일은 아닐 거다."

"그러면, 결정됐네."

엘프 궁수가 의기양양하게 기다란 귀를 흔들었다.

수명이 긴 종족이었다. 사소한 일로 꾸물거리며 고민하지 않는 것이다.

"적당히…… 적당히라고 하면 좀 섭섭하려나? 백자인 애들을 찾아서—."

그렇게, 파티 사람들이 움직이려는 그때였다.

"켁. 아무리 후위라고 해도, 움찔움찔 쭈뼛쭈뼛 거리는 녀석이 승급할 수 있을 리 없지.”

컹컹 짖는 소리 같았다.

우우! 엘프 궁수가 기다란 귀를 곤두세우고 탐색했다. 목소리의 주인이 비틀거리며 긴 의자에서 일어섰다.

붉은 머리칼의 소년— 로브를 두르고, 지팡이를 손에 들고, 안경을 썼다. 그 마술사 소년이었다.

아, 여신관이 놀라서 입을 벌린 것도 한순간. 그녀는 눈꼬리를 치켜 올렸다.

“쭈, 쭈뼛쭈뼛 거리지, 않아요.”

“어떤가 몰라. 신관이란 녀석들은 언제나 그렇다고 들었는데?”

헤헹. 보란 듯이 코웃음을 치더니 소년이 여신관을 게슴츠레 쳐다보았다.

비웃는 것처럼 입 꼬리를 올린 모양새. 본인은 멋있다고 생각하는 모양이다.

그러나, 교활하고 추악한 인상이 강한 것을 그는 깨닫지 못했다.

“난처하면 신이시여 신이시여 그러면서 떨고 있을 뿐이잖아?”

“무슨……!”

여신관은 너무나 심한 폭언에 말을 잃었다. 점점 그녀의 하얀 얼굴이 붉게 물들었다.

보기 드물게, 그리고 어떤 의미로는 당연하게 여신관이 화를 냈다.

“그렇지, 않아요! 저도, 이래저래……!”

—이래저래, 뭘 하고 있는 걸까?

자신을 가지고, 가슴을 펴고 말할 수 있는 게 있을까?

지시를 받아서, 신에게 모두의 무사와 가호를 기도하고 기적을 일으킨다.

신에게 의지한다. 그녀 자신은 무엇을 했을까? 뭘 할 수 있을까?

무심코 말이 끊어진 여신관은 얼굴을 붉히고 고개를 숙이며 움켜쥔 주먹을 붕붕 흔들었다.

소년은 승리를 뽐내듯이 가슴을 폈다.

"다른 사람을 가늠한다는 것은, 가늠을 당해도 어쩔 수 없는 일일세."

그리고 잡아먹을 것처럼 불쑥 솟아나온 리자드맨 승려의 턱을 보고, 한 걸음, 두 걸음 물러섰다.

"한 사람의 신관을 비웃는 것은, 백만의 신관을 비웃는 것과 같은 뜻일세."

빙글 기다란 목을 돌리는 리자드맨 승려를 따라서 소년이 주위를 둘러보았다. 아뿔싸.

신참부터 숙련자까지. 모험가들의 시선이 소년과 얼굴이 빨개진 여신관에게 모이고 있었다.

"신의 가호 없이 살아가기에는, 괴로운 세상이 아니겠는가?"

으. 소년이 그 말을 듣고 신음한 것도 무리가 아니었다.

그는 다들 보는 앞에서 외쳤다. 뒷일은 생각하지도 않고서.

"잠깐, 너! 지금 그 말 다시 한 번 내 눈을 똑~바로 보면서 해봐!!"

"바보야, 그만둬. 쥐 퇴치하러 가자, 쥐. 연습이 되니까."

"이거 놔! 놔아아아! 본때를 보여 줄 거야! 이—거—놔—!"

지팡이를 휘두르는 수습 성녀를 신참 전사가 무작정 끌고 갔다.

이것은 뭐 현저한 예긴 했지만, 많든 적든 비슷한 반응이 많았다.

당연히 남녀의 차이 때문에 편드는 심정도 있고, 아는 사이라 정이 들었다는 점도 작용한다.

그러나, 사람들 태반이 소년에게 탓하는 시선을 보내는 것은 단지 그것 때문이 아니었다.

전위에 서지 않는 신관을 그저 회복 담당이라고 비웃는 모험가는 있다.

한편으로, 신관들이 구해낸 모험가도 상당히 많다.

누구나 다치기도 하고, 고통에 몸부림치며, 독에 침식되고, 저주받으며, 방치되는 건 싫다.

파티에 신관이 있다면 물론이고, 신전에 시주를 하면 누구든지 차별하지 않고 구해준다.

무엇보다도 자신을 위해서 기도를 속삭이고, 영창하고, 염려해주는 자를 어찌 함부로 대할 것인가?

"나, 나도……."

그러나, 그래도 기가 죽어 물러나서는 모험가 따위 해낼 수 없는 법이다.

"나도 모험가야!"

견식이 좁은 것은 그렇다 치고, 주위에 지지 않고 소리를 지른 그 자세에「오」하며 눈을 흡뜨는 자도 있었다.

궁극적으로, 모험가란 것은 자기책임인 직업이었다.

그렇기에, 신관직을 가볍게 본다고 해도 자기 힘으로 버티고 설 기개가 있다면 그것도 괜찮다.

"고블린 정도는 아무것도 아냐! 근데 뭐? 고블린 슬레이어라고?"

지팡이를 겨누었다. ―고블린 슬레이어에게.

너에게 술법(Cast You)을 건다라는, 마술사의 분노를 나타내는 동작.

"메모하지 마라, 고블린 퇴치의 비결은 안 가르쳐 준다, 쥐나 죽이고 있어라? 장난 치냐!"

지금까지 쌓이고 쌓인 울분이 있었나 보다. 소년은 단숨에 말을 내뱉더니 외쳤다.

"나는 고블린을 죽여 버릴 거야!"

귀기가 서린 목소리. 하지만 그것을 들은 고블린 슬레이어는 살짝 투구를 기울일 뿐이었다.

그 옆에서, 기다란 귀를 쫑긋쫑긋 흔들던 엘프 궁수가 팔짱을 끼고 그 철 투구를 돌아보았다.

"뭐―야, 오르크볼그. ……동생이야?"

"아니다."

고블린 슬레이어는 딱 잘라 말했다.

"나에겐 누나밖에 없었다."

"그래."

하아. 숨을 내쉰 엘프 궁수는, 참으로 엘프다운 우아한 동작으로 어깨를 으쓱거렸다.

"어쩐지 저 남자애랑 비슷한 말, 매번 들어서 놀랍지가 않네―."

"그런가."

"그래서, 쟤는 누군데?"

"신입이다."

고블린 슬레이어가 말했다.

"마술사라더군."

고블린 슬레이어의 시선은 지팡이를 겨누는 소년이 아니라 여신관에게 돌아갔다.

고개를 숙이고 어깨를 긴장시킨 채 아무 말도 없이 입을 다문 그녀.

열다섯— 아니 이제 열여섯이다. 1년 전에 모험가가 되었다지만 아직 어리다.

『아무것도 못했다』라고 그 1년을 부정당한 그녀에게 무슨 말을, 해야—.

"그럼 정해진 것 아닌가!"

그때 늠름하고 쾌활한 목소리가 끼어들었다.

제3자가 끼어들자 일동의 눈길이 그쪽을 향했다.

"이야기는 다 들었다. 질서이자 선인 기사다운 자로서 그냥 넘어갈 수 없군!"

흐흥. 콧대를 높이는 아리따운 여기사.

반짝거리는 미소가 「재밌어 보여서 고개를 들이밀었다」라고 이야기하고 있었다.

그 어깨 너머로, 중장 전사가 「말리질 못했다」라며 한 손을 들었다.

"뭐야……. 당신은 뭔데? 상관없잖아."

"후후후. 언젠가는 성기사로 이름을 날리게 될 나지만, 지금은 모르는 것도 무리는 아니지."

의심스럽게 노려보는 소년을 신경 쓰는 기색도 없이, 여기사는 위풍당당하게 다소 얌전한 가슴을 내밀었다.

"그러나 뭐 들어봐라, 소년. 나에게 좋은 생각이 있다!"

여기사가 단단하지만 유연한 손가락을 교묘하게 퉁겨서 딱 소리를 냈다.

엘프 궁수가 기다란 귀를 쫑긋 세우는 것을 무시하고, 그녀는 소년을 척 가리켰다.

"그런 말을 했으니 너, 고블린 퇴치를 해봐라."

"바, 바라는 바다!"

"좋아, 똑바로 말했지."

여기사의 눈동자가 반짝, 험악하게 빛났다.

"다만!"

그 손가락이 휙, 그야말로 장검의 일격처럼 움직였다.

"리더는 저 신관 여자애다!"

"네에?!"

칼날처럼 가리킨 손가락 끝을 보고, 퍼뜩 제정신을 차린 여신관이 비명을 질렀다.

허둥대면서 눈을 깜빡이고, 눈앞의 손가락과 또 한쪽의 소년을 번갈아 보았다.

"제, 제가 지시를, 내리는 건가요? 얘한테? 그게……."

"얘라고 하지 마! 그리고 나중에 조건을 붙이다니 치사하잖아!"

"무르구나, 소년. 기사란 것은 정정당당하게 책략을 구사한다. 걸려든 자신의 미숙함을 저주해라!"

"……저, 저기, 저는, 아직 받아들인다고 안 했는데요."

"문답무용!"

에에엑. 여신관이 귀여운 소리로 항의하자, 중장 전사는 묵묵히 길드 천장을 우러러 보았다.

천벌이 안 떨어진다. 지고신은 여기사를 질서이자 선으로 인정한 모양이다. 이럴 수가 있나.

"흐음."

그렇게 떠들썩하고 소란스런 구역을 멀찍이 바라보며, 고블린 슬레이어가 중얼거렸다.

"어떻게 보나?"

"사려가 얕은 것은, 경험이 부족한 탓일 걸세."

리자드맨 승려가 묵직하게 고개를 끄덕였다. 눈알을 빙글 한 바퀴 돌렸다.

"쓸 수 있는 술법이 몇 가지인지, 몇 번 쓸 수 있는지는 모르겠지만 기개는 좋군."

"술법은 모르겠다만."

고블린 슬레이어는 조금 생각하고 대답했다.

"하나나, 둘 정도겠지."

"술사 선생은, 어찌 보시나?"

"좋게 보든 나쁘게 보든 원석이구먼."

드워프 도사는 유쾌한 기색으로 수염을 만지면서, 일절 주저 없이 말했다.

소란의 중심. 눈을 세모나게 뜨고 소란을 피우는 소년은 이렇게 가늠을 당하고 있는 줄은 전혀 생각지 못하리라.

"거칠구먼. 이제 막 파낸 참이야. 흙도 털어내지 못했어. 연마해 봐야 알겠구먼."

“단련하기 나름일세.”

“동감이다.”

“그럼 결정됐구만.”

턱. 단단한 손바닥이 고블린 슬레이어의 어깨를 두드렸다.

돌아보니 그곳에는 거한이 있었다. ―중장 전사.

“네가 다른 모험가를 칭찬하는 건 드문 일인데, 고블린 슬레이어.”

“칭찬한 것은 아니다만…….”

그것이 비꼬는 말인지, 그냥 단순히 사실을 말한 것인지 알 수 없었다.

알 수 없으니 고블린 슬레이어는 투구를 기울였다.

“그런가?”

“그래.”

“그런가. ……그쪽이 이쪽을 챙겨주는 것도 드문 일 같다만.”

“챙겨주는 건 내가 아냐. 저 녀석이지.”

턱짓으로 가리킨 곳에는 여기사가 여신관과 소녀를 구슬리고 있었다.

아니, 언뜻 보기에는 같이 소란 피우는 것뿐일지도 모른다.

그러나 적어도 고블린 슬레이어는 그녀에게 무슨 말을 해주지 못했다.

여신관이 왜, 어째서 자신과 파티가 되었는가?

그녀의 첫 파티가 어떤 말로를 맞이했는가?

알고 있는 것은 그밖에 없는데도.

소녀를 타이른 것은 리자드맨 승려였고, 이야기를 전환시킨 것은 여기사였다.

그는 할 수 없는 일이었다.

"……미안. 덕분에 살았다."

"신경 쓸 정도의 일은 아냐."

중장 전사가 괜히 더 무뚝뚝하게 말하더니 시선을 돌리며 볼을 긁적였다.

"내가 진 빚이 더 크니까. 조금씩 갚으마."

그 말에 고블린 슬레이어는 생각에 잠겼다. 짚이는 것이 없었다.

그러나 중장 전사에게는 중요한 일인 것 같았다.

"……그런 건가?"

"그래."

"그런가."

고블린 슬레이어는 조용히 말했다. 투구 속에서, 눈만 움직여 중장 전사를 보았다.

"나도, 빚이 있다고 생각했다."

"그러면, 조금씩 갚아라."

"그런가."

"……그래서. 무슨 생각을 하고 있냐?"

"고블린을 어떻게 죽일까 생각하고 있다."

중장 전사는 얼굴을 찌푸리는 것과 종이 한 장 차이인 웃음을 짓고는 「그렇겠지」 중얼거렸다.

그 말을 들으면 그를 아는 모험가들은 모두 알고 있었다며 웃었을 것이다.

고블린 슬레이어.

언제나 고블린 얘기만 해대는 「뭔가 이상한 녀석」은 이미 익숙한 풍경의 일부였다.

"다만."

그런 그가 작게 중얼거리고 길드 안을 둘러보았다.

여기사와 소년이 왁자지껄 떠들고, 손가락 튕기는 걸 포기하고 참견하러 달려간 엘프 궁수.

그것을 바라보며, 계획을 세우면서도 웃고 있는 리자드맨 승려와 드워프 도사.

멀리서 구경하며 제멋대로 외쳐대는 익숙한 모험가, 낯선 모험가.

길드의 접수처에서는 감독관이 깔깔 웃었고, 접수원도 희미한 미소를 흘리고 있었다.

의뢰를 마친 창잡이가 「이얏호!」라며 뛰어 들어오자 마녀가 타일렀다…….

그런 사람들의 중심에, 여신관이 당혹하면서도 자리 잡고 있었다.

엘프 궁수의 추궁을 받은 그녀는 새침하게 「저도 할 수 있는 걸요?」라면서 손가락을 튕겼다.

당황하고, 당혹하고, 난처한 기색을 보이면서도, 그녀는 즐거워 보이고, 행복해 보였다.

평소와 같은 풍경이다. 사람들은 이리저리 바뀌겠지만, 분명히 변함없이 이어질 것이다.

고블린 슬레이어는 다시 한 번 「다만」이라고 반복해서 말했다.

"……잘 된다면, 그보다 좋은 일은 없겠지."

"그렇겠지."

중장 전사가 낮게 웃더니 고블린 슬레이어의 어깨를 강하게 두드렸다.

제 3 장 『주술적 자원(리소스)』

Goblin Slayer

He does not let anyone roll the dice.

맨 처음에 말해야 할 것은 그들이 저지른 실수에 대해서다.

장비는 갖추고 있었다. 파티 멤버도 밸런스 좋게 모여 있었다.

방심과 자만의 정령하고도 인연이 없었고, 대열이 분단되지도 않았다.

그러나 그들은 전멸했다. 어째서일까?

천상에 거하는 그 《진실》의 신이라면, 함박웃음을 지으며 이리 말할 것이 틀림없다.

"오늘은 파티 하나쯤 전멸시킬 셈이었거든."

이라고.

§

훈련장 건설 예정지 주변의 괴물 소탕이 그들이 맡은 의뢰였다.

신화의 시대부터 끊임없이 이어진 기도하지 않는 자들(Non-Prayer)과의 끝없는 싸움.

그런 가운데 몇 개나 만들어진 요새나 성은, 이제는 차례차례 유적으로 변해버렸다.

그들 5명이 도전한 것은 그런 유적 중 하나였다.

제9위의 흑요 등급, 제10위의 백자 등급이 섞여 있었다. 새내기에서 한 걸음 내디딘 모험가들.

몇 번인가 모험을 성공시킨 그들은 여태까지와 마찬가지로 유적에 도전했다.

그리고 둥지를 튼 고블린을 습격했다.

위태로울 것 없이 대열을 가다듬고, 술법을 준비하고, 묘실의 문을 박차며 쏟아져 들어갔다.

그리고 무기를 휘두르고, 번개와 불덩이를 날려 보내고, 시체를 유린하고, 보물 상자를 열었다.

전형적인 침입과 약탈(핵 앤 슬래시)이었다.

"정말이지, 역시 고블린 놈들은 손맛이 부족해."

상어이빨(테붓제) 목검을 지고서, 리자드맨이 턱에서 호흡을 흘렸다.

비늘을 밀어 올리듯 단련된 근육은 명백하게 전사의 몸이었다.

"정면으로 부딪치면 질 요소가 없으니까."

"그래? 나는 이것도 꽤 즐거운데."

거친 목소리에 응답한 것은 즐거운 기색으로 깔깔 웃는 젊은 흄 아가씨였다.

건강하고 유연한, 그러나 여성다운 몸을 속옷과 다름없는 갑옷으로 아낌없이 드러내고 있었다.

선정적이지만 단지 그것만이 아니란 것은, 발치에 세워둔 거대한 전투 도끼가 상징하고 있었다.

전쟁의 여신을 섬기는 신관 전사인 그녀는 자신의 아름다운 몸을 과시하듯 허리를 틀어 보였다.

그것을 보고 한숨을 내쉬는 것이 약간 중년의 영역에 접어든 휴 마술사.

그는 넓어져가는 이마를 찰싹 두드리고, 바위에 새긴 것처럼 날카로운 눈으로 아가씨를 보았다.

"그렇다고 해서 너무 앞으로 나서지 마시오. 난전이 되면 술법을 날릴 수가 없으니."

"군사님이 화났다~?"

신관 전사는 혼내는 기색(같지도 않았지만)의 목소리를 신경 쓰지 않았다. 웃음이 끊이질 않는다.

"술법은 아껴뒀으니까 괜찮지 않아? 전술이 특기잖아?"

"그런 문제가 아니라……. 아니, 뭐, 됐소. 설교는 나중에 합시다. 그보다도, 어떤가?"

"기다려."

대답은 신관 전사가 아니라 낮고 날카로운 음울한 목소리였다.

고블린 놈들이 남긴 상자, 보물 상자 앞에 웅크린 검은 옷차림의 남자였다.

"놈들, 건방지게 함정을 걸어놨어."

얼굴까지 완전히 감싸고 있지만, 자물쇠를 만지작거리는 손놀림을 보면 도적이라 짐작할 수 있었다.

그러나 보통 사람이 아니다. 아니, 휴이 아니다. 두건에서 삐쳐나온 뾰족한 귀가 검은색.

기도의 말(Prayer)을 가진 자가 된 다크 엘프(어둠 종족)였다.

"풀 수 있나?"

“바보 같은 소리.”

군사의 말에 다크 엘프가 코웃음을 쳤다.

“내 동포하고 비교하면 어린애 장난이지.”

“어린애 용돈 정도가 아니면 좋겠는데요.”

풍만한 육체의 미녀가 철커덕 소리를 내면서 열린 보물상자를 옆에서 들여다보았다.

목에는 가는 사슬로 엮인 금의 수레바퀴를 걸었다. 여행과 교역의 무사함을 수호하는 교역신의 성인(聖印)이다.

시제(侍祭)[애컬라이트]는 울적하게 눈썹을 찌푸리면서 볼에 손을 대고, 나른한 표정을 지었다.

보물 상자 안에는 고대의 화폐들뿐이다. 이래서는 거추장스러워서 옮기는 것도 고생이다.

“여러분이 무구와 주구와 식량을 호쾌하게 사용하다 보니, 제가 돈 관리하기가 힘들어서 곤란해요.”

“그래도, 병참을 가볍게 보는 건 바보뿐이야.”

비늘로 뒤덮인 거대한 손이 사양치 않고 어깨를 쥐었다.

“밥도 안 먹고 전쟁을 할 수는 없는 법이라니까.”

“네, 알고말고요.”

그녀는 친애를 담은 동작으로 리자드맨의 손에 가녀린 손을 겹치며 웃었다.

“그러니까, 그 이상으로 벌어 주시어요.”

“췟—. 뜨거우셔라.”

신관 전사가 놀리는 기색으로 짐짓 입술을 삐죽이면서 불만을 드러냈다.

"그러면, 다음으로 가자. 다음. 이 묘실은 아직 문이 3개나 있는데?"

"그렇군요. 일단 문의 정찰입니다. 북쪽부터 갑시다."

"함정은 없어."

군사의 지시를 들은 다크 엘프가 무뚝뚝하게 대답하고, 기다란 귀를 재빨리 문에 대어 너머를 살폈다.

귀를 기울일 것도 없다. 으르렁거리는 거친 숨결.

"있다니까. 다음 먹잇감."

그 한 마디에, 모두들 각각 사납게 눈빛을 반짝거렸다.

전투, 괴물, 재보, 무훈.

모험에는 그들이 바라는 모든 것이 있다. 이보다 좋은 일 따위 있을 리 없었다.

그들은 익숙한 태도로 다시 대열을 짰다.

리자드맨과 신관 전사가 전방, 군사와 시제가 중간, 후방에 도적이 단검을 쥐고서 대기하여 기습을 노린다.

"간다!"

박력 있는 기합과 함께 리자드맨이 썩어가는 유적의 문을 걷어찼다.

굉음과 함께 문이 쓰러지고 산산조각 났다. 그런 가운데 모험가들은 단숨에 묘실로 쏟아져 들어갔다.

묘실의 중앙, 어슴푸레한 가운데에는 과연 거대한 검은 그림자가 꿈틀대고 있었다.

불확정의 괴물.

그러나, 불쑥 몸을 일으키면서 곤봉을 손에 쥔 그 괴물의 정체를 군사는 알고 있었다.

군사가 눈을 부릅떴다. 조용한 그가 있는 힘껏 외쳤다. 경고.

“트롤이다!”

트롤. 트롤이란 것은 괴물이다.

우둔하다. 그러나 괴력을 가졌다. 둔중하다. 그러나 강인하다.

비늘이나 바위로 둘러싸이지는 않았다. 그러나 그 몸에 입은 상처는 자잘한 거라면 불로 지지지 않는 한 나아 버린다.

—어째서, 이런 곳에 트롤이……?!

군사의 뇌가 한순간 혼란에 빠졌다. 그러고 보니 고블린이 호위꾼을 고용하는 경우가 있다고 들었다. 그거군.

—이길 수 있나?

술법마저 사용하는 고위의 오우거 따위하고는 비교가 안 되지만, 결코 약한 괴물은 아니다.

—아니, 이긴다!

자신을 덮치는 두려움과 놀라움, 불안을 군사는 억지로 떨쳐냈다. 평소처럼 하자.

“전위는 방어. 시제는 지원(버프). 도적은 기습. 나는 화포를 맡지.”

“후방 경계, 호위는 필요 없어?”

“힘을 나눴다간 밀린다네!”

“알았어.”

“간다아앗!”

도적이 묘실의 어둠으로 흩어지고, 신관 전사가 기합을 지르자 싸움이 시작됐다.

"《우리에게 승리를》!!"

"OLRLLLLRT?!"

《홀리 스마이트(성스러운 일격)》가 깃든 전투 도끼의 일격을 정강이에 맞고서, 거목 같은 트롤이 몸부림쳤다.

"헤헤엥! 아픈 곳에 맞았지!"

"오오오오오옷!!"

그 틈을 찔러서, 리자드맨의 상어이빨 목검이 곧장 파고들었다.

으르렁대는 바다짐승의 이빨이, 문자 그대로 트롤의 회색 외피를 물어뜯는다. 그러나…….

"오, 오?! 이 녀석, 단단해!!"

손에 전달되는 충격이 목검으로 거석을 때린 듯하다. 리자드맨이 무심코 외쳤다.

"그러니까, 어째서 언제나, 당신은 나보다 먼저!!"

곧장 날아오는 시제의 잔소리.

"굼뜬 네가 잘못이다!"

외쳐서 대답하며 리자드맨이 물러선 바닥을 거대한 곤봉이 쳐부수었다.

"TOOOORLLL!!"

천 년을 견뎌낸 묘실도 이것에는 견디지 못한 모양이다. 땅이 흔들리며 천장에서 돌멩이가 후두둑 쏟아져 떨어졌다.

"치……잇. 바보 같이 힘만 좋으시군요!"

시제가 불손하게도 욕지거리를 섞으며 양손을 쥐더니 눈을 감았다.

혼을 깎아내는 기도로, 하늘에 거하는 신들에게 기적을 직접 탄원하는 것이다.

"《돌고 돌아 바람이 되는 나의 신, 우리들의 여로에 부디 행운이 있기를》……!"

휘리리리 소리를 내면서 성스러운 《블레스(축복)》의 바람이 묘실에 휘몰아쳤다.

청정한 바람을 두른 상어이빨이 신들의 힘으로 더욱 날카로워졌다.

"고맙군! 오오, 내 선조인 은룡(隱龍)(인롱)이여, 똑똑히 보소서!"

"찬양할 거면 교역신을 찬양하세요!"

두 팔의 근육을 융기시킨 리자드맨의 일격이 트롤의 곤봉을 정면으로 받아냈다.

"OLLLT?!"

"으랏차!!"

으드득 맞물린 무기가 서로의 힘으로 튕겨나가듯이 떨어졌다.

그 순간, 견디지 못하고 비틀거린 트롤의 발목을 섬광이 쓸었다.

다크 엘프의 잠행 공격이었다.

뿌득. 듣기 싫은 소리를 내면서 발목의 힘줄을 끊어낸 일격은, 보통은 불평할 것 없는 치명상.

"TOORRRRROO!!"

"우와, 위험해위험해위험해, 화났는데에?!"

그러나 적은 트롤이었다.

신관 전사가 비명을 지르면서 바닥을 구르고, 휘두르는 곤봉을 피해냈다.

끊어지자마자 부글부글 거품을 내며 유착되는 상처는 전사에게는 공포의 증거다.

과연 지금까지 성공시킨 수많은 일격이 어느 정도 대미지가 되었을까?

신성한 기적을 쓰고서도 이렇다. 그리고 기적은 영속적일 수 없다.

“아직인가요!”

“알고 있습니다!”

이마에 땀을 흘리며 기도를 유지하는 시제의 외침에, 군사가 자신의 의식을 몰입.

뇌리에 새겨진 진정으로 힘 있는 말을 끌어내 덧칠하고, 그리하여 세상을 개변하는 것이다.

“《카리븐클루스(화석)…… 크레스쿤토(성장)…… 야크타(투사)》?!”

그리고 가장 먼저 그가 죽었다.

뿜어낸 화염구는 엉뚱한 방향으로 날아가 석재를 그을리고, 불똥을 튀기며 사라졌다.

뒤통수에 파고든 둔탁한 소리의 정체를 군사는 과연 깨달을 수 있었을까?

고블린이 때려 박은 돌도끼는 지성이 넘치는 뇌를 두개골과 함께 쳐부수고 묘실에 뿌려 버렸다.

“GROORB!!”

“GORR!”

“배후 공격?!”

비명을 지른 것은 누구였을까?

후방, 다른 묘실로 통하는 문에서 솟아 나온 고블린 놈들을 보고

신을 저주해도 의미가 없었다.

문을 폐쇄해둔다는 생각은 퇴로가 막힌다는 것과 같은 뜻이었으니까.

일어나 마땅한 일이 일어난 결과일 것이다.

"GORBBBO!!"

"OOOTLLTL!!"

재빨리 전황을 살핀 리자드맨이 트롤의 곤봉을 튕겨내면서 외쳤다.

"앞은 둘이서 한다. 물러나!!"

대답 대신, 묘실을 뛰어넘는 그림자가 있었다.

트롤의 등 뒤로 돌아가 있던 다크 엘프가 재주를 넘으며 시제의 호위를 맡은 것이다.

"너도 물러나! 그런 갑옷으로는 한 방에 맞아 죽는다!"

"무리. 무리, 무리라니까아!!"

신관 전사는 꺄아꺄아 소리치면서도 필사적으로 공격했지만 상황은 신통치 않았다.

지금까지 셋이서 상대하던 적을 둘이서. 더욱이 후방을 신경 쓰면서 싸워야 한다.

트롤로 주의를 끌고, 다른 묘실에서 등 뒤를 기습. 고블린의 사악한 지혜.

결정적 성공(크리티컬 히트), 혹은 치명적 실패(펌블).

"……윽."

뇌수를 흘리면서 쓰러지는 군사에게서 눈길을 돌리고, 시제는 피가 나올 정도로 입술을 깨물었다.

주술적 자원(리소스)이 줄어든 것이 아쉽다. 상황의 타파를 생각해야 한다.

살아남아서 승리하고 싶다면, 동료의 생사에 대해서는 일단 의식의 바깥으로 몰아낸다.

필사적으로 자신에게 들려주면서 그녀는 다시 한 번 기도를 시도하고자 양손을 모았다.

“GRORORB……!”

그녀 또한 위기 상황을 벗어난 것은 아니었다.

등 뒤에서 덮쳐오는 고블린 몇 마리— 아니, 열 마리는 된다.

놈들에게 포로에 대한 자비를 기대해봤자 소용없을 것이다.

고블린 놈들은 세상 모든 것을 자신들의 장난감이나, 약탈 대상, 적으로 생각하는 것이다.

모험가가 고블린을 몰살시키는 것처럼, 고블린은 모험가를 몰살시킨다.

“우, 아……악?!”

“지원을 계속해!”

공격해오는 녹슨 단검을 피하고자 발을 구르면서 비틀거리는 시제. 다크 엘프가 그녀를 감싸며 뛰어들었다.

고블린의 무기가 불똥을 튀기며 튕겨나가고, 이어지는 일격이 그 목을 베어 죽였다.

피이. 피리 같은 소리와 함께 피를 뿜어내는 고블린을 다크 엘프가 가차 없이 걷어찼다.

“이쪽도 오래는 못 버텨!”

“네! 지금, 기적을!”

시제는 흔들리는 가슴에 걸린 성인을 쥐고서 핏기가 가신 볼에 땀을 맺으며 다시 기도했다.

"《돌고 돌아 바람이 되는 나의 신, 우리들의 여로에 부디 행운이 있기를》……!"

여행자도 금화도 세상을 돌고 도는 것. 그것을 관장하는 교역신의 상쾌한 바람이 곰팡내 나는 묘실에 불었다.

"오, 오오오오옷! 이이이이앗!!"

"TOOTLOR!!"

부르짖는 리자드맨의 맹공과 트롤의 곤봉이 정면으로 부딪혔다.

그 즉시 신관 전사가 머리카락을 휘날리면서 전투 도끼를 트롤의 발치에 때려 박았다.

"이, 게! 맞춰서 공격한다!"

"그래!!"

휘두른 신성한 도끼와 《축복》받은 상어이빨이 가차 없이 근육을 찢어냈다.

"TOORL?!"

피보라가 치솟고, 귀에 거슬리는 비명이 울리고, 두 사람의 전사가 지르는 기합이 울렸다.

그렇지만 상황은 지극히 나빴다.

트롤에게 입힌 상처는 이것도 저것도 가벼운 것들뿐이다.

하물며 3대 1에서 2대 1로, 아니 올바르게는 5대 1에서 4대 1인가?

마술사가 없는 지금 이 파티에는 결정타가 없고, 후퇴하려고 해도 퇴로가 막혀 있었다.

기사회생의 한 수 따위를 어찌 기대할 수 있단 말인가?

"젠장……! 젠장, 젠자앙……!!"

신관 전사의 커다란 눈동자에 눈물이 지잉 맺히고 또르륵 떨어졌다.

아무리 리자드맨과 신관 전사가 사자처럼 용맹하게 싸워도, 이윽고 한계가 찾아온다.

공포는 없었다. 그저 하염없이 분하기만 했다.

다크 엘프의 척후를 후방 경계로 돌려뒀으면, 이 사태를 피할 수 있었을까?

아니, 그렇게 되면 트롤 상대로 공격이 어렵다. 결과는 변함이 없었을 것이다.

싸움에 「만약」이 없는 것을 그녀는 잘 알고 있었다. 그러나, 그렇기에 분했다.

어디서 잘못 판단했을까? 어째서 이렇게 됐을까? 알 수 없는 것이 분했다.

"치이……잇!"

두 번째 전사자는 다크 엘프 도적이었다.

한 마리를 처리하고, 두 마리를 죽이고, 세 마리를 쓰러뜨리고, 고블린의 단검이 볼을 찢었다.

칼날에 묻은 정체 모를 점액을 독이라고 간파한 것은 과연 다크 엘프다웠다 할 수 있다.

그는 곧장 허리에 매단 작은 병을 한 손으로 뽑았다. 안티 도트였다.

"GRORB!"

"GROB! GRRRORB!!"

고블린이 그것을 느긋하게 마실 틈을 줄 리 없었다.
수로 밀어붙이며 빈틈없이 공격하면, 다크 엘프의 움직임이 점점 둔해진다. 그리고…….
"크오……아악?!"
"아앗?!"
기어이 다수의 폭력에 밀려 버린 다크 엘프가 쓰러지고 죽을 때까지 만신창이로 베였다.
시제가 무심코 지른 비명을 리자드맨의 청각이 확실하게 포착했다. 포착해버렸다.
"어이, 무사한가!"
부주의한 짓이었다.
그러나 그것을 어찌 탓하리오?
싸움만 바라는 리자드맨에게 정애(情愛)를 내린 것이, 저 아리따운 시제였음이니.
다음 순간, 그는 깨달았다. 치켜들고 내리 꽂히는 곤봉에서 벗어날 도리가 없다.
트롤이 자랑하는 거목 같은 완력은 타고난 것. 치유력도 마찬가지. 곤봉은 무기로서는 조잡하다.
그러나 강하다.
강한 적이다. 두려워 마땅한 적이다. 그걸로 충분하지 않은가?
좋은 동료들이었다. 좋은 적이었다. 좋은 생애였다.
이 트롤은 자신의 심장을 먹어줄 것인가?
불만은 그뿐이다. 그러나 먹히지 않아도, 유해는 이윽고 썩어 순환에 돌아갈 것이다.

그렇다면 마지막 말은 정해져 있었다.

"—훌륭하다!"

리자드맨 전사는 두개골이 몸통의 안쪽까지 묻혀서 죽었다.

목이 잘린 것 같은 시체, 그러나 피를 뿜어내지 않고서 무너지며 쓰러졌다.

손에서 흘러 떨어진 상어이빨 목검이 덜커덩 힘없는 소리를 냈다.

"시…….."

시제는, 그것을 보았다.

멍하니 눈을 부릅뜨고, 그녀의 목이 본인의 뜻을 등지며 굳어진 목소리를 흘렸다.

"싫어어어어엇! 거짓말! 거짓마알……!"

"아, 바보야! 이미 늦었어……!"

시제가 흐트러져 비명을 지르면서, 쓰러진 리자드맨에게 달려갔다.

다시 말해서 그곳은 트롤의 눈앞이었다.

아까 그 비명은 고블린 놈들, 트롤의 주의를 끌기에 충분하고 남았다.

지저분한 망상이 흘러넘치는 것은 놈들의 추악한 웃음을 보면 명쾌했다.

"이, 것들……이!"

신관 전사는 혀를 한 번 차더니 망설이지 않고 그쪽으로 뛰어들었다.

도망치고자 하면 도망칠 수 있었다. 그녀를 버리기만 하면, 살아서 돌아갈 수 있었다.

모든 것이, 분명 모두 소용없을 것이다.

태어나서 지금 이 순간까지의 시간. 쌓아올린 단련. 동료들. 꿈. 미래.

그런 것은 알고 있었다.

알고는 있었지만, 그렇다고 해서 아무것도 안 한다는 선택지는 존재하지 않았다.

"비켜어!"

"아, 으……윽?!"

밀려난 시제가 마지막으로 본 신관 전사의 표정은, 힘없는, 그 또래 아가씨의 미소였다.

그리고 우지직 소리를 내면서 신관 전사가 사라지고, 그 흔적이 시제의 볼에 튀었다.

바닥에 묻힌 곤봉, 약간의 머리칼과 움찔거리며 경련하는 팔다리만 보였다.

곤봉이 끈적한 피를 실처럼 끌면서 올라가자, 거기에는 사지를 이어놓은 고깃덩이뿐이다.

"아, 아아, 아, 아, 아……악."

시제의 발이 떨리고, 허리가 풀렸다. 하반신에 힘이 전혀 안 들어간다.

미지근한 감촉이 번지고, 퍼지는 것을 알 수 있었다.

"GRRROR……!"

"GROB! GROB!"

고블린이, 고블린 놈들이, 한 걸음 한 걸음, 가지고 노는 것처럼 느릿하게 다가갔다.

그 지저분한 누런 눈동자가 가학적인 욕망으로 활활 타오르고, 징그러운 시선은 시제의 몸을 핥는 것 같았다.

엉덩방아를 찧은 시제는, 공격해오는 고블린들을 향해서 필사적으로 두 손을 휘둘렀다.

"시, 싫어, 그마…… 그만, 두, 시, 어요……!"

버둥버둥 몸부림치면서 발버둥 친다.

고블린 한 마리가 귀찮다는 기색으로 손을 흔들고, 호위꾼 트롤에게 지시를 내렸다.

"GROB!"

"TOOORLL!"

부웅 곤봉을 휘둘렀다. 그것은 작은 가지를 꺾는 것처럼 간단했다.

우득 메마른 소리와 함께 시제의 발이 부서지고, 엉뚱한 방향으로 꺾어졌다.

"우, 아아아아아아아아아아아아아아아아아아아악!!?!?"

가여운 여자의 비통한 외침이 묘실에 메아리 쳤다.

시제의 모습이 고블린의 무리에 묻혀서 사라지기까지, 시간은 얼마 걸리지 않으리라.

유감이지만 그녀 일행의 모험은 여기서 끝나버린 것이다.

§

반복하지만, 그들이 저지른 실수에 대해서 새삼 말해두자.

장비는 갖추고 있었다. 파티 멤버도 밸런스 좋게 모여 있었다.

방심과 자만의 정령도 인연이 없었고, 대열이 분단되지도 않았다.

그러나 그들은 전멸했다. 어째서일까?

천상에 거하는 그 《진실》의 신이라면, 함박웃음을 지으며 이리 말할 것이 틀림없다.

"오늘은 파티 하나쯤 전멸시킬 셈이었거든."

이라고.

§

가자꾸나 모험가　나의 여행길아
기다림은 용인가　바위 거인(골렘)인가
혹여라도 사령의　기사 아니던가
전설속의 무구는　어디 있다던가
횃불자루 하나에　창을 짊어지고
무기하나 벗삼아　마음 편하구나

서쪽인가 동쪽인가　다리를 건너지나
건너지난 다음에는　죽는다 할지라도
바라는건 오로지　사랑 한가지라
왕녀라면 좋으나　사치 아니던가
하다못해 하룻밤　즐겨 지내보세
가자꾸나 모험가　나의 여행길아

여신관이 읊조리는 노래와 함께, 파티 6명이 훈련장 예정지에 도착했다.

과거에 작은 마을이 있었다는 광야에는 이미 천막을 쳤고, 인부들이 바쁘게 돌아다니고 있었다.

몸 여기저기에 낡은 상처를 가진 자들이 섞인 것을 보면 은퇴한 모험가들일까?

은퇴해서도 일을 할 수 있으니 기뻐해야 할까? 은퇴하고서도 일을 해야 한다고 한탄해야 할까?

여신관은 판단을 내리지 못해 어디에 눈길을 둘지 모르다가, 건너편에서 오는 여성의 모습을 보고 눈을 깜빡였다.

엘프였다.

참으로 선정적인 의복으로 몸을 드러낸, 아리따운 엘프.

스쳐 지나갈 때 풍겨온 향수 냄새를 맡으니 창부라는 것을 짐작할 수 있었다.

"우오……."

무심코 눈길을 빼앗긴 것은 여신관뿐이 아니었다. 소년이 목소리를 흘렸다.

흘끔 곁눈질로 보자 엘프 궁수도 얼굴을 붉히면서 고개를 돌려 아무렇지도 않은 척했다.

고블린 슬레이어가 딱히 아무런 반응을 하지 않는 것에 안도하면서, 여신관이 붉어진 볼을 눌렀다.

"소, 소문으로는 들었지만요……."

"하하하하. 남자란 것은 단순한 것일세."

리자드맨 승려가 껄껄 소리 내어 웃고, 꼬리로 바닥을 철썩 때렸다.

"돈 쓸 길이 있다면야 쏟아 붓고 싶은 법. 쏟아 붓기 위해 일을 하고 싶어지는 법일세."

"아아."

엘프 궁수는 흘끔, 옆에 있는 드워프 도사에게 눈길을 주었다.

드워프 도사는 그야말로 마술처럼, 이미 어디선가 조달한 꼬치를 먹고 있었다.

"납득이네."

"호. 너희들 고귀한 종족이란 것들은 군것질의 즐거움을 알지도 못할 것이니라."

와구와구 우걱우걱. 고기를 탐욕스레 먹어 치운 드워프 도사가 꼬치를 뿌득 분질렀다.

손가락에 묻은 기름을 핥아내고, 보란 듯이 한숨을 쉬더니 엘프 궁수의 가녀린 몸을 보았다.

"엘프가 몸이 가녀리다고 해도 말이다. 하다못해 저 정도 물건이 있으면 좋았겠느니라."

"……음. 그게 뭐야! 도대체 말야, 엘프는 말이지……."

시끌벅적 매번 익숙한 말다툼이 시작되지만 파티 멤버에게는 늘상 있는 일이다.

그러나, 익숙지 못한 소녀는 험악한 대화에 눈을 깜빡이면서 황급히 여신관의 소매를 당겼다.

"어, 아, 어, 어이. 저거, 안 말려도 돼?"

“두 사람 참 사이가 좋죠.”

생긋 웃으며 말하면 그뿐이다.

그는 믿을 수가 없다는 표정으로 두 명의 이종족을 보았다.

바쁘게 지나다니는 사람들도 신경은 쓰지만 위화감은 느끼지 않는 모양이다. 모험가라면 일상인가?

누구 의지할 사람을 찾아서 눈길을 돌리자 고블린 슬레이어는 물론이고, 리자드맨 승려도 마찬가지.

“그렇지, 그렇지. 어디, 소승도 하나.”

그러면서 치즈가 든 것을 골라서 사더니, 한 입에 먹어치우고는 「진미!」라고 외쳤다.

“우음, 진미로다, 진미야. 소승도 뭐가 즐거움이냐 물으면 이것이라네.”

싱글벙글한 표정(리자드맨도 이런 표정을 짓는다)으로 해치운 그는, 으음. 묵직하게 고개를 끄덕였다.

“뭐, 아까 부른 노래에도 있었네만, 모험가와 하룻밤의 즐거움은 끊을래야 끊을 수 없는 것일세.”

“아뇨, 뭐, 그게…… 그건, 알지만요. 그렇죠?”

지모신은 풍요를 다스리며 출산이나 혼인하고도 인연이 깊은 여신이었다.

여신관은 호오 숨을 내쉬고 고개를 흔들더니, 어쨌거나 기분을 전환하는 것에 전념했다.

왜냐면 지금부터는 큰 일거리가 기다리는 것이다. 들떠 있을 수는 없다.

양손으로 꾸욱 석장을 쥐고서, 심호흡. 머릿속에서 순서를 확인. 좋아.

"저기, 그럼, 고블린 슬레이어 씨. 갈까요?"

"그래."

고개를 끄덕이는 그의 동작에 여신관은 미약하게 번지는 미소를 참을 수 없었다.

아무래도 틀린 건 아닌 모양이다. 첫 걸음은 문제없음, 이다.

"오! 그럼 얼른 고블린 놈들을 쳐죽이러 가는 거구나!"

그 대화를 어떻게 봤는지, 소년이 지팡이를 땅에 짚으며 해내고 말리라는 태도였다.

"아뇨, 그게 아니라……."

"바보 같은 소리."

난처한 기색의 여신관을 제지하고 고블린 슬레이어가 잘라내듯이 말했다.

"정보를 모은다. 의뢰인을 찾아가지."

§

우선은, 두 사람의 솜씨를 봐야겠다.

소년 마술사의 역량과, 여신관의 지휘, 그 양쪽에 대한 자연스런 전개였다.

고블린 슬레이어의 제안을 거절할 이유는 없었다. 붉은 머리칼 소년이 더해진 파티는 금세 출발했다.

의뢰인은 훈련장 건설 작업을 통괄하는 인부장— 목공 길드의 중진이었다.

현장 끄트머리의 천막에 자리한 그는 바위를 깎아낸 것 같은 검은 수염의 드워프였다.

인부장이 직접 훌륭한 유리 주전자에서 마실 것을 잔에 따르고 모험가들에게 대접했다.

차가운 포도주는 여기까지 오면서 메마른 목에 아주 편했다.

"뭔고, 화주가 아니잖느냐? 형제여."

"너 이 바보 자식아. 대낮부터 술 마시고 움직일 수 있는 건 드워프뿐이다. 여기엔 흄도 있잖아, 형제."

드워프 도사와 인부장은 대화를 나눈 다음, 드워프어로 무슨 인사를 나눴다.

『드워프의 긴 수염에, 신들의 주사위에, 모험가와 괴물 놈들에게!』

이 경우에 인사란 것은 세 번의 건배였다.

"그래서."

검은 수염에 묻은 술방울을 닦아내고 인부장이 말했다.

"며칠 전에, 요즘 들어 슬그머니 이름을 알리기 시작한 파티가 의뢰를 받아갔는데 말이다."

포도주를 벌컥 들이켜고, 고블린 슬레이어가 끼어들었다.

"돌아오지 않았나?"

"그래."

인부장의 대답 또한 단적이었다.

상대가 은 등급 제3위의 모험가란 것도 물론이지만, 그는 철과 불에게 사랑 받는 드워프였다.

이 기이한 장비의 남자가 누구인지 무구를 보고 모를 리 없었다.

"당신이, 카리키리마루로구만."

"그래."

고블린 슬레이어는 천천히 고개를 끄덕였다.

"그렇게 불리기도 한다."

"고블린 슬레이어라……."

인부장은 낮게 웃더니 손 안에서 만지작거리던 잔을 단숨에 들이켰다. 마치 물처럼.

"그래서 당신은 뭘 듣고 싶은데?"

"고블린이군."

그건 물어본다기보다는, 거의 확인에 가까운 말이었다.

"그래. 뭐, 고블린뿐이라고 장담할 수 없지만 고블린이 많군."

응답한 인부장은 두껍고 짧은 팔을 팔짱 끼고, 날카롭게 갈린 송곳니를 드러내며 으르렁거렸다. 역겨운 고블린 놈들.

"지금은 공구를 도둑맞은 것뿐……. 뿐이라고 할 수도 없지만, 앞으로 인부한테 피해가 나오면 곤란하다."

"역시 고블린이군."

"인부까지도 그렇다 치고, 창부나 행상인은 또 다르지. 고블린 퇴치에 거금도 낼 수 없고."

"고블린 퇴치라는 건 그런 법이다."

"……잠깐, 오르크볼그."

혼자 납득하고서 고개를 끄덕이는 고블린 슬레이어의 옆구리를 엘프 궁수의 팔꿈치가 찔렀다.

엘프가 끼어들었다고 인부장이 인상을 찌푸렸지만 그 이상은 말하지 않았다.

모험가에게 모험가의 영역이 있는 것 정도는 어느 정도 지위가 있으면 이해하고 있다.

"뭔가."

무뚝뚝하게 돌아본 철 투구에게 엘프 궁수가 소리를 죽이며 기다란 귀를 흔들었다.

"지금은 아직 괜찮은데 말야. 지시 내리는 거, 저 애가 하는 거 잊지는 않았겠지."

"그래."

"……정말?"

"그러나, 긴급 상황에선 달라진다."

"네. 만약의 사태에는, 부탁 드려요."

여신관이 생긋 웃으며 정중하게 고개를 숙였다.

"그러는 편이 안심 되니까요."

이것이 여신관의 진심이었다.

자기 탓에 동료가 전멸해버리는 것보다는, 자신의 역량이 부족하다는 평가가 훨씬 낫다.

기량은 경험을 쌓으면 올라갈지도 모르지만, 잃은 자는 되찾을 수 없으니까.

순수하고 기특한 그 태도를 보고 드워프 인부장이 「호오」 하고 소리를 흘렸다.

“그리고, 저기…….”

“그래, 뭔가? 아가씨.”

“네. 그것 말고도, 몇 가지 물어보고 싶은 게 있어요.”

그렇게 말한 여신관은 주저 없이 인부장과 시선을 맞추고자 몸을 숙였다.

“고블린……. 아뇨, 괴물이 있을 것으로 보이는 유적이란 건, 어떤 장소인지 아시나요?”

“그래. 전에 공구를 도둑맞은 얼간이가 화가 나서 뒤를 쫓아가서는 알아냈지.”

드워프 인부장은 거친 콧김을 뿜으며 중얼거렸다. 훔쳐간 고블린보다도 도둑맞은 목수에게 더 화가 나는 모양이다.

“드워프의 **성질**이란 게야.”

소근소근, 여신관에게 드워프 도사가 속삭여 주었다.

“도구를 대충 다루는 녀석은 용납하질 못하는 게다, 우리는.”

아하. 여신관이 고개를 끄덕였다.

“그러면, 그 공구도 발견하면 되찾아야겠네요.”

“그래주겠나.”

인부장이 미약하게 볼을 풀었다.

“그래주면, 그 얼간이도 마음을 고쳐먹겠지.”

―다행이네요.

여신관은 내심, 살짝 주먹을 움켜쥐었다.

의뢰인이나 지역 주민과 관계는 좋아야 한다.

그것은 그녀 자신이 바라는 것이기도 했지만, 고블린 슬레이어에게 배운 것이기도 했다.

모험가는 다른 사람들의 지원이 없으면 성립되지 않는다.

"그렇지. 여기서부터 좀 북쪽으로 가면 돼. 지도를 준비하지. 그게 아마……."

"능묘다."

고블린 슬레이어가 말했다.

포도주를 벌컥 들이켠 그는 주위의 시선이 모이는 것도 신경 쓰지 않고 말을 이었다.

"통로와 묘실로 구성된, 흔한 형식의 묘라고 들었다."

"호오, 아는 게냐?"

"옛날에."

고블린 슬레이어가 낮게 말했다.

"다가가지 말라고 단단히 말을 들었다."

그 말을 끝으로 입을 다물어 버린 고블린 슬레이어를 보고 여신관이 눈을 깜빡였다.

옛날.

그러고 보니 1년이나 곁에 있었는데, 그의 옛날 일은 들어본 적이 없었다.

—누나가 있었다. 5, 6년 전에 모험가가 됐고 고블린을 퇴치하고 있다.

이래 보여도 의외로 남을 잘 챙겨주고, 사소한 일에 신경을 써주는 등 이런저런 면이 있지만.

그 개인에 대해서, 과연 그녀는 얼마나 알고 있을까?

“…….”

아니, 지금은 그럴 때가 아닐, 것이다. 여신관은 고개를 천천히 옆으로 저었다.

눈앞에 다가온 고블린 퇴치라는 **중대한 책임**에서 도망치면 안 된다.

“저기, 그 묘의 입구에 별난 건 없었나요? 뼈나, 그림이나.”

“얼간이가 못 본 게 아니라면, 그런 게 있었다는 얘긴 못 들었군.”

—토템은 없단, 말이네요.

하얀 손가락을 입술에 대고서 여신관은「응, 응」반복해서 고개를 끄덕였다.

다시 말해서 샤먼 같은 상위종은 없다, 는 것이다.

물론 위협이 그뿐이 아니란 것은 지난 1년여의 모험으로 싫증이 날 정도로 알고 있었다.

적을 가볍게 보는 것만큼은 해선 안 된다.

그렇다면, 중요한 것은…….

“그리고, 먼저 갔던 분들의 등급과 구성을 알 수 있을까요?”

“누가 어느 등급이었는지는 기억 안 나지만, 백자와 흑요의 혼성. 직업은, 내가 봤을 때…….”

인부장이 팔짱을 끼고 천막 꼭대기를 노려보았다.

기억을 더듬으며, 두껍고 짧은 손가락으로 하나 둘 사람 수를 세더니 이윽고 고개를 끄덕였다.

“리자드맨 전사에, 신관…… 신관 전사. 그리고 마술사, 신관, 그리고 도적인지 암살자인지였다.”

“여성은 있었나요?”

“둘 있었지. 신관 전사하고, 신관……. 아니, 그건 시제라고 했던가?”

—그러면, 살아 있다면 2명이다.

여신관의 마음 속 깊은 곳에 자리 잡은 차가운 무언가가 속삭였다.

그 사실만을 받아들이고 여신관은 한 번 입술을 강하게 깨물었다.

“……그러면 여분이 있다면, 포션을 조금 받을 수 있을까요? 값은 지불할게요.”

예비가 있다지만 치료의 도구가 있어서 곤란할 일은 없다.

기적을 쓰지 않아도 되는 부분은 도구로 보충해야 한다.

“아아, 상관없어.”

인부장은 인심 좋게 응했다.

“또 뭐 필요한가?”

“그러면, 혹시 의사 선생님이 계시면 대기해주셨으면—.”

두 사람의 대화를 듣고 있던 고블린 슬레이어가 「흐음」 낮게 소리를 냈다.

“어떻게 보나.”

“옳게 보고 있다네. 잘하면 두 사람.”

역시 멀찍이 지켜보며 끼어들지 않았던 리자드맨 승려가 응답했다.

“우선 틀림없이, 전멸했을 걸세.”

“무슨……!”

리자드맨 승려가 자연스레 말하자 소년이 무심코 눈을 부릅떴다.

파충류 특유의 눈동자가 휘릭 움직여서 가만히 그를 보았다.

“무슨 일인가?”

“아, 아니…….”

“흐흠. ……오, 치즈가 있군. 재치가 있는 인물일세. 잠시 실례.”

리자드맨 승려는 소년의 당혹한 시선도 신경 쓰지 않고 비늘이 돋은 손을 훌쩍 뻗었다.

이야기를 나누는 여신관과 인부장 사이에서 그릇을 끌어다가, 사양하지 않고 알맹이를 한줌.

술안주로 준비된 치즈를 커다란 입에 털어 넣었다.

“음, 진미, 진미로세! 이거 참. 이것도 그 목장의 치즈인가? 소귀살해자 선생.”

“아마도.”

“참으로 진미로군!”

마치 아무것도 아니란 기색이었지만, 실제로 아무것도 아니었다.

리자드맨에게 온갖 것은 살아가고 죽는 게 당연한 것이다.

이르거나 늦거나. 어떻게 살고 어떻게 강해지며 어떻게 죽는가? 다른 것은 그뿐이다.

한 입 가득 털어 넣은 치즈를 꿀꺽 삼키고, 리자드맨 승려는 혀로 코끝을 핥았다.

“아마도, 그저 고블린 말고도 무언가 있다고 봄이 좋을 걸세.”

“그래.”

리자드맨 승려의 추측에 고블린 슬레이어도 동의를 표했다.

“토템이 없다면, 샤먼은 없겠지만.”

“그러나 모험가는 돌아오질 않았네. 또 다시 성기사 같은 것이라 생각하기는 싫네만.”

“홉(Hob) 같은 것이면 편하다.”

"혹은 다른 기도하지 않는 자 놈들."
"어느 쪽이든 성가신 것은 함정이다."
"능묘라 함은 돌로 만들었을 터이니. 벽 뚫기는 없다고 보아도 되지 않겠는가?"
"공구를 훔쳤지만, 흙처럼 잘 되진 않을 거다. 규모는 20마리 전후쯤이겠지."
"그렇지만 적의 전력은 줄었을 걸세. 다섯이서 한 마리도 처리하지 못했을 리는 없을 테니."
"그 탓에 시간이 없다. 사냥감에 질리면, 앞뒤를 안 가리고 습격하러 나올 거다."
"그렇다면 기세를 타고 단숨에. 할 수 있다고 보는가?"
"저 애의 판단에 따라 다르지."
"그렇군."
재빨리 대화를 나누는 두 모험가를 보며 소년은 눈을 깜빡였다.
리자드맨들이 전투에 뛰어난 종족이란 것은 세상에 널리 알려져 있다. 그러나 직접 본 것은 처음이다.
그리고 리자드맨과 대화하는 지저분한 가죽 갑옷, 싸구려 철 투구의 모험가는 변경에서 가장 우수하다.
그러나 머리로 아는 것과 실제로 눈으로 보는 것은 큰 차이가 있다.
그렇기에 엘프 궁수가 「쿠아」 하고 맥 빠진 하품을 하자 소년이 그쪽을 노려보았다.
"……뭐야? 당신은 아무것도 안 해?"
"적재적소."

엘프 궁수는 눈꼬리에 맺힌 눈물을 비비더니 기다란 귀를 쫑긋 흔들었다.

"내 역할은 척후랑 탐색자인걸. 나머지는 맡겨야지."

"그런 것이니라, 애송아."

불쑥, 드워프 도사가 끼어들었다.

그는 완전히 얼큰하게 취했는지 허리의 병에 든 화주를 직접 잔에 따르고 있었다.

그것을 물처럼 벌컥 들이켜자 역시나 소년도 목소리가 거칠어졌다.

"어, 어이, 당신. 모험하기 전이잖아?!"

"바보 놈. 취기가 없는 드워프 따위는 길가의 돌멩이 같은 것이니라."

꺼억. 입에서 술 냄새 나는 숨을 내뱉었다.

"길쭉귀 처녀가 보기 드물게 좋은 말을 했구먼. 주문술사는 긴장의 완급이 중요한 것이니라."

"드물게는 뭐야."

흥. 엘프 궁수가 코웃음을 쳤다.

"나는 언제나 함축이 있는 말밖에 안 해."

"진짜더냐?"

"진짜야."

드워프 도사는 무심코 말을 잃었다.

뭔가 대꾸하려고 입을 여는 찰나에 소년의 의심스런 시선을 깨달았다.

어흠. 헛기침을 한 번.

"……어쨌거나, 각자에게 역할이 있다라는 것이니라."

"역할?"

소년이 의심스럽단 기색으로 뾰족한 목소리를 냈다.

"전사나 마술사 같은 거 아냐?"

"아니지, 아니야."

드워프 도사는 날벌레를 쫓아내는 것처럼 휘휘 손을 흔들었다.

"카미키리마루와 비늘 친구는 전투에 뛰어나니 먼저 전술을 생각하고 계획을 정리하지."

"저 애는 이번 모험의 취지도 있고, 대화를 잘 하니까 지금은 교섭을 하고 있지만."

엘프 궁수가 검지를 척 세워서 빙글빙글 돌려 공중에 원을 그렸다.

"평소에는 짐 챙기는 것처럼 세세한 일, 이것저것 신경을 써준단 말이야."

"너도 조금은 신경을 쓰거라, 길쭉귀 처녀."

뭐야아! 귀를 곤두세우는 엘프 궁수를 무시하고 드워프 도사가 소년의 어깨에 손을 올렸다.

"잘 봐두거라."

"……."

그는 드워프 도사를 노려보더니 무뚝뚝한 태도로 그 단단한 손을 떨쳐냈다.

"짐 챙기는 건, 요컨대 잡무잖아."

미움 받았대요. 엘프 궁수가 웃자, 드워프 도사는 아직 멀었다며 가가대소.

여신관의 교섭이 정리되는 것에 맞춰, 파티가 다시 모여서 대화를 시작했다.
소녀은 그것을 천막 구석에서 가만히 노려보고 있었다.
"……고블린을 쳐죽일 수 있으면, 그거면 되잖아."
그 중얼거리는 소리는 너무나 작아서, 파티에서 대답하는 사람은 없었다.

§

약간 높은 언덕에 묻혀 있는 것처럼 그 능묘는 입을 쩍 벌리고 있었다.
능묘 위에 초목이 난 언덕이 생긴 건지, 아니면 언덕을 파내서 능묘를 만든 건지.
수많은 세월이 지난 지금, 그 진실을 확인하기는 어렵다.
모험가들이 그곳에 도착한 것은 마침 오후를 조금 지난 무렵이었다.
꼭대기를 넘은 태양이 기울기 시작하고, 봄의 햇살이 사라져가고 있었다.
이제 곧 저녁놀이 밀려들고 모든 것은 밤에 뒤덮일 것이다.
딱 좋은 시간이었다.
"아 그렇구나."
엘프 궁수는 흥미진진하게 기다란 귀를 흔들면서 고블린 슬레이어에게 웃었다.
"분명히, 어린애가 놀다가 들어갈 것 같은 곳이네."
"그래서, 다가가지 말라고 했다."

"그래서, 실제로는 다가갔느냐?"

어린 시절 장난 이야기를 기대하는 것처럼 드워프 도사가 씨익 웃으며 옆구리를 찔렀다.

고블린 슬레이어는 머나먼 날의 추억을 더듬으려고 애매모호한 기억을 뒤졌다.

벌써 10년 이상— 아니, 아직 10년밖에 안 지난, 과거의 자신.

"……."

어땠을까? 고블린 슬레이어는 떠올리지 못했다.

아마도 다가가지 않았다. 그랬다간 누나에게 크게 혼이 났을 것이다.

누나를 난처하게 만들면 안 된다. 그래서, 그는 다가가지 않았다. 아마도.

"아니."

"그런고."

천천히 고개를 옆으로 저은 고블린 슬레이어에게, 드워프 도사가 짧게 말했다.

"그러면, 안이 어떤지는 모르겠구먼."

"통로와 묘실로 만들어졌다는 건 들었다."

그렇다. 고블린 슬레이어는 고개를 끄덕였다. 생각났다.

"누나가, 가르쳐 줬다."

안쪽이 신경 쓰이던 그에게 누구의 어떤 무덤인지도 조사해서 가르쳐 주었다.

그래서 그는 다가가지 않고 들어가지도 않았다.

기억해둘걸 그랬다고 절실하게 생각했다. 모든 것을, 전부. 잊고 싶지 않았다.

그러나 지금은 기억이 갉아 먹히고, 사소한 부분도 덧칠되어 애매해져 버렸다.

10년— 11년이다. 과거에 저 곳에 마을이 있었던 것은.

"어쨌든지 옛날 일이다."

고블린 슬레이어가 말하고, 억지로 화제를 끊었다.

"그래서, 어떤고?"

"으응……. 역시 토템 같은 건 없고, 파수꾼도 없네요."

여신관에게 묻자, 입술에 가는 손가락을 대고 생각하면서 유적의 상태를 살폈다.

과연. 분명히 입구 부근에 고블린 소굴 특유의 쓰레기 더미가 생기고 있었다.

그러나 그뿐이었다.

고블린 놈들이 받드는, 어린애 같은 동물의 의장은 보이지 않았다.

—적어도 샤먼이 없는 건, 분명한 것 같네요.

"됐으니까 얼른 가자고……! 다른 모험가가 붙잡혀 있잖아?!"

혈기왕성한 소년의 외침이 여신관의 가녀린 가슴 속에 푹 꽂혔다.

1년 전의 그녀도 그랬다.

그 청년이, 무투가가, 그리고 마술사가 「얼른 구하자」라고 하는 말에 순진하게 응했다.

그 결과가 어땠는지, 어떻게 됐는지는 떠올리고 싶지도 않았다. 지금도 때때로 꿈을 꾼다.

지금의 나는 어떤 걸까요?

불안하고, 겁 많고, 떨리는 것은 지금도 마찬가지지만…….

"뭐, 기다리시게."

빙글빙글 사고의 소용돌이에 매몰되려던 여신관을 구한 것은 리자드맨 승려의 커다란 손이었다.

손톱과 비늘이 돋은 손이 여신관의 어깨에 올라온 것이다.

"서두르다 일을 그르친다는 말은 예로부터 전해지는 것일세."

"……네."

여신관은 고개를 끄덕였다. 차분하게. 천천히라도 괜찮다. 착실하게.

우선해야 할 일은…… 장비의 최종 확인이다.

"여러분, 준비는 괜찮아요?"

그녀가 말하면서 더듬더듬 자기 짐을 확인했다.

석장과 사슬 갑옷은 입고 있었다.

가방 안에는 포션. 그리고 모험가 세트. 이것을 잊으면 안 된다.

쐐기나 로프, 못, 망치, 백묵이나 양초, 결국은 사소한 물건들.

—모험에 나설 때 잊지 않고, 로군요.

늘 하는 습관이었지만 다행히 잠정 리더에게 거스르는 자는 없었다.

지저분한 가죽 갑옷, 싸구려 철 투구, 어중간한 길이의 장검에, 작은 원형 방패, 허리에는 가방.

고블린 슬레이어가 점검하는 옆에서 엘프 궁수가 대궁의 현에 거미줄을 다시 걸었다.

드워프 도사는 촉매가 든 가방을 확인하고, 리자드맨 승려도 다시 한 번 촤르륵 용아의 숫자를 점검했다.

유일하게 소년만이 자신의 지팡이와 로브를 흘끔 보는 것만으로 점검을 끝냈다.

"그러면, 다음은 어떻게 하겠는가? 리더 선생."

"에이, 그러지 마세요. 그거 재밌어서 그러시는 거죠?"

"핫핫핫하."

여신관이 볼을 부풀리며 항의하자 리자드맨 승려가 커다란 턱을 벌리며 유쾌하게 웃었다.

정말—. 여신관이 중얼거렸지만, 시간이 얼마 없는 것도 사실이었다. 대열을 정해야지.

"통로의 폭에 따라 다르지만……. 이번에는 6명이니까요. 3명 2열이나 2명 3열이라고 생각해요."

그렇네. 엘프 궁수가 고개를 끄덕이고, 손가락을 입구에 대며 폭을 쟀다.

"내가 보기에는 입구와 통로가 같은 넓이라면 아마 3명 나란히 설 수 있어."

"응……. 그러면 2인 3열로 가요."

여신관은 엘프 궁수에게 말하면서 손뼉을 마주 쳤다.

통로가 넓다면 아마 이쪽이 더 좋다.

"세 사람 나란히 설 폭이 있다면 만약의 경우 열을 바꾸는 것도 편할 테니까요."

"알았어. 리더가 그렇게 말한다면 거기에 따라야지."

"그러지 말라니까요……."

씨익. 장난스레 눈으로 웃는 엘프 궁수에게 여신관이 다시 한 번 한숨을 쉬었다.

"그러면 대열을—."

조금 고민했지만 대열도 평소와 같았다.

전열에 고블린 슬레이어와 엘프 궁수.

중간에 여신관, 그리고 붉은 머리칼의 소년 마술사.

후열에는 리자드맨 승려와 드워프 도사.

만약 적과 접촉하면 엘프 궁수와 리자드맨 승려가 자리를 바꾼다.

후방에서 습격이 오면 드워프 도사와 고블린 슬레이어가 자리를 바꾼다.

—이거면, 괜찮을, 거야…….

"마법사는 가장 뒤 아냐?"

"적이 앞에서만 온다고, 장담 못해요."

여신관이 애매하게 웃으며 고개를 옆으로 저었다.

후방 경계를 게을리 하는 것은 여신관에겐 불가능한 일이다.

"아, 그리고."

"……뭔데?"

"냄새, 지워야 하는데요."

여신관이 손뼉을 치고 엘프 궁수가 얼굴을 찌푸렸다.

"뭐?"

소년은 고개를 갸웃거렸다.

세탁을 마친 의복을 입은 것은 세 사람. 향주머니는 2개.

아가씨들은 그것을 놓을 생각이 전혀 없었다.

§

"GROB?!"

"GROOROB!!"

모험가들이 쏟아지듯 묘실로 쳐들어갔다.

과거의 영웅을 추도하는 묘소도, 이제는 고블린 놈들의 **잠자리**에 지나지 않는다.

관이 굴러다니고, 공물은 빼앗겼다. 제멋대로 쌓아둔 고철과 오물들만 백아석을 더럽히고 있었다.

잠에 취한 눈으로 일어난 고블린 놈들이, 갑작스런 침입자를 보고 흠칫 놀라며 지저분한 눈을 뒤집었다.

전위는 전사. 지저분한 가죽 갑옷, 싸구려 철 투구, 어중간한 길이의 검에 자그마한 원형 방패. 그리고 횃불.

"고블린이다."

고블린 슬레이어가 말했다.

"수는 다섯."

상황을 보자마자 다음 순간에는 그의 손에서 검이 날아갔다.

내던진 검이 정확하게 고블린의 목에 꽂혔다.

"GORB?!"

동료를 부르고자 크게 입을 벌린 고블린은 목소리 대신 피거품을 토했다.

피와 토사물에 잠긴 성대에서 부글부글 비명을 지르며, 고블린의 검은 피가 주위에 흩어졌다.

침입과 약탈(핵 앤 슬래시)은 무엇보다도 속도가 중요하다.

"하나."

물론 네 마리 고블린들도 동료가 죽으면 가만있지 않는다.

"GROOR!!"

"GROB! GOORB!!"

증원을 부를까? 아니, 살육이다. 응보다. 다 같이 달려들어 때려 눕히고 괴롭히자.

작은 두개골을 증오로 채우고, 단검을, 창을, 곤봉을 들고 모험가 놈들에게 덤벼들어서—.

"둘이야!"

낭랑한 목소리와 함께, 한 마리가 공중에서 벽에 부딪힌 것처럼 추락했다.

쩍 벌린 입에 나무 눈 화살촉의 화살이 훌륭하게 날아가 박혔다. 뇌간이 꿰뚫어진 고블린은 경련하면서 죽었다.

엘프 궁수의 사격이란 것은 말할 것도 없으리라.

그녀는 다음 화살을 메기면서 춤추는 것처럼 발을 디디며 후방으로 뛰었다.

"GORO?!"

"흥……!"

고블린 슬레이어가 그것을 감싸고자 방패를 들더니, 떨어지는 고블린을 방패로 때려 넘어뜨렸다.

동시에 고블린의 손에서 떨어진 곤봉을 회수. 넘어진 고블린의 두개골을 부수었다.

"셋이다."

소리도 없이 쓰러지는 고블린. 곤봉을 휘둘러 뇌수를 떨쳐냈다.

눈 깜빡 할 사이에 세 마리. 과연 솜씨가 대단하다.

"젠장맞을!"

이것을 호기라고 생각했으리라.

말끔하던 외투가 오물투성이가 된 소년이 다 포기한 듯 지팡이를 들었다.

"카리븐클루스(화석)…… 크레스쿤토(성장)……."

"주문은 아직 안 돼요!"

여신관이 매몰차게 말했다.

"뭐얏?!"

소년이 항의했지만 그럴 때가 아니었다.

주문 절약은 기본 중의 기본. 이마에 땀이 맺히면서도 여신관은 필사적으로 생각했다.

이제 와서 이 파티 사람들에게 전투 중에 세세한 지시 따위 필요하지는 않았다.

상황을 잘 본다. 혼란스럽더라도, 나중에 무언가 생각나는 것보다는 곧장 하는 게 낫다.

—상상력이야말로 무기……란 말이죠.

뇌리에 스치는 지금까지 배운 지혜와 몸에 익힌 수많은 경험들.

제각각 손마다 조잡한 무기를 들고 덤벼드는 고블린. 나머지 두 마리.

묘실의 사면, 그들이 들어온 곳 말고 문이 셋…….

"문을!"

"그래!"

후방으로 물러났던 엘프 궁수가 옆을 지나가며 여신관의 손에서 모험가 세트를 받았다.

안에 든 쐐기를 문 아래쪽에 박아 넣어서 봉쇄. 유격병인 그녀만 할 수 있는 일이다.

"일단 이 정도 수라면, 당장은 괜찮겠구나."

왜냐하면 드워프 도사는 술법을 네 번이나 쓸 수 있다. 만약에 대비하지 않으면 곤란하다.

방금 전에 소년에게 말한 것처럼, 때때로 마술사는 「아무것도 안 한다」라는 게 일일 때가 있다.

따라서 전력이 될 수 있는 전사가 필요하다.

"어디, 소승이 나설 차례가 있으면 좋겠네만……."

"아직 적은 많다."

꼬리를 움직이며 앞으로 나선 리자드맨 승려에게 고블린 슬레이어가 방심하지 않고 말했다.

허리를 깊게 숙이고 방패를 들었다. 오른손에 곤봉을 든 그의 모습은 너무나도 우스꽝스러웠다.

그러나 고블린과 싸우기 위해서임을 생각하면, 이 자리에 있는 누구 한 사람 웃는 일이 없으리라.

"그러면, 여기서 고생하고 있을 수는 없을 걸세."

맞는 말이었다.

리자드맨 승려는 양손을 펼쳐 손톱과 송곳니와 꼬리로 나머지 두 마리 고블린을 유린하고 찢어 버렸다.

그러나 그것은 특필할만한 일이 아닐 것이다.

고블린은 아직, 잔뜩 있으니까.

§

그들이 그렇게 두세 개 방의 고블린 소탕을 반복했을까?

몇 개의 묘실이 이어지는 능묘는 구조가 단순하지만 방이 많았다.

고블린을 찾아내어 빠짐없이 소탕하려면 꽤나 고생스러울 것이다.

"이렇게 느긋하게 해도 되는 거야……?"

짜증이 나서 돌바닥을 지팡이로 때리는 소년에게 여신관이 달래듯이 말했다.

"방 하나씩 확인하지 않으면 위험하니까요."

"그래도 말이야."

소년이 입술을 삐죽거렸다.

"잡혀 있는 사람들, 위험하잖아……!"

분명히, 그건 그렇다. 여신관도 앞서 왔던 모험가들은 신경 쓰이고 있었다.

흔적 — 메마른 피나, 고블린의 시체 — 은 있다. 그러나 그 이상은 없었다.

살아 있는지, 죽었는지. 그것조차 분명하지 않았다.

—분명히, 이미 틀렸겠죠.

여신관의 마음속에 또 다시 차가운 목소리가 울렸다.

그렇다고 해도. 여신관은 입술을 살짝 깨물었다. 여기서 돌아갈 수는 없었다.

휘몰아치는 싫은 감정을 열심히 머릿속 구석으로 몰아넣고, 여신관이 엘프 궁수에게 물었다.

"다른 방은, 어떤가요?"

"잠겨있지도 않고, 적도 없어."

그녀가 나무 판에 기다란 귀를 대고 소리를 탐지하며, 자물쇠를 찔러서 조사한 다음 결론을 내렸다.

"하지만 저기, 저거 봐."

아름다운 손가락이 척 가리킨 곳은 문 위쪽. 끼워놓은 끈 같은 것이 보였다.

만약 문을 열면 고정된 끈이 떨어져서 무언가가 쏟아지는 원리일 것이다.

"함정인가?"

"아마도."

고블린 슬레이어가 흠, 작은 소리를 흘렸다.

그는 다 탄 횃불을 버리고, 새로운 것과 교환하여 꺼져가는 불로 밝혔다.

그리고 고블린의 시체에 꽂혀 있던 창을 뽑아서, 창날을 점검한 뒤에 버렸다.

창날을 쓸 수 없는 봉보다, 고블린의 허리띠에 꽂혀 있는 단검이 좋다.

집어서 칼집에 넣었다. 녹슬었어도 찌를 수 있으면 문제없었다.

어차피 쓰고 버린다.

마지막으로 흩어진 약탈품 안에서 적당한 전투 도끼를 집었다. 한 손용이지만 제법 묵직하다.

도끼를 어깨에 짊어지고 한 마디.

"귀찮군."

"그러게."

엘프 궁수가 우아한 움직임으로 어깨를 으쓱거렸다.

여신관도 걸어가 두 사람 옆에 나란히 서서, 발돋움하여 문 위를 보았다.

끈은 그렇게 굵지도 않았고, 원리도 간소했다. 그러나 그렇다고 안전한 것은 아니다.

설령 녹슨 못이라도 안면에 찔리면 죽는다. 혹은 독일 수도 있다.

그녀는 모양이 예쁜 눈썹을 살짝 찌푸렸다. 짚이는 데가 이래저래 있었다.

"그러고 보니 고블린들…… 공구를 훔쳤다고, 말씀하셨죠."

"고블린 놈들이 목공 도구로 뭘 할지는 생각하기도 싫구먼."

드워프 도사가 팔짱을 끼고서 신음했다. 그는 벗겨져가는 머리에 손을 올리고 머리 위의 끈을 점검했다.

"보아하니, 그렇게까지 부하가 걸리진 않았느니라. 거창한 함정은 아닐 게야."

"다른 길로 가는 수도 있다네."

리자드맨 승려가 꼬리를 흔들어 찰싹 돌바닥을 때렸다.

"이 문과 지나온 문을 제외하면, 아직 둘이나 있다네. 고블린 놈들도 아직 깨닫지 못한 모양이니.”

“우응…….”

어떻게 해야 할까? 어디로 가야 할까?

모두의 시선을 한 몸에 모으면서 여신관이 가방을 뒤져서 지도를 꺼냈다.

양피지에 첨필로 그린 간소한 수제 지도였다.

이 파티에 전문 지도꾼(맵퍼)은 없었다.

이 함정 문이 있는 묘실을, 봉쇄한 묘실을 통해서 우회하면…….

“아아아, 정말, 답답하긴!!”

그런 그녀의 생각을 소년의 외침이 가로막았다.

그는 짜증을 숨기지도 않고 거친 소리를 내더니 지팡이를 겨누듯이 문을 가리켰다.

“고블린 놈들은 여기 살고 있잖아! 그러면 위험한 함정 따위 있을 리 없어!!”

“앗! 잠깐, 야! 뭘 멋대로……!”

“비켜! 내가 연다!”

은 등급이라지만 가녀린 몸의 엘프 궁수를 소년이 억지로 밀어내고 문에 손을 댔다.

“에, 아, 아, 저기……!”

막아야 한다. 그렇게 생각하는데 여신관의 목에서 말이 안 나왔다.

뭐라고 하면 되지? 무슨 말을 하면 되지?

생각해보면 지금까지 이 파티 사람들은 모두 그녀의 이야기를 들어주었다.

그렇지 않은 인물을 뭐라고 말해서 설득하면 좋을까?

"……."

매달리는 시선을 보낸 곳. 그러나 고블린 슬레이어는 아무 말도 해주지 않았다.

철 투구 안쪽, 숨겨진 표정은 알 수 없었다. 무관심일까? 아니면…….

—실망시켰, 다면……!

그것은 여신관이 진심으로 떨기에 충분하고 남는 생각이었다.

차갑고 냉정한 목소리가 마음 속 어디선가 비웃으며 여신관에게 속삭였다.

어쩌지? 어쩌지? 어쩌지어쩌지어쩌지어쩌지……!

사고가 휘몰아치기만 하고, 말이 안 나온다.

어쨌든지 말려야 한다고 손을 뻗었는데 기어이 소년이 문을 열고—.

"우, 아아아아아아아아아아아아악?!"

곧장, 후두둑 낙하한 것을 보고 소년이 비명을 질렀다.

목소리가 묘실에 웅웅 메아리 쳤다. 능묘 가장 안쪽까지 들린 것 아닌가 싶을 정도였다.

그는 힘이 풀린 듯 주저앉은 채, 낙하한 것에서 허둥지둥 기어서 물러났다.

"뭐, 뭐, 뭐뭐뭐, 뭐, 뭐, 뭐야 이거……?!"

그것은 팔다리였다.

기계에 넣고 다지기라도 했나 싶을 정도로 무참하게 뿌리 부분부터 끊어진, 여성의 팔다리.

단련된 사지는 근육이 살며시 떠올라서 아름다운 것이었지만, 지금은 그저 무참할 뿐이다.

주인이 어떤 최후를 맞이했는지, 상상하는 것도 소용없을 것 같았다.

"고블린 놈들의 장난이다."

고블린 슬레이어가 혀를 한 번 찼다.

"놈들은 **놀라기만**하니까."

"우, 으……."

여신관은 무심코 신음했다.

목 안쪽에서 씁쓸하고 시큼한 맛이 올라오는 것을 느끼고, 눈물을 맺으면서 다시 삼켰다.

그러나 겁먹고 있을 때가 아니었다. 비슷한 광경을 몇 번이고 보지 않았는가?

흐트러지지 말라고 필사적으로 자신에게 말하고, 그녀는 떨리는 양손으로 단단히 석장을 고쳐 쥐었다.

"위험한데."

그런 여신관을 응원하는 것처럼 등을 두드리고 엘프 궁수가 날카롭게 말했다.

기분이 나쁜 것은 그녀도 마찬가지. 창백한 얼굴과 입가를 가리는 것처럼 외투 깃을 세우고 있었다.

"지금 그 비명으로, 이게 경보(알람)가 됐어."

"그런 구조다."

고블린 슬레이어는 당황하지 않고 중얼거리며, 전투 도끼를 방심하지 않고 쥐었다.

"밀려들어오겠지."

"알 수 없어……."

엘프 궁수가 기다란 귀를 흔든 그때였다.

"—끄, 아……악!!"

새되고 비통한, 여성의 비명이 능묘에 울려 퍼졌다.

흠칫 몸이 굳은 것은 한순간, 모험가들은 즉시 자신들의 무기를 손에 집었다.

그 속에서 소년 마술사 한 사람만 달랐다.

"……이쪽이다!"

"아, 혼자서 가면……!"

말리는 소리를 듣지도 않고 소년이 달렸다.

묘실의 문을 걷어차고, 다음 방으로 들어가 주변을 둘러보고 목표를 찾았다.

"이쪽인가……!"

소년은 어깨로 부딪히듯이 문을 밀어 열었다.

즉시, 화악 숨이 막힐 정도의 냄새가 그를 덮쳤다.

자기 옷에 묻은 고블린의 오물보다 더한 그것은 피와 토사물 따위가 뒤섞인 것이었다.

그리고 소년은 보았다.

고블린.

그리고 여자를.

여자— 의자에 철사로 묶여서 고정된 여자.

철사에 피부가 찢어진 하얗고 부드러운 살.

눈물이 맺힌 커다란 눈동자를 한계까지 부릅뜨고 있었다.

고블린이 손에 쥐고 있는 검붉게 녹이 슨 톱.

그리고 여자의 피투성이 손.

의자 팔걸이를 따라서 바닥에 떨어지는 붉은 물웅덩이.

그곳에 떠오른, 하얗고 가는, 몇 개의—.

"우, 아아아아아아아아아아아아악!!"

소년은 짖었다.

짖고서, 영문을 모른 채 고블린에게 지팡이를 겨누었다.

뇌에 불꽃이 깃든 게 아닌가 싶을 정도로 의식이 붉게 타올랐다.

그것은 그대로 진정으로 힘 있는 말이 되어 그의 입에서 뿜어져 나왔다.

"《카리븐클루스(화석)…… 크레스쿤토(성장)…… 야크타(투사)》!!"

화염구가 타오르는 꼬리를 끌고 공중을 날아가 정확하게 고블린의 머리에 맞았다.

뇌수와 피와 두개골을 용암처럼 뿜으면서, 머리를 잃은 고블린이 비틀 쓰러졌다.

"핫, 하아, 하악…… 윽, 에, 에이이……!"

—이럴 수가 있나. 없어. 없잖아.

손가락도 대지 않고 생물을 죽인 것. 실감이 없었다.

바라던 대로 고블린을 일격에 죽인 것. 실감이 없다.

고문방의 처참한 광경조차도, 빙글빙글 주위가 도는 것 같아서 애매해졌다.

"어쨌든, 구해야 돼……. 어이, 괜찮아!"

그러나 그는 신경 써야 했다. 자신이 무엇을 했는지.

그가 쓸 수 있는 주문은 《파이어볼(화염구)》을 하루에 한 번.

그리고 아까 그 경보. 여기가 고블린의 둥지라는 것.

"아…………아, 으…… 으……."

"기다려! 금방 구해줄 테니까!"

소년은 의자에 여자의 팔다리를 묶은 철사를 끊어내려고 필사적으로 매달렸다.

그렇기에 눈치채지 못했다.

모험가를 전멸시킨 존재가 있다는 당연한 사실을 말이다.

"……드……디, 에……."

"—?!"

그래서 그것은 그의 기량이 아니라 순수하게 행운이었다.

다음 순간에 가차 없이 내리 꽂힌 곤봉을, 소년은 거의 굴러서 간발의 차이로 피했다.

"우, 아……악?!"

머릿속에서 핏기가 싹 가셨다. 정말로 무서울 때는 발치도 불분명해지나 보다.

"OLRLLT……?"

물컹물컹하게 부풀어 오른 종양투성이 회색 거체. 구역질이 나는 체취.

우둔함을 그대로 희화화한 것처럼 대머리인 머리에는 긴장감이 없는 백치 같은 웃음.

거목 같은 팔에 쥐고 있는 것은, 조잡한 곤봉— 아니.

살을 찢어내고 찌르기 위해서 무수한 못을 박아놓았으니 살의는

명백했다.

트롤.

트롤은, 자신의 일격이 어째서 빗나갔는지 알 수 없다는 기색으로 곤봉을 들어올렸다.

거기에 달라붙은 검붉은 얼룩과 여자의 것으로 보이는 머리카락을 보면…….

"우, 우, 우으……윽!"

소녀는 딱딱 떨릴 것 같은 턱을 오기로라도 악물어 억누르고, 지팡이를 겨눈 채 일어섰다.

등 뒤에는 상처 입고 의식조차도 애매한 구속된 여자가 한 명.

도망칠 수 없다. 도망치면 안 된다. 그러나, 하지만, 그렇지만, 어떡하지?

물론 소녀는 마술사에 뜻을 두고 있으니 트롤에 대한 지식이 있었다. 당연하다.

거구. 괴력. 우둔. 그리고 그 치유력. ―필요한 것은 불이나, 산.

그러나, 하지만.

그의 주문은, 이제 없었다.

"GRORB!"

"GRB! GROBRORO!!"

뿐만 아니라.

킬킬 비웃는 고블린의 목소리가 묘실에 울려 퍼지고, 소녀는 상황이 악화된 것을 깨달았다.

유인 당했다. ―유인 당한 것이다.

어째서 일부러 이런 장소에서 포로를 괴롭혔는가?

그것도 하필이면, 얼빠진 침입자가 비명을 지른 직후에!

사방, 묘실의 문이 열렸다. 고블린 놈들이 징그럽게 웃으면서 들어섰다.

—그 엘프가 문을 닫고 다니는 걸, 잘 봐둘걸……!

그러나, 후회해도 늦었다.

이것은 함정이다.

각 방마다 봉쇄해가며 침입하는 모험가들을 꾀어내기 위한.

거기까지 생각이 미치자, 이미 주문을 쓸 수 없는 소년이 취할 수 있는 행동은 하나뿐이었다.

메마른 입술을 핥았다. 커다랗게 숨을 들이쉬고 뱉어냈다.

"오지 마! 함정이다—!"

이것이 소년의 마지막 행동.

다음 순간에 전투 도끼가 날아가고, 화살이 날아오고, 송곳니 칼이 달렸다.

"GRBRR?!"

비명이 오르고, 고블린이 털썩털썩 수확된 지푸라기처럼 쓰러졌다.

"수는 스물. 나머지 열일곱이다."

그리고 담담하게 땅속에서 불어오는 바람 같은 목소리와 함께, 고블린 슬레이어가 뛰어 들어왔다.

빈 오른손이 기계처럼 정밀하게 움직이더니 혼란에 빠진 고블린의 목에 재빨리 단검을 박았다.

"GROORORB!!"

"칫……. 넷. 나머지 열여섯."

녹슨 칼날이 충격에 버티지 못해 부러져 날아가고, 한편으로 고블린의 척추도 치명적인 각도로 꺾였다.

고블린 슬레이어는 혀를 차면서 자루를 놓더니 쓰러진 고블린의 검을 낚아챘다.

죽어가는 고블린을 거침없이 걷어차면서 뽑았다. 손목을 돌려서 방심하지 않고 겨누었다.

"살아있나?"

"어, 아…… 아, 그래……!"

소년 마술사는 멍하게 몇 번이고 고개를 위아래로 움직였지만 고블린은 슬레이어는 차갑게 잘라냈다.

"아니다."

"그쪽 아가씨를 말하는 걸세."

땅을 기는 것처럼 사삭 달려온 리자드맨 승려가 멍하니 선 소년을 감싸듯 버티고 섰다.

"아직."

소년은 침을 삼키고 소리를 높였다.

"살아있어! 당연하지!"

"그런가."

고블린 슬레이어의 시선이 철 투구의 면갑 너머로 탓하는 것처럼 소년에게 꽂혔다.

아니 실제로 이 남자가 눈길을 주었는지 아닌지 소년은 알 수 없었다.

그러나 그렇게 느끼고, 소년은 변명하는 것처럼 눈을 깔았다.
"이 사람을, 얼른 구해야 한다고 생각해서—."
"우리들 쪽에도 여자는 있다."
고블린 슬레이어의 대답은 날카롭고 차가웠다.
"두 사람."
그 말을 들은 소년은 퍼뜩 「여자들」 쪽을 보았다.
"정말이지, 이래서 고블린이 싫은 거야……!"
"……윽."
고문방의 참상에 낯빛이 파래지면서도, 트롤에게 활을 겨누어 견제하는 엘프 궁수.
그 옆에 선 여신관— 석장을 쥔 손이 미약하게 떨리는 것 같았다.
"그래도……!"
"주절주절 말할 틈 없느니라! 의자째로 옮기거라!"
소년이 반론을 하려고 했을 때, 허둥지둥 달려온 드워프 도사가 문자 그대로 노성을 질렀다.
두 전사와 한 사람의 탐색자가 열어준 길을 드워프 도사와 여신관이 지나온 것이다.
"시간 없느니라!"
맞는 말이었다.
"GROROB! GROB! GROORB!!"
"OOOTLLLLT!!"
이미 퇴로는 없다.
고블린 16마리. 트롤 1마리. 첩첩산중까지는 아니라도, 모험가들이 포위되어 있었다.

슬금, 슬금. 승리를 확신하고 징그러운 웃음을 지으면서, 괴물 놈들이 거리를 좁혔다.

소년, 포로가 된 시제, 여신관을 지키듯이 사방을 향해서 모험가들이 모였다.

"옮긴, 다니……!"

소년이 어색하게 의자에 손을 대자, 여자의 입에서 「으」인지 「아」인지 알 수 없는 소리가 나왔다.

손에는 피가 잔뜩 묻어 있었다. 그것만 봐도 소년의 위는 당장에 토할 것처럼 떨렸다.

리자드맨 승려는 그 모습을, 종족 특유의 넓은 시야로 빙글 눈을 돌려 포착했다. 혀를 내밀었다.

"손가락도 잊지 말게나. 잘 하면 치유할 수 있을지도 모르니."

"아……!"

소년은 황급히 바닥에 엎드려서 붉은 물웅덩이에 흩어진 것을 주웠다.

녹슨 톱으로 근육과 뼈를 한꺼번에 절단시킨, 잔혹할 정도로 조잡한 상처.

시간이 없다. 시간이. 떨어뜨릴 뻔한 손가락을 단단히 모으고, 세고, 손수건으로 감쌌다.

이마에 맺힌 땀을, 피가 묻어 지저분해진 손으로 쓱쓱 닦았다. 입술을 꾹 깨물었다.

"주웠어!"

"오냐! 그쪽을 들거라, 그쪽을!"

덜컥덜컥 의자를 짊어지는 소리. 여자의 신음 소리.

엘프 궁수가 그것들을 등으로 감싸면서 활을 당기고 기다란 귀를 떨었다.

"안쪽에서 아직 더 나올 거야!"

흘끔, 여신관을 보았다.

"어떡할래?!"

"에, 아……!"

여신관은 반사적으로 뭐라고 말할 수가 없었다.

석장을 쥔 양손이 굳어지고, 힘이 들어간 나머지 보기 안쓰러울 정도로 하얗다.

어떡하지? 어떡하면 되지? 여기서 맞서는 편이? 돌파하는 편이?

금세 대답을 내야 한다. 아아, 하지만. 그래도.

―고블린의 함정에 걸린다.

하물며, 거기에 뛰어든다.

『쫓아가요!』라고 제안한 것은 그녀였다.

그러니 후회는 없었다. 당연하다. 그렇지만 발치가 불안정해지기에는 충분했다.

끌려가서 거꾸러지고 독 단검에 찔린 여마술사.

고블린 놈들에게 둘러싸여 갈기갈기 찢겨진 검사.

다리를 붙잡혀 무참하게 휘둘리고 능욕당한 여무투가.

진정해. 뇌리에 떠오르는 광경을 떨쳐내고자 하면 다음 기억이 되살아난다.

고블린 챔피언에게 짓이겨질 뻔했던, 공포, 통증, 절망.

과거에 깨물려 찢어졌던 목덜미가 욱신거렸다.

“에, 그…… 그게…….”

접근하는 고블린. 거대한 트롤.

여신관이 필사적으로 뭐라고 말하고자 했지만 혀가 꼬여서 나오지 않았다.

눈꼬리에 찌잉 눈물이 맺히고, 입이 가만있지 못해서 딱딱 겁에 질린 소리를 냈다.

그럴 때가 아니란 것은, 그녀 자신이 가장 잘 알고 있는데……!

“소귀 살해자 선생!”

그녀를 구한 것은 재빨리 상황을 파악한 리자드맨 승려의 목소리였다.

“그래.”

고블린 슬레이어가 담담하게 응답했다.

“괜찮겠나?”

확인. 여신관은 힘없이 고개를 끄덕였다. 그것 말고 어떻게 해야 할지를 몰랐다.

“《홀리 라이트(성스러운 빛)》다.”

고블린 슬레이어의 지시는 재빠르고 단적이었다.

“안쪽까지 돌진한다. 전위는 맡긴다. 맨 뒤와, 저 짖고 있는 커다란 놈은 내가 맡는다.”

“알겠네!”

“앗, 네!”

리자드맨 승려가 장단을 맞추듯이 대답하자 여신관도 자신의 한심함을 억누르고 외쳤다.

필사적으로 버티고 의자를 운반하면서 소년이 눈을 까뒤집었다. 「내가 맡는다」라니?

“당신, 전사잖아?! 상대는 트롤이야!”

“바보구나.”

엘프 궁수가 가녀린 가슴을 자신 있게 내밀었다.

“이럴 때 **뭔가 저지르는** 게 오르크볼그야.”

리자드맨 승려가 웃었다. 고블린을 상대하면서 이 남자가 질 리 없었다.

여신관은 웃지 않았다. 하다못해 맡겨준 일은 제대로 해내야 한다.

석장에 양손으로 매달렸다. 의식을 고조시킨다. 천상의 신들에게 직접 탄원한다.

“《자비 깊은 지모신이여, 어둠 속 길 잃은 우리들에게 성스러운 빛을 베푸소서》!”

그리하여 기적이 내렸다.

“GGROORRRROOB?!”

“TOOLR?! OORTT?!”

새하얀 섬광은 태양의 폭발과도 같았다. 석장에 깃든 그것이 고블린과 트롤의 눈을 태웠다.

영혼을 깎는 기도의 부담에 가녀린 가슴을 위아래로 움직이면서, 여신관이 자신을 격려하고자 외쳤다.

“가요!”

석장의 빛을 치켜들고 달리기 시작한 그녀 옆에 리자드맨 승려가 스륵 나란히 섰다.

눈앞, 통로, 묘실에서 나오는 고블린을 그의 손톱, 손톱, 송곳니, 꼬리가 가차 없이 쓸어버렸다.

그렇게 열린 길을 따르는 것은 포로를 짊어진 드워프 도사와 소녀이다. 술법을 영창할 여유는 없었다.

엘프 궁수는 방심하지 않고 화살을 메겨서, 달리면서도 전방을 향해 엄호 사격을 반복했다.

그리고—.

"트롤?"

뒤에 남은 고블린 슬레이어가 낮게 중얼거렸다.

"고블린이 아니군."

"OOOORLLT!!"

쇠못이 둔탁하게 빛나면서 곤봉이 떨어졌다.

그러나 섬광으로 눈이 흐려졌으니 그 완력에도 큰 의미가 없었다.

고블린 슬레이어는 당황하지 않고 침착하게 물러나며 가방을 뒤지고 작은 병을 꺼냈다.

트롤에게 던진 도자기 병은 파편을 뿌리며 깨졌지만, 전혀 타격을 주지 못했다.

물론, 그러면 된다.

중요한 건 내용물이다.

"TOORL?! TOORL?!"

정체 모를 검은 점액이 튀어서 트롤의 거구에 들러붙었다.

코를 찌르는 냄새. 질척하고 끈적한 그것을 떨쳐내고자 트롤이 날뛰며 여기저기 뿌렸다.

그것이 메디아의 기름. 페트로레움이라는 불타는(가솔린) 물이란 것을, 괴물 놈들은 모른다.

“작별이다.”

고블린 슬레이어는 주저 없이 횃불을 들이대고, 전진하기 시작했다.

“TOOOOROOOOROOOOOORRRT?!?!”

“GROROOB?!”

온몸을 핥는 것처럼 불꽃에 휩싸인 트롤과 거기에 휘말린 고블린의 비명.

그것을 등지고 달리는 고블린 슬레이어는 동료들이 죽인 고블린의 시체에서 무기를 낚아챘다.

창이다. 고블린 슬레이어는 검을 왼손, 창을 오른손에 쥐고 도약하면서 몸을 비틀었다.

“반 정도는 말려들었군. 그렇다면…….”

창이 날아갔다. 던진 창이 그대로 불꽃을 넘어온 고블린의 배를 꿰뚫어 훌륭하게 해치웠다.

“GGRORR?!”

“이걸로 열다섯.”

고블린 슬레이어는 순식간에 몸을 돌려 다시 동료들을 뒤쫓아 달렸다.

길을 찾는데 망설임이 없다. 열려 있는 문. 흩어져 있는 고블린의 시체. 전투의 검격음을 찾아간다.

문제는 옆쪽 문을 통해 묘실에서 솟아 나오는 고블린 놈들인데…….

"GBGOR?!"

"GRORB! GORORRB?!"

저 멀리서 날아온 화살이 무자비하게 사살한다. 추가로 셋. 열여덟.

풀썩풀썩 쓰러지는 시체를 뛰어넘어서 고블린 슬레이어는 달렸다.

금세 한데 묶은 머리칼을 꼬리처럼 흔들며 달리는 엘프 궁수의 모습이 보였다.

"잠깐, 오르크볼그! 뭔가 뒤에서 화르르 하는 소리 들리는데!"

"긴급사태였으니까."

"하다못해 먼저 한 마디!"

"거기까지 생각 못했다."

고블린 슬레이어는 달리면서 기습처럼 돌아섰다.

"열아홉."

간신히 따라잡은 표적이 반전하자 놀라는 고블린. 그 목에 가차없이 검을 꽂아 넣었다.

콱 파헤치자 부글부글 피거품을 뿜으면서 고블린이 죽는다. 그 가슴을 걷어차서 뽑아냈다.

"앞은 어떤가."

"평소랑 같아! 이야아앗!! 하면서 엄청 날뛰지."

엘프 궁수는 말하면서, 다 맞는다는 듯 두세 번 정도 화살을 잇달아 쏘아냈다.

쫓아오던 고블린이 세 마리, 눈구멍부터 뇌까지 꿰뚫려 풀썩풀썩 쓰러졌다. 스물둘.

"그래서, 방법은 있어?"
"있고말고."
그 틈에 방향전환을 한 고블린 슬레이어가 엘프 궁수와 나란히 달리며 고개를 끄덕였다.
"언제든지, 있다."

§

모험가들이 도망친 묘실에는 문이 하나밖에 없었다.
세 방향은 벽. 그밖에는 고블린 놈들이 쌓아놓은 고철들이 흩어져 있을 뿐이었다.
아무 생각 없이 지금 있는 것을 이용하기만 하는 고블린이, 쓸모를 찾지 못해 감당하지 못한 방 중 하나다.
묶여 있는 여자를 내려주면서 소년이 당황하며 외쳤다.
"구석에 몰려 버렸잖아……!"
"어허, 글쎄. 그렇다고 할 수만은 없다네."
방심하지 않고 문 옆에 대기하는 리자드맨 승려가 말했다.
그는 이미 양손에 《샤프 투스(연마)》된 송곳니 칼을 쥐고 있었고, 피가 방울지며 떨어졌다.
그가 문자 그대로 혈로(血路)를 열었다는 건 말할 것도 없으리라.
"남은 두 분은……?"
여신관은 안쪽 벽에 기대어 가쁜 숨을 쉬고 있었다.
《홀리 라이트》의 기도를 유지한 채 미궁을 달리는 것은 힘이 부족한 그녀에게 가혹한 일이었으리라.

얼굴에는 피로의 기색이 짙고, 핏기가 가셔서 파랬다.

드워프 도사가 피가 묻은 양손을 쓱쓱 비비더니 가방을 뒤져서 포션 병을 꺼냈다.

"길쭉귀 처녀와 카미키리마루라면 금세 뒤따라올 게다. 받거라."

"죄송합니다……."

그녀는 양손으로 병을 들어 마개를 뽑더니, 한 모금 한 모금 조금씩 입술을 적셔가면서 마셨다.

목이 꿀꺽 울릴 때마다 아주 약간 몸에 열이 돌아오는 기분이었다.

신들이 내리는 기적 정도는 아니지만, 포션의 약효도 결코 얕볼 수 없는 것이다.

눈을 감고, 호오 숨을 내쉰다. 응, 조금 편해졌다. 여신관이 석장을 손에 고쳐 쥐었다.

"……얼른, 저 분을 치료해야죠……."

"쉬고 있거라, 쉬고 있어. 금세 죽을 상처는 아니니라."

당장이라도 《힐(소회복)》의 기도를 바치려는 여신관을 드워프 도사가 끌어다 벽으로 밀었다.

몸집이 작은 그녀는 비틀비틀 휘청대더니 탁, 가벼운 소리를 내면서 벽에 부딪혔다.

"죄송합니다."

다시 한 번 가는 목소리가 속삭였다.

"신경 쓰지 말거라."

드워프 도사는 손을 휘휘 내저었다.

어쨌거나 잘려나간 손가락을 본래대로 되돌리는 건 그녀의 기량으로는 어려울 것이다.

그럴 바에는 기적을 온존하는 편이 훨씬 좋다.

“도령은 괜찮으냐?”

“문제없어……!”

“그러냐.”

드워프 도사가 담백하게 말했다. 소년의 허세도 간파하고 있으리라. 눈이 살짝 가늘어졌다.

“말해두지만, 여차할 때 뻗어 버려도 아무도 어떻게 못 해주느니라.”

“……안 뻗어.”

저 여자랑은 달라. 이 말은, 아무리 소년이라도 도저히 할 수 없었다.

그 또한 벽에, 그러나 여신관하고 떨어진 곳에 기대어 가만히 손바닥에 시선을 떨구었다.

피는 검붉게 굳었다. 손바닥을 서로 비비자 후두둑 떨어졌다.

—신관은 뒤에서 겁먹고 신에게 기도만 한다.

바보 같은 말을 했다. 새삼 생각했다.

그녀는 지시를 내리고, 석장을 치켜들고, 빛을 비추고, 필사적으로 달려 다니지 않았는가?

흘끔 옆을 보자, 후우, 후우 숨을 내쉬면서 쉬엄쉬엄 포션을 마시고 있었다.

체력을 회복시켜서 다음 싸움에 대비하고 있는 것 정도는 소년도 알 수 있었다.

소년은 입을 열다가, 중간에 닫았다. 혀가 꼬일 것 같았다. 침을 삼켰다. 다시 한 번.

"미, 안—."

"왔군!"

흘리는 말을 리자드맨 승려의 날카로운 목소리가 가로막았다.

소년은 눈을 깜빡이며 통로 안쪽, 어둠 속을 보며 눈에 힘을 주었다.

금세 멀리서 달려오는 횃불의 불빛이 보였다.

"잠깐 오르크볼그, 저거 아직 살아있잖아!"

"생각보다 질기군."

암사슴처럼 경쾌하게 달려오는 엘프 궁수.

그녀의 옆을 똑바로 달리는 고블린 슬레이어.

그리고 그들의 등 뒤.

"OOOLRTTTTR!!"

푸스스 연기를 피워 올리면서 곤봉을 휘두르는 거대한 트롤의 모습.

둔중하기에 속도의 차이는 명백하다. 그러나 발이 걸려서 넘어지기라도 하면 끝장이다.

부딪힌 벽과 바닥을 부수는 곤봉의 기척을 바로 옆에서 느끼며 질주한다.

"이제 싫어!"

묘실로 뛰어 들어온 엘프 궁수가 외쳤다.

"저거 뭐야! 너—무 싫어! 난 좀 더 멋있는 괴물이랑 싸우고 싶어!"

"어쨌거나 멋있는 괴물이란 것은 더 강하지 않겠느냐?"

"소승은 용이 좋겠군."

어쨌거나 우는 소리나 농을 던질 수 있으면 걱정할 것 없으리라. 드워프 도사는 숨을 내쉬었다.

"그래서. 카미키리마루, 어쩔 셈이더냐?"

"생각하고 있다."

고블린 슬레이어가 말하더니 묘실에 틀어박힌 파티를 돌아보았다.

리자드맨 승려, 드워프 도사, 붉은 머리칼의 소년, 문제없다. 엘프 궁수는 숨이 가쁘다. 여신관은 피로해졌다.

그는 가방에 손을 넣어 손가락의 감각으로 병을 2개 골라 뽑아서 둘에게 던졌다.

"마셔둬라."

"에, 아……."

"스태미나 포션이구나. 고마워."

여신관은 살짝 당혹했지만, 엘프 궁수는 고맙다며 마개를 뽑아 단숨에 들이켰다.

각자 자기 분량을 가지고 있지만 사양이나 양보를 할 틈이 아깝다.

"……고, 고맙습니다."

거침없는 엘프 궁수의 모습을 보고 그제야 여신관도 병에 입을 댔다.

이걸로 두 병째다. 핏기가 돌아와서 불그스레함을 되찾은 볼과 반대로 표정은 다소 어두웠다.

"좋다, 정리됐다."

고블린 슬레이어가 그 모습을 확인하면서 고개를 끄덕였다.

"물이 필요하다. 술법으로 만들 수 있나?"

"으……."

딱히 그에게만 물어본 것도 아닌데 소년이 숨막힌 소리를 냈다.

《파이어볼》밖에 쓰지 못하는데다 이미 주문을 사용해버리고 말았다.

이 남자에게 그 사실을 알리는 것이 어째선지 대단히 굴욕적이었다.

“그런 주문, 배워봤자, 의미 없는걸…….”

“그런가.”

자연스럽게 토라진 목소리를 흘리는 소년에게 고블린 슬레이어는 담담하게 응답했다.

드워프 도사가 두 사람을 슬쩍 살피며 고개를 끄덕였다.

“물이라, 비를 내리는 건 되느니라. 실내니까 좀 약하다만.”

트롤의 함성, 땅울림이 서서히 다가온다. 리자드맨 승려가 「준비하시게」라고 말했다.

“그러니, 카미키리마루. 네 특기를 쓸 수는 없게 된다만?”

“상관없다.”

고블린 슬레이어가 잘라 말했다.

“뿌려서 적실 수 있으면 된다.”

“오냐.”

“다음은 다시 한 번 《홀리 라이트》다. 할 수 있나?”

“할…….”

여신관이 목을 떨면서 말을 삼키고, 입술을 꾹 깨물었다.

“……게, 요!”

“좋다.”

결정됐다. 고블린 슬레이어가 선언하는 것과 동시에 기어이 트롤이 묘실에 도착했다.

"OLTROOOR!!"

대체 누가 찾아올 것을 상정했던 걸까? 능묘의 통로와 묘실은 트롤이 유유히 지날 수 있을 정도로 컸다.

함성과 함께 휘두른 곤봉이 치명적인 무게와 위력으로 묘실을 쓸었다.

"햐악?!"

"위험해……!"

몸을 숙이는 게 한순간 늦은 여신관을 엘프 궁수가 밀어내 감쌌다.

곤봉에 박혀 있던 쇠못의 대가리가 엘프의 머리칼을 스치면서, 묶어놓은 끈을 끊어 버렸다.

"괜찮아요?!"

"괜찮아!"

엘프 궁수가 머리칼을 흐트러뜨리며 외쳤다.

"어서!"

"읏, 《자비 깊은 지모신이여, 어둠 속 길 잃은 우리들에게 성스러운 빛을 베푸소서》!"

여신관은 밀려 넘어진 형태에서 필사적으로 석장을 내밀며 자비 깊은 신에게 기도를 바쳤다.

물론 경건한 신도의 혼을 깎아내는 기도에 천상의 지모신이 응답하지 않을 리 없었다.

"RRLLRTTOOR?!"

태양과도 같은 빛의 폭발. 섬광이 묘실을 가득 비추어 하얗게 덧칠했다.

트롤이 견디지 못하고 비명을 지르며 몸을 젖히자 고블린 슬레이어가 외쳤다.

"물이다!"

"오냐아! 《달리거라, 비의 말(켈피)아, 어서 가거라. 흙에서 산천, 바다에서 하늘로》!"

드워프 도사가 가방에서 꺼낸 작은 말 인형을 쥐고 영창했다.

갑자기, 드높은 말의 울음소리와 함께 습한 바람이 불어 휘몰아치더니 뚝뚝 떨어지는 비로 바뀌었다.

비의 말을 사역해서 일으키는 것. 드워프 도사가 말한 것처럼 그저 《콜 레인(비 부르기)》이었다.

"됐다, 카미키리마루!"

"다음은…… 이거다."

그에 맞춰, 고블린 슬레이어는 가방에서 꺼낸 가죽 주머니를 트롤에게 던졌다.

"ORLTLRRLR?!"

갑자기 절규가 울렸다.

물컹물컹한 트롤의 회색 외피가, 검게 타 들어간 부분부터 점점 금이 가기 시작했다.

땅을 고를 때 거대한 바위를 제거해야 하는 경우, 열을 가하고 냉수를 뿌리는 수법이 있다고 한다.

그러면 바위가 저절로 금이 가고 깨어진다. 그 다음에는 망치로 때리기만 하면 된다.

바위에서 만들어지고, 햇빛 아래서 바위가 된다는 트롤은 그야말로 그 상황이었다.

"TLRORL?!"

그러나 하지만, 트롤은 무슨 일이 일어났는지 알 리 없었다.

물을 뿌리고 가루를 뿌렸더니, 설마하니 온몸에 **서리가 내릴** 줄이야!

"TTLLOOTTTTTL?!"

"단순하지만, 나쁘지 않군."

안면을 누르면서 몸부림치는 트롤 앞에서 고블린 슬레이어가 효과를 확인했다.

아니, 고블린 슬레이어도 정확한 원리를 파악했는지는 알 수 없다.

그러나 중요한 것은 행동한 결과로 무슨 일이 일어났는가, 다.

불의 비약— 연금술에서 말하는 초석(硝石)이, 물과 트롤의 열을 흡수하여 급속하게 냉각하기 시작한 것이다.

"……이건 어디서 배웠는데?"

"…………아—."

질색하는 엘프 궁수. 여신관의 뇌리에 문득 되살아나는, 예전에 물의 도시를 방문했을 때 나눈 대화.

—그러고 보니 얼음과자 만드는 법, 물어 봤었죠.

"ORLT?! TOORLRLOT?!"

치유력이 있든 없든, 열을 가한 직후에 식히면 견디지 못한다는 걸까?

트롤은 치유될 기색이 보이지 않는 상처에 몸부림치고, 버둥거리면서 곤봉을 휘둘렀다.

리자드맨 승려가 「씨익」 턱을 일그러뜨리고, 사나운 미소를 지었다.

“꼴이 우습게 됐군. 어디, 가보세나……!”

송곳니 칼을 손에 쥐고 덤벼드는 리자드맨 승려. 엘프 궁수의 사격이 뒤따랐다.

“저 뭔지 모를 커다란 걸 처리하고서.”

주저 없이 무기를 던진 고블린 슬레이어가 고철에서 주워 올린 검을 들고 달렸다.

“고블린 놈들을 몰살시킨다.”

트롤의 운명은 물론이고, 남은 고블린이 어떻게 되었는지는 말할 것도 없는 일이리라.

그러나 그런 가운데, 후열에 내몰린 소년은 가만히 고블린 슬레이어를 노려보았다.

—과연. 분명히 저 아가씨에게 나는 심한 말을 했다.

그렇지만.

자신의 부주의함도 있다. 미숙함도 있다. 책임은 있다. 그렇지만.

—저 남자는 절대로, 인정하기 싫어……!

§

“얼른얼른. 이럴 때 드워프가 건배사를 안 하면 어쩌라고.”

“오오냐. 그러면, 무사한 생환에! 괴물의 목에! 그 여시제의 앞날에!”

건배! 드높이 잔을 들어 올리고 쨍쨍 부딪히며 술 방울이 흘렀다.

모험가와 술자리란 것은 뗄래야 뗄 수 없는 것이리라.

길드 안의 주점은 오늘도 마찬가지로 한 탕 끝낸 모험가들이 모여 있었다.

이번 적은 벅찼다. 이번에 구한 마검은 누가 쓰느냐. 마을의 그 소녀가 귀여웠다.

네 공격이 빗나간 게 아까웠다. 마무리 일격은 좋았다. 주문을 무척 좋을 때 썼다.

일단은 성공을 축하하자. 반성회도 한다. 동료의 실수를 웃어넘기고, 성공에 찬사를 보내자.

손에 넣은 재화를 나누고, 무구가 있으면 팔든지 쓰든지 잡담하고, 다음 모험에 대한 기대를 논한다.

모험가가 모험을 하다 불평불만을 말하는 건 당연한 일이고, 내분을 일으키고 싶은 것은 아니다.

그런 사소한 일들은, 모험이 끝난 뒤에 하는 것이 정해진 수순이다.

시간이 지나도 응어리가 남지 않도록, 다음에 죽어도 후회가 없도록 모험가는 소란을 피운다.

그들— 고블린 슬레이어의 파티도 그런 떠들썩한 소란 속에 있었다.

"있잖아, 오르크볼그. 너는 어째서 언제나, 이럴 때 입을 다무는 건데."

"그런가?"

"그래!"

엘프 궁수가 자신은 희석한 포도주를 홀짝홀짝 마시는 주제에 남의 잔에 술을 따랐다.

급사라기보다는 재미 삼아서 하는 게 고약하지만, 이미 취기가 돌아서 그러는 걸지도 모른다.

상대하는 고블린 슬레이어가 묵묵히 투구 틈으로 술을 벌컥 들이켜는 것도 늘 있는 일이다.

"아아, 미안하네만 여급 선생. 소시지를 말이네, 잔뜩 가져다주시겠나!"

"네에, 리자드맨 손님! 늘 먹는 거 말이죠!"

빙글빙글 자리와 탁자, 모험가 사이를 다니는 수인 여급이 미소를 지었다.

"치즈도 뿌리면 좋을까요?"

"오오, 진미! 부디!"

그리고 술안주를 부탁한 리자드맨 승려가 꼬리를 바닥에 때리는 것도 여전하다, 그러나…….

"자, 너도! 술잔 내놔, 마셔!"

"……네."

여신관이 풀이 죽어서 어깨를 떨구고 있는 것이 평소와 달랐다.

그렇다기보다 애당초, 평소라면 세세하게 신경 써주며 술을 따라주거나 하는 건 그녀의 역할이었다.

그렇잖으면 엘프 궁수가 대강 적당하게 술과 안주를 나눠줄 리 없었다.

"저는, 그게, 오늘은……."

당장이라도 울어버릴 것처럼 가는 목소리.

웅얼웅얼거리는 태도는 신관직이란 것 이상으로 술자리에 어울리지 않았다.

뭐, 무리도 아니었다.

파티를 지휘한다는 첫 경험. 그럭저럭 잘 되어가고 있었는데 대실패.

그 자리에서 다른 동료가 지시를 내렸으니 망정이지 그렇지 않으면 뻔히 전멸했을 것이다.

그녀의 첫 모험과 마찬가지로.

"정말……! 살아 있으니까 그걸로 된 거잖아."

그러나 2천 년을 살아온 엘프는 그런 작은 일에 집착하지 않았다.

"있잖아. 갑자기 완벽하게 지시를 내리고 지휘할 수 있을 리가 없잖아?"

무슨 말을 하는 거야. 말과 태도로 나타내면서 엘프 궁수가 기다란 귀를 크게 흔들었다.

"엘프라도 무리야. 그런 엘프가 있으면 분 바르고 가짜 귀를 달았을 거라니까."

"길쭉귀 처녀치고는 일리가 있구먼."

"실례네. 백리는 있거든."

콧김을 뿜어내는 엘프 궁수가 드워프 도사에게 가녀린 가슴을 내밀며 뽐냈다.

그러나 그것도 한순간. 하얀 피부를 붉게 물들인 그녀는 눈을 게슴츠레 뜨고 탁자 한쪽에 눈길을 주었다.

"그것보다, 그쪽은 어떤데, 그쪽은."

탁자에서 조용한 것이 고블린 슬레이어, 여신관 말고 또 한 사람.

턱을 괴고서 부루퉁하게 토라져서는 포크 끝으로 안주인 소시지를 만지작거리는 소년이다.

하긴, 첫 모험이라지만 그는 잘한 구석이 전혀 없었다.

기세 좋게 뛰어들어서 함정에 빠졌다. 비장의 수인 주문은 잘못된 곳에 썼다.

수많은 모험가가 그리는 「화려한 모험」과는 전혀 인연이 없었다.

—뭐, 그것이 현실이라고 하면 현실이지만 말야.

엘프 궁수는 한숨을 내쉬고 흥미를 잃은 것처럼 홀짝홀짝 포도주를 핥았다.

"뭐, 그렇게 풀이 죽지는 마시게. 첫 모험, 무사히 돌아왔다. 그것을 기뻐하시게."

"그래, 애송아. 첫 모험에서 트롤이랑 마주치는 건 그리 흔한 일이 아니니라."

운이 좋은 건지 나쁜 건지. 토라진 소년의 등을 턱턱 두드리고, 드워프 도사는 술을 들이켰다.

"트롤만 없었으면, 나도, 고블린 따위……."

"뭐, 자, 마시거라 마셔. 술은 좋다, 술은."

드워프 도사가 사양 않고 병에서 따른 술을 소년 앞에 턱 놓았다.

그는 그것을 부모의 원수라도 되는 것처럼 노려보고, 쭉 단숨에 들이켰다.

"우엑?! 콜록! 쿨럭! 콜록!"

"자, 보거라. 처음부터 잘 되는 게 더 이상하다는 건, 잘 알지 않았느냐?"

화륵 목을 태우는 술기운에 기침을 하는 소년. 드워프 도사가 반쯤 심술궂게, 반쯤 위로하듯이 웃었다.

소년은 드워프 도사를 원망스럽게 노려보고 무슨 말을 하려는 듯 입을 열었다.

그때 불쑥, 조금씩 나눈 소시지를 담은 작은 접시가 밀려왔다.

“자자, 입가심으로 소승의 **소시지 곁들인 치즈**를 나눠 주겠네.”

따끈따끈 김이 오르는 소시지에는 걸쭉하게 녹고 반쯤 굳은 치즈를 뿌려놓았다.

리자드맨 승려는 사양 않고 자신의 분량(남들보다 많다)을 손가락으로 집어 턱으로 던져 넣었다.

한 입 깨물자 뽀드득 소리를 내면서 껍질이 터지고 지방이 걸쭉하게 입 안에 퍼졌다.

향신료의 짠맛과 어우러지자 치즈의 달콤함을 돋보이게 만든다. 참으로 좋은 맛이다.

“진미로다!”

한 번 외치고 조상령에게 찬사를 보내고자 합장한 리자드맨 승려는 이어서 여신관에게도 접시를 내밀었다.

“자, 맛이 참 좋다네. 복을 부르기도 하지. 맛도 솜씨도 몸에 베는 것이 아닌가?”

“……그렇네요.”

조심조심 사양하면서 여신관이 소시지에 포크를 뻗었다.

찌르고, 입가로 옮겼다. 작은 입을 열어서 약간 깨물었다.

“저도……. 더 잘하고 싶었, 어요.”

“핫핫핫하!”

리자드맨 승려가 쾌활하게 웃음소리를 내자 여신관은 흘끔 그쪽을 올려다보았다.

긴 꼬리가 의자에 앉기에 방해가 되니 그는 서 있었다. 그래서 키 차이가 더욱 크다.

여신관이 아주 약간 볼을 부풀리자 리자드맨 승려가 묵직하게 고개를 끄덕였다.

“기개가 좋군. 이루고자 하지 않으면 이루지 못하는 법. 진보(進步)란 것은 나아가 걷는다고 하는 것이니.”

빙글. 비늘에 뒤덮인 험상궂은 손이 손가락을 척 세우고, 공중에 원을 그렸다.

“내 선조인 무시무시한 용도, 늪지에서 기어 다니다 네 다리로 땅에 서서 용이 되기에 이르렀다 하네.”

그것은 리자드맨들의 신화다. 여신관에게는 익숙지 않은 것이었다.

바다의 티끌이 생선이 되고, 생선이 육지에 오르고, 땅을 밟고, 일어서고, 널리 세상을 지배하는 용이 된다.

그들이 논하는 것은 진보이자 진화이며, 앞으로 나아가려는 의사이며, 그러한 문화였다.

흥미롭기는 하지만 이를 어찌 받아들여야 할까? 여신관은 애매하게 웃었다.

—응원해주신다는 건 알겠지만요.

“그러고 보니 말야.”

얼버무리고자 소시지를 먹고 있는데, 문득 옆에서 엘프 궁수가 끼어들었다.

도와주려는 건 아닐 것이다. 그녀는 생각난 것을 툭툭 말하는 일이 많으니까.

"저기, 그~게, 시제? 어떻게 됐어? 괜찮았어?"

"아, 네."

여신관은 황급히 고개를 끄덕이면서 입가에 묻은 기름을 살짝 닦아냈다.

"손가락이 어떻게 이어졌으니까, 정양이 끝나면 앞날을 생각해본다고 해요."

"그래, 다행이네. ―라고 말하는 것도 이상하지만, 살아 있으면 다음이 있으니까."

엘프 궁수의 말은 그저 별다른 뜻 없이 한 것이 틀림없었다.

그렇기에, 거기에 대답이 돌아오자 놀랐다.

"살아 있어도, 어떻게도 안 돼."

소년이었다.

그는 엘프 궁수를, 그야말로 시선만으로 죽이려는 것 아닐까 싶게 노려보았다.

"고블린한테 졌잖아? 바보 취급 받을걸. 뻔하지."

"뭐, 뭐야……."

엘프 소녀는 조금 기가 죽어 입술을 삐죽거렸다.

"딱히 그렇다고, 장담할 수는 없―."

"우리 누나는 그랬다고!"

소년이 탕 커다란 소리를 내면서 손바닥으로 원탁을 때렸다.

엘프 궁수가 흠칫 기다란 귀와 함께 엉덩이를 들었다.

충격으로 접시가 찰그락 흔들리고, 요리가 떨어지고, 술병이 덜컥 쓰러졌다.

리자드맨 승려가 급히 홀짝홀짝 커다란 접시를 들고, 드워프 도사가 그걸 집어 먹었다.

두 사람은 아무래도 술에 취한 소년을 구경하기로 마음먹은 것 같다.

—뭐, 젊었을 적에는 술에 취해서 이러는 법도 있느니라.

안에 쌓아두는 것보다는 훨씬 낫다. 그런 법이다. 드워프라면 보통 그렇게 생각한다.

"고블린한테 졌어, 고블린한테 당했다고!"

"누나."

낮게 중얼거리는 목소리.

무심코 탁자에 둘러앉은 모험가의 시선이 한쪽에 모였다.

지금까지 입 다물고 홀짝거리며 술을 마시던 고블린 슬레이어가 문득 말했다.

"누나가 있나."

"그래, 있었어!"

소년은 외쳤다. 술의 수호를 받아 고조된 감정은 막힘없이 말을 밀어냈다.

"고블린의 독 단검에 찔려 죽지만 않았으면, 지금도 있겠지!!"

"에……."

사악. 여신관의 볼에서 핏기가 가신 것을 누가 깨달았을까?

역시, 라는 생각이 들었다.

설마, 하는 생각도 들었다.

희미하게 손이 떨린다. 꿀꺽 마른 침을 삼키자 가녀린 목이 떨리고, 그 소리가 묘하게 크게 울렸다.
독 단검에 찔렸다. 살해당했다. 붉은 머리칼. 마법사.
기억하지 못할 리가 없었다.
"누나는 굉장했어! 고블린이 독만 안 썼으면, 이겼어!"
소년은 울부짖듯이 말하고 기세에 휩쓸려 잔을 던졌다.
"어이쿠."
리자드맨 승려가 반사적으로 꼬리를 움직여 날아간 잔을 붙들었다.
"그런데, 학원 녀석들이, 제멋대로……!!"
다 죽어 버려라.
한 마디 그렇게 중얼거리고 소년은 기어이 탁자 위에 풀썩 엎드렸다.
주점 안에서 소란을 피우던 모험가들이 한순간 조용해진 것은 기분 탓일까?
어쩌면, 소년의 목소리를 모험가들이 듣고 있었을까?
주점에 있던 모험가들 가운데 소년에게 시선을 보내는 사람이 있을까?
아니, 있다고 해도 그들이 뭐라고 말을 하지는 않을 것이다.
모험가가 된다는 것은 모든 것이 자기책임. 각자 무언가를 등에 지고, 가슴에 품고 있는 법이다.
부, 명예, 무훈, 수행, 돈, 꿈, 이상, 신앙.
각자 종류는 다르지만 그들의 무게는 변함없으리라.
그날 살아갈 양식을 얻는 것과 유적에서 미지의 발견을 바라는 것을 누가 비교할 수 있으랴?
초심자가 필사적으로 하수도의 자이언트 랫을 죽이는 것과, 숙련자가 용과 싸우는 것, 그것에 무슨 차이가 있으랴?

그래서 그들은 아무 말도 안 한다.

예외는— 그렇다. 예외는, 그야말로 숙련자인데도 계속해서 고블린을 죽이는 남자 정도다.

"……그런가."

고블린 슬레이어가 낮게, 신음하는 것과 비슷하게 중얼거렸다.

탁상에 놓인 자신의 잔을 쥐더니 단숨에 들이켰다.

그리고 덜커덕 소리를 내면서 자리에서 일어섰다.

"나는 돌아간다. 적당한 때를 봐서, 방에……."

희미하게 혀를 찼다. 이 소녀은 방을 안 잡았다.

그는 허리의 가방에서 금화 1닢을 꺼내더니 원탁에 던졌다.

"……방을 빌려서 재워다오."

"오냐. 알았느니라."

드워프 도사는 그 이상 아무 말 없이 고개를 끄덕였다. 굵직한 손가락이 금화를 주웠다.

"아……."

여신관은 지나가는 고블린 슬레이어에게 뭐라 말을 하고자 했을까?

그녀는 입을 열었지만 말이 이어지지 않고, 그저 가녀린 목소리로 그의 이름을 불렀다.

"고블린, 슬레이어 씨……."

"조금, 쉬어라."

가늘고 연약한 어깨에 단단한 가죽 장갑이 올라갔다.

여신관이 거기에 자신의 작은 손을 올리고자 했을 때, 이미 그곳에 그의 모습은 없었다.

시선을 돌려 그를 찾자 거침없는 발걸음으로 출입구에 가는 참이었다.

"잠깐, 오르크볼그!"

엘프 궁수는 주점의 소란에 지지 않도록 소리 높여 외쳤다.

"내일은 어떡할 거야? 쉬어?!"

"모르겠다."

대답은 짧고 차가웠다.

스윙도어를 밀어서 열었을 때, 고블린 슬레이어는 안으로 들어오려는 모험가와 마주쳤다.

"우에, 고블린 슬레이어 아냐?!"

사나운 생김새의 미장부가, 있는 힘껏 얼굴을 찌푸렸다. 창잡이 모험가였다.

그 또한 모험을 한 다음일까? 흙먼지투성이, 희미한 피 냄새를 풍기고 있었다.

"너 이 자식아, 불쑥 나오지 좀 마라. 놀라―."

잖아. 창잡이는 그 말을 다시 집어넣은 모양이다.

그는 고블린 슬레이어의 싸구려 철 투구를 가만히 들여다보았다.

"……왜 그래? 뭔 일 있었냐?"

"아무것도 아니다."

고블린 슬레이어는 창잡이를 밀어내면서 길드 밖으로 걸어갔다.

창잡이는 길드의 입구에 서서 믿을 수 없는 것을 보는 것처럼 그 등을 보았다.

그가 누군가를 밀어낸다니 어지간해서는 없는 일이었다.

§

모험가와 술자리만큼 뗄래야 뗄 수 없는 것도 없으리라.

길드 안의 소란은 벽과 창문을 넘어서 길가까지 닿았고, 밤에 떠들썩함을 더하고 있었다.

그래서 쌍둥이 달의 빛조차 닿지 않는 뒷골목에 모험가가 웅크리고 있어도 아무도 신경 쓰지 않는다.

싸구려 가죽 갑옷, 지저분한 철 투구. 새내기 모험가라도 좀 더 나은 장비를 쓸 것이다.

새내기 모험가가 모험의 긴장에서 해방되어, 과음한 끝에 취해 쓰러지는 것은 일상다반사였다.

"……누나라고?"

그 모험가는, 철 투구를 벗어 던지고 신음처럼 중얼거렸다.

무엇 하나라도 자신이 해냈다고 생각했나?

무엇 하나라도 자신이 이룰 수 있다고 생각했나?

"……바보 자식."

이를 악물고, 주먹을 움켜쥐고서도, 위장은 납덩이라도 집어넣은 것처럼 묵직하다.

치솟아 오르는 모든 것을 견디지 못하고, 그는 그 자리에서 구토를 했다.

막간 「여자들의 이야기」

"네, 끝났습니다."

목덜미에 느껴지던 미약한 따스함이 등 뒤의 부드러운 목소리와 함께 사악 멀어졌다.

영애 검사는 아쉬움을 느끼며 몸을 떨고 천천히 눈을 떴다.

산뜻한 바람이 부는, 빛이 내리쬐는 안뜰— 물의 도시, 법의 신전.

자신의 목덜미를 살며시 만지자 피부가 뻣뻣하다. 영애 검사는 씁쓸하게 웃었다.

"……좀처럼, 안 지워지네요."

"**주술**이란 것은, 그런 것이니까요."

지금 막 그녀에게 시술을 하고 있던 묘령의 여성이 응답했다.

등 뒤에 선 그녀는 같은 여성이라도 가슴이 뛸 정도의 몸을 얇은 천으로 감싸고 있었다.

손에는 천칭검. 그리고 완벽한 미모를 유일하게 뒤덮은, 두 눈의 안대.

"정말로 죄송합니다. 제 힘이 부족하여……."

"……아뇨. 당치도 않아요."

검의 처녀라고 불리는 지고신의 대주교에게 영애 검사가 황송해하면서 깊게 고개를 숙였다.

그녀의 두 눈을 생각하면 자신의 상처에 대한 불평을 하는 것은 너무나도 부끄러운 일이다.

"……대주교님 덕분이에요. 목숨을 건진 것도, 가족과 함께 할 수 있는 것도."

"아니랍니다."

그녀는 키득 입술로 아름다운 호를 그렸다.

"제가 아니라……."

"……그 사람, 인가요?"

"네."

영애 검사의 말에 검의 처녀가 풍만한 가슴을 누르며, 하아 녹아내리는 숨을 내쉬었다.

"고블린 슬레이어. 그 분에게…… 저는 그저, 부탁을 했을 뿐인걸요."

"……네. 그야 물론."

영애 검사도 또 다시 입가를 살며시 올렸다. 그녀다운 미소를 지었다.

왼손으로 살짝, 허리에 찬 경은의 보검을 쓰다듬었다.

그 눈 덮인 산에서 싸운 지 몇 개월— 지금 이렇게 여기 있는 건 자신의 힘이 아니었다.

아니, 지금까지 겪은 모든 것이 그렇다. 스스로 이룩한 것이 얼마나 되는 것일까?

부모님, 파티의 동료, 고블린 슬레이어— 그리고 그 변경 도시에서 만난, 친구.

그 언니 같은 여신관이나, 명랑한 엘프, 접수원 아가씨나 소치기 소녀를 생각하면 가슴이 따스해진다.

그 따스함이 있으면 나는 괜찮다고, 그녀는 생각했다.

"……그래서 이번에는, 자신의 손으로 뭔가 이루고 싶어요."

"모두를 위해서?"

"아뇨."

영애 검사가 말했다.

"……제 행위가 모두를 위한 것이 될지는 알 수 없으니까요."

검의 처녀가 고개를 끄덕였다. 그래도 괜찮다고 말하는 것처럼.

세상을 위해서 무언가를 하고자 하는 것은 괜찮다.

그렇지만 자신의 행위가 세상을 위한 일이 될 거라고 확신해선 안 된다.

올바름이란 위태롭기도 하다. 지고신이 그저 법을 내리는 것은 그 때문이다.

그리고 그것을 영애 검사는 잘 이해하고 있었다.

올바르다고 생각한 것이 잘못이었다. 목덜미의 낙인은 그 증거였다.

동료들의 진혼. 그리고— 새로운 모험가들을 위해서 무엇을 할 수 있을까?

"……하지만, 있는 힘껏 해보려고 해요."

"네. 저도 미력하게나마 힘을 보태도록 하겠어요."

검의 처녀가 지은 온화한 미소가 영애 검사에게 얼마나 듬직하게 보였는지.

10년 전의 전쟁을 끝낸 영웅이며, 국왕이나 다른 유력자들하고도 교류가 있는 대주교.

미력하다는 건 당치도 않다. 영애 검사는 생각했다. 당치 않은 일이다.

"그런데……."

그래서 그녀는 한순간, 검의 처녀가 부끄러움을 보이며 몸을 꼬았던 것을 깨닫지 못했다.

"그 분을, 어찌 생각하고 계신가요?"

"……네?"

영애 검사가 눈을 깜빡였다. 바로 앞에, 검의 처녀의 보이지 않는 눈동자가 다가왔다.

마치 《센스 라이(간파)》라도 걸린 감각을 느끼면서, 영애 검사가 물었다.

"……어찌…… 란 것은?"

"말 그대로랍니다."

"……은인입니다."

영애 검사는 말에 망설임이 없었다. 허리에 찬 검을 쓰다듬고 다시 한 번 반복했다.

"……은인입니다. 그 사람도, 그의 파티도. 친구도, 생겼으니까요."

"그런가요……."

검의 처녀는 뭐라고 말하기 어려운— 그러나 명백하게 희색이 섞인 목소리를 흘렸다.

영애 검사가 조심조심 그녀를 살피자 검의 처녀는 생긋 웃는 표정으로 고개를 끄덕였다.

"알겠습니다. 좋은 만남을 가지셨군요."

"……네!"

영애 검사는 풍만한 가슴을 내밀며 자랑스레 대답했다.

자신의 행위 가운데 자랑할 일은 적지만, 그 만남은 별개다.

검의 처녀에게 물러갈 것을 고하고, 신전의 복도를 걷는 영애 검사의 다리에는 힘이 넘치고 있었다.

그 뒤에서 검의 처녀가 생글생글 기쁜 기색으로 웃고 있는 이유는, 알 도리가 없었다.

제 4 장 『이름 없는 남자들』

Goblin Slayer
He does not let anyone roll the dice.

훈련장이 미완성이지만 움직이기 시작한 것은 그로부터 1주일도 지나지 않아서였다.

풀이 우거진 언덕을 초여름의 햇살이 비추고, 미약한 더위를 품은 바람이 불었다.

땀 흘리며 몸을 움직이기에는 더할 나위 없이 딱 좋은 날씨였다.

"아, 아야?! 잠깐, 손이 찌릿찌릿 저리는데요오?!"

"방패 든 손을 내리지 마라! 머리가 깨지고 싶나!"

"우햐아아?! 히엑?! 와아악?!"

하얀 모래가 깔린 원형진에 금속과 금속이 부딪히는 새된 소리가 울렸다.

아직 복잡한(마술적인 것이라도 말해도 된다) 시설은 건축하는 중이지만, 울타리를 만드는 것뿐이라면 초보자도 할 수 있다.

맨 먼저 만들어진 것이 이 모의전용 원형진이었고, 혈기왕성한 젊은이는 이미 훈련을 시작했다.

애당초 길드 뒷마당은 너무 좁았다. 이곳에는 지참한 것 말고 다른 무기가 있는 것도 매력적이다.

"손이 저리든 뭐든 일단 방패를 내리지 마라! 계속 그걸 들고 싸우는 거다!"

“하다못해 조금만 더, 단계를 밟아주세요오오?!”

지금 거기서 대련하고 있는 것은, 여기사와— 레아 소녀, 가죽 갑옷을 입고 원형 방패를 손에 든 검사였다.

대련을 하고 있다지만 유쾌통쾌하다는 식으로 검을 휘두르고 있는 건 여기사뿐이다.

레아 검사는 꺄아꺄아 외치며 방패를 들고, 필사적으로 그 공격을 막고 있었다.

아무리 날을 안 세운 훈련용 검이라지만 맞으면 아픈 정도로 끝나지 않는다.

“왜 그러나! 왜 그러나! 드래곤의 발톱, 발톱, 송곳니는 이 정도가 아니다아!”

“아직 백자인데 용 같은 거 생각하기 싫어요오!”

“용과 우발적 조우(랜덤 인카운트)한다는 교훈을 모르나? 엿차 발 후리기!”

“와히야아?!”

좌악. 훌륭한 킥이 발을 후리자, 레아 소녀는 맥없이 모래 위를 굴렀다.

여기사는 와하하하하 웃으면서 그곳으로 다가가 검의 자루로 쾅쾅 때렸다.

칼날을 쥐고서 거꾸로 휘두르는 검의 코등이 일격은 살상력이 대단히 풍부하며 치명적이다.

레아 검사가 히이이이 신음하며 구석에서 기어 나오려 하자, 또다시 휘릭 굴려 버린다.

전혀 안 봐준다. 무자비하다. 그야말로 가차 없었다.

차라리 무참하다고 해야 할지도 모른다. 저래서 아내로 받아주는 놈이 없는 거야.

"우와아……."

"심하다."

다음은 자신들 차례라는 것을 억지로 의식하지 않으려 했지만, 신참 전사와 붉은 머리칼의 마술사가 얼굴이 굳어졌다.

원형진 바깥에 앉아서 기다리고 있는 것뿐인데도 각오가 굳어지는 건 어째서일까?

여기는 뭐야? 혹한의 땅에 버티고 선 난공불락의 대미궁인가? 나아가기도 돌아가기도 괴롭다.

"어이, 너희들. 한눈팔지 마라."

그런 두 사람의 머리를 딱딱. 창의 물미로 두드리는 모험가가 있었다.

평소의 갑주 차림이 아니라 평상복에 창, 목에는 은 인식표를 걸었다. ―창잡이다.

"여자애한테 눈길이 가는 건 알겠는데, 똑바로 안 하면 죽는다, 죽어."

"아, 나는 그런 거 아니야."

"그럼, 창잡이 형하고는 다르다니까."

"이 놈들이……."

한쪽은 퉁명스레, 한쪽은 헤실헤실 웃는다. 두 사람을 보고 창잡이가 얼굴을 찌푸렸다.

"너희들 말이다. 나를 어떻게 보고 있는지 모르지만 그게 배우는 놈들의 태도냐?"
"그래도."
신참 전사가 당연하단 기색으로 말했다.
"언제나 접수원 누나한테 차이잖아."
"온지 얼마 안 된 나도 알아."
빠직. 창잡이의 표정이 소리를 내면서 굳어진 것을 과연 두 사람은 깨달았을까?
아하. 그러냐? 창잡이는 힘이 들어갔다. 그러나 얼굴에는 끝을 알 수 없는 상냥한 기색의 미소를 지었다.
"자알, 알았다. 좋아. 듣기 싫은 말을 해주마."
"……?"
둘이 나란히 고개를 갸웃거리는 소년들에게 창잡이가 창날처럼 척 검지로 가리켰다.
"너, 요전 모험에서 막 돌진한 끝에 주문 떨어져서 아무것도 못했지."
"으……윽."
"너는 쥐 퇴치만 하다 보니까 장기전이 되면 체력이 떨어져서, 스태미나의 약값으로 자금 부족."
"우엑?!"
사실이었다. 두 사람이 별로 밝히고 싶지 않은 불명예스런 비밀이다.
알고 있는 건 파티의 동료들이나, 아니면—.
"저, 접수원 누나, 한테서?"
"그래. 접수원 씨가 너희들 두 사람은 체력을 중점적으로 봐달라고 부탁을 하더군."

낮게 웃은 창잡이가 흐느적 유귀처럼 일어서더니 자세를 낮췄다.

신참 전사와 소년은 무시무시한 망자를 상대하는 것처럼 긴장한 표정으로 허리를 깊게 낮추었다.

"술래잡기다. 사냥하는 건 나고, 사냥 당하는 건 너희들."

휘리릭 창을 휘둘러 돌리고 겨눈 창잡이의 모습을 보고 「아, 화났다」라고 깨달은 두 사람.

"위험해, 도망가자!"

"어, 으, 응……!"

반성이나 사죄보다도, 일단 토끼마냥 도망친 것은 틀림없이 적절한 판단이었다.

"인마, 너희들 안 기다릴래!"

무기와 지팡이를 내던지고 훈련장 주위를 달리기 시작하는 소년들. 쫓아가는 창잡이.

인부나 휴식중인 모험가들이 저런저런, 하는 눈길로 바라보았다.

물론 창잡이가 진심이 아니란 것 정도는 객관적으로 보는 그들은 알고 있었다.

소년들의 긴장이 풀어지면 따라잡을 수 있는 아슬아슬한 속도를 유지하는 걸 보니 과연 대단하다고 할 수 있다.

—저 녀석은, 저래 보여도 남들 잘 챙겨주니까.

보고 있는 사람들의 일치된 감상이었다.

애당초, 본래 이곳에서 교관을 맡는 것은 은퇴한 고위 모험가들이었다.

그러나 딱히 현역 모험가가 후발의 지도를 해선 안 된다, 라는 규칙은 없었다.

손이 빈 사람이 심심풀이로, 혹은 휴가중인 사람이 자신의 단련을 겸해서.

착착 건설이 진행되는 훈련장은 이미 모험가들의 교류소로 충분하고도 남는 기능을 가지고 있었다.

"……."

그것을 보면서 고블린 슬레이어는 손을 움직이고 있었다.

그는 훈련장이 완성된 구역에서도, 건축중인 구역에서도 떨어진 광야 쪽에 앉아 있었다.

파란 하늘에서는 새들이 지저귀고, 바람은 완만하게 초원에 파도를 일으키며 지나간다.

시선을 그쪽으로 돌리자 그의 맞은편에는 언제쯤 작업이 끝나는가 기다리는 소녀들.

레아 소녀 무술사와, 지고신을 섬기는 수습 성녀였다.

"이렇게 한다."

이윽고 만들어진 것을 보여주자 소녀들은 눈을 깜빡였다.

그것은 자갈에 가죽 끈을 휘감아 투석의 준비를 마친 슬링(투석끈)이었다.

"에, 이것뿐이야?"

"의외로 간단하네요."

"그래."

고블린 슬레이어는 고개를 끄덕였다.

"양치기가 늑대를 쫓으려고 가지고 다니기도 한다."

"금세 만들 수 있겠다."

"끈만 있으면 된다. 탄환도 근처에 얼마든지 있다. 기억해둬서 손해 볼 건 없다."

언젠가 축제 때, 그녀들 앞에서 투척을 보여준 것이 계기가 되었다.

후위직인 두 사람은 자기 방어를 위해서 마침 좋은 기능이라고 생각했으리라.

접수원에게 「두 사람이 슬링을 배우고 싶다고 하는데요」라고 상담을 받았을 때—.

고블린 슬레이어는 스스로도 놀랄 정도로 순순히 「그런가」 하며 그것을 받아들였다.

"흔히들 흄의 무기는 검이라고 칭송하지만, 정확하게는 투척이다."

투석끈을 손가락에 걸고 일어선 고블린 슬레이어는 천천히 그것을 휘둘러 돌렸다.

두 사람의 초심자에게 동작을 하나씩 보여주듯이.

전투 중에는 한 동작으로 휘둘러 던지니까 상당히 꼼꼼하게 보여주는 편이다.

"창이든 돌이든, 던지는 것에 한해서 다른 종족이 따를 수가 없다. 몸의 구조가 그렇다."

그리고 그것을 더욱 상승시키는 것이 투석끈이다.

고블린 슬레이어는 서서히 돌을 휘두르는 속도를 높이면서 조준을 정했다.

고블린 슬레이어는 만약의 경우를 생각해 훈련장과 반대 방향에 표적을 준비했다.

지푸라기로 만든 허수아비에 투구와 갑옷 — 무구상에서 파기된 것 — 을 입힌 것뿐이다.

괜히 키가 작은 것은 고블린을 모방한 것이다. 말할 것도 없는 일이었다.

"따라서, 이렇게 된다."

말하자마자 고블린 슬레이어는 자갈을 던졌다.

휘잉 바람을 가르며 날아간 자갈이 날카로운 소리를 내면서 투구를 날려 버렸다.

고블린 슬레이어가 수풀에 떨어진 투구에 다가가 줍더니 거침없이 두 사람에게 던졌다.

"와."

"히엑."

소녀들이 무심코 소리를 냈다.

왜냐하면, 그냥 돌멩이가 금속 외피와 가죽 내피를 관통해서 덜커덩거리며 투구 안을 굴러다녔으니까.

이 투구를 쓰고 있던 자가 있었다면, 두개골이 어떻게 되었는지 생각하기도 싫을 것이다.

"이거라면 레아의 힘으로도 접근해온 적 하나를 제치는 것은 가능할 거다."

적어도 내 스승은 레아였다. 그의 작은 목소리에 소녀 무술사는 눈을 깜빡였다.

고블린 슬레이어는 성큼성큼 다가가 투구 안에서 자갈을 꺼냈다.

화살촉처럼 뾰족한 형태였다. 안정성보다 위력을 중시하여 투척

용으로 선별한 탄이었다.

이렇게 궁리해두면 때때로 유효하다. 그는 작게 덧붙였다.

“어쨌든지 처음 한 마리를 제치면, 동료가 달려와—줄지도 모른다.”

“줄지도 모르는, 것뿐이에요?”

“그래.”

의심스레 묻는 수습 성녀에게 고블린 슬레이어가 아주 진지하게 말했다.

“급할 때 쓸 수 있는 수단이 하나 늘어날 뿐이다. 그래도 좋다고 생각하면, 연습을 해라.”

“……고블린 슬레이어 씨는, 말하는 게 꽤 비겁하다고 생각해요.”

신관 언니가 고생하는 것도 이해가 되네요. 소녀 무술사가 입술을 삐죽거리며 쓴 소리.

“그런가?”

고블린 슬레이어가 고개를 갸웃거렸다. 두 소녀는 투석끈을 집었다.

“이렇게일까?”

“이렇게요.”

고블린 슬레이어를 흉내 내서 끈을 감고, 각자의 표적을 향해 돌을 던진다.

맞기도 하고 빗나가기도 한다. 앞으로 날아가지 않을 때도 있다.

그러나, 고블린 슬레이어는 그것에 대해 뭔가 구태여 말하지는 않았다.

질문이 있으면 올 것이다. 안 그러면 하염없이 연습을 시키는 편이 좋다.

고블린 슬레이어는 그렇게 배웠고, 또 그리 해야 한다고 생각했다.

하지 않는 녀석은 아무리 지나도 할 수 없는 것이다.

이제 와서, 스승— 시노비가 한 말의 의미를, 어쩐지 모르게 고블린 슬레이어는 생각해봤다.

과연 나는 해내고 있는 걸까?

대답은 없었다. 대답이 나올 리 없었다.

고블린 슬레이어는 숨을 내쉬고, 포기한 것처럼 그 자리에 앉았다. 그런데—.

"후후후. 열심이네요, 여러분."

"음……."

그의 생각을 가로막는 것처럼 문득 말을 거는 목소리. 머리에 드리우는 그림자.

고블린 슬레이어가 고개를 돌리자 양산을 든 접수원 아가씨가 생글생글 웃으며 서 있었다.

"……왔었나."

"네. 시찰이라고 할까요? 감독……까지는 아니네요. 와 버렸어요."

그렇게 말하며, 그녀는 살며시 고블린 슬레이어 옆에 무릎을 끌어안는 모양새로 앉았다.

평소와 같은 제복 차림. 초여름의 햇살이 다소 더운지 이마에 땀이 맺혀 있었다.

관청에서 일을 하다 보니 그렇게 제멋대로 차림새를 바꿀 수 없으리라 짐작이 갔다.

약간 수치심이 있는지 옷깃을 벌리고 펄럭이지는 않는 모양이다.

“……고블린 슬레이어 씨는 덥지 않으세요?”
“아니.”
그는 고개를 옆으로 저었다.
“딱히.”
“정말인가요?”
“거짓말을 해서 어쩌겠나.”
그 대답이 뭐가 맘에 안 들었는지 접수원이 작게 콧방귀를 뀌면서 「이제 됐어요」라고 중얼거렸다.
“그래서, 어떤가요? 흑요랑 백자 모험가 여러분은.”
“어떨지 모르지.”
고블린 슬레이어는 그렇게 말하고 투척 연습을 하고 있는 소녀들에게 눈길을 주었다.
열심이다. 성실하다. 착한 소녀들이다.
그렇다 해도, 살아남을 거라 장담할 수는 없다.
“나는 모르겠다.”
“정말—.”
접수원이 볼을 부풀리고, 검지를 척 세워서 천천히 흔들었다. 타이르는 것처럼.
“이럴 때는, 조금 더 무난하게 대답하는 거예요.”
“그런 건가.”
“네. 서류에 남길 때는 특히 더요.”
“기억해두지.”
고블린 슬레이어가 대답하고 일어섰다. 접수원이 올려다보는 것이 느껴진다.
슬슬 때가 됐다.
"여러분—! 점심 먹어요—!!"
"목장에서 왔어!"
덜컹덜컹 짐수레를 미는 소리에 이어서 소녀들의 목소리가 들렸다.
여신관— 그리고 소치기 소녀.
딱히 누가 정한 건 아니다. 정식으로 운영되지 않는 이상 점심 식사 따위가 나올 리 없었다.
그러니 이것은 순수한 선의다.
고블린 슬레이어는 그녀의 백부가 모험가에게 이렇게 해주는 것에 마음 속 깊이 감사했다.
자신을 위해서, 라는 오만한 생각은 결코 하지 않았다.
"그러면, 저도 도우러 가야겠어요."
접수원이 툭툭 스커트에 묻은 풀과 흙을 털어내고 일어섰다.
가볍게 기지개를 켜고 양산을 접어서 옆구리에 끼운다.
총총총. 작은 새라도 되는 것처럼 초원을 달려간 그녀가—.
"아, 그렇지."
그렇게 말하고 웃으며 돌아보았다. 바람을 타고 머리채가 흔들렸다.
"위문을 왔다고 하는 게 좋았으려나요?"
고블린 슬레이어는 대답하지 않았다.
대신 그는, 열심히 투척을 연습하는 소녀들에게 짧게 말했다.
"휴식이다."
운동의 열로 볼이 홍조 된 소녀들이 고개를 끄덕이고 짐수레 쪽으로 달려갔다.

그는 그것을 바라보며 짐수레에 모인 모험가들을 등지고 걸었다.

요청을 받아서 훈련의 지도를 받아들인 것을 조금 후회하는 심정도 있었다.

"어이, 고블린 슬레이어."

그것을 불러 세운 것이 어느샌가 옆에 다가온 창잡이였다.

그는 물러가는 접수원 아가씨의 등과 거기서 통통 튕기는 머리채를 보고 있었다.

그리고 작게 숨을 내쉬고 고블린 슬레이어의 철 투구에 시선을 움직였다.

"그 녀석."

중장 전사를 말하는 것이다.

"—은 어디 있지?"

"오늘은 다른 애들 데리고 동굴에 갔다."

그래 봬도 제법 눈썰미가 좋은 소년 척후나 하프 엘프 검사도 따라갔다.

모험에 위험이 없을 리는 없지만, 그래도 그리 험한 일은 일어나지 않으리라.

고블린 슬레이어가 잠시 입을 다물더니 담담하게 말을 이었다.

"그 애는, 어떻지?"

"아아, 마술사 꼬맹이?"

창잡이가 사납게 씨익 웃었다.

소년은 마침 짐수레의 짐칸에서, 우물에서 식힌 레몬수 병을 받는 참이었다.

어지간히 달린 모양이다. 눈을 감고서는 꿀꺽꿀꺽 맛있는 기색으로 목을 울리고 있었다.

"근성은 있어. 마법의 재능은, 뭐라고 말을 못하겠지만."

"그런가."

"그런데, 무슨 바람이 들었냐?"

창잡이가 흘깃 곁눈질로 지저분한 철 투구를 보았다.

"훈련장에서 지도란 말이지. 너는 아마 저 신관 여자애만 돌봐주는 줄 알았는데."

"딱히 그런 건 아니다."

고블린 슬레이어가 딱 잘라 말하고 성큼성큼 걷기 시작했다.

얼른 이 자리에서 물러나고자 했다. 그것을 본 창잡이가 난처한 기색으로 하늘을 우러러 보았다.

"아……."

태양이 괜히 높았다. 올해 여름은 더워지겠다.

"……야, 오늘밤에 한가하냐?"

"음……."

고블린 슬레이어가 낮게 신음했다.

소치기 소녀 쪽을 흘끔 보자 그녀도 이쪽을 보고 있었다.

소치기 소녀는 생긋 웃으며 허리 부근에서 손을 흔들었다. 이야기는 이미 해둔 모양이다.

고블린 슬레이어가 고개를 끄덕였다.

"……그래. 괜찮은 모양이다."

"그럼, 마시러 가자."

"……술인가?"

"그밖에 뭐가 있는데?"

고블린 슬레이어는 의미를, 아니, 의도를 파악하지 못했다.

나를 초청해서 무슨 이득이 있단 말인가? 그는 전혀 알 수가 없었다.

"나를 말인가."

"또 누가 있는데? 그 녀석도 부르자. 남자 셋이서 허물없이 마셔 보자고."

"……그런가."

"조금은 어울려 봐라."

고블린 슬레이어는 그 말을 듣고 묵묵히 하늘을 올려다보았다.

햇살은 꼭대기를 지나 천천히 내리막에 접어들 무렵이었다.

이 장소라면 계절마다 해가 기울어지는 시간을 읽는 것쯤, 그에게는 쉬운 일이었다.

가르쳐준 것은 누나다.

잊을 리 없었다.

"……알았다."

"좋아."

창잡이는 고블린 슬레이어의 어깨를 주먹으로 두드렸다.

"그럼, 결정됐다."

§

파란 하늘이 괜히 높다.

땀으로 끈적이는 등이나 볼에 풀이 들러붙는 감촉을 느끼면서, 소년은 가쁘게 숨을 쉬며 뒹굴었다.

드러누워서 양팔과 다리를 펼치고, 씩씩 헐떡거리며 산소를 폐로 보냈다.

숨이 차는 것은 산소가 부족해서다. 호흡을 하면 산소가 들어간다. 그러니까 숨이 가빠진다.

나는 결코 한심하지 않다. 빙글빙글 생각하는 소년의 코끝을 초여름의 바람이 쓰다듬었다.

주문을 사용하면 체력을 소모한다. 모험은 기본적으로 걸어서 들판을 넘고 산을 넘고 광야를 넘는 것.

어째서냐 하면 말은 비싸다. 먹이 값도 든다. 기를 장소도 필요하다. 발굽 손질도 해야 한다.

도시에서 도시로 이동하는 것뿐이라면 역에서 역까지 마차를 잡아타면 충분하다.

그러나 모험의 무대는 지하미궁이나 벽지 같은 전인미답의 인외마경도 많다.

말이나 마차를 직접 몰고 가는 건 어려운 일이고, 하물며 빌리는 건 더욱 어렵다.

왕년의 용사들에서부터, 모험가의 일은 걷는 것이라는 게 그다지 거짓말은 아닌 것이다.

그래서 마술사라지만 전사와 마찬가지로 체력이 없으면 못해먹는 거야, 이해한다.

이해하지만, 그러나, 하지만.

"아무리, 그래도……."

"……지, 지쳤다아."

백자 등급과 은 등급. 다시 말해서 제10위가 제3위를 상대하는 것은, 봐주고 있다고는 해도 힘들다.

소년이 헐떡거리며 뱉어내는 불평에 따른 것은 드러누운 레아 소녀였다.

방금 전까지 여기사에게 온갖 훈련을 받던, 이 아니라 엉망으로 당하고 있던 그녀다.

더워서 견딜 수가 없는지 갑옷에 방패에 검을 전부 내던지고 대자로 뻗었다.

상대적으로 몸집이 작다. 그렇지만 레아로서는 풍만한 가슴이 호흡에 맞춰서 크게 위아래로 움직였다.

땀으로 착 달라붙은 옷을 곁눈질로 보고 만 소년은 시선을 억지로 하늘로 올렸다.

쑥스럽기도 하고, 미안한 짓을 한 생각도 들었다.

더위와 숨이 차서 무겁고 둔한 머리를 어떻게든 조금이나마 움직였다. 그녀 다음은 그가 훈련 받을 차례였다.

"아, 아…… 요령 같은 거, 알겠어?"

"……모르겠어어."

다시 말해서 어쨌든지 두드려 맞고서 굴러다니고 얻어맞은 것뿐이었다.

우와아. 소년은 얼굴을 찌푸렸지만, 딱히 여기사도 괜히 후배를 괴롭힌 것이 아니었다.

어쨌든지 강적을 상대할 때도 방패를 앞에 내미는 걸 훈련시킨 거니까 괜한 것은 아무래도 좋았다.

그것은 창잡이에게도 같은 말을 할 수 있었다. 요컨대 생각보다 먼저 일단은 체력이다.

용이나 오우거하고 싸울 수 있는 자들이 진심으로 공격하면 백자 등급 따위 상대도 안 된다.

그래서 봐주고 있는 것이긴, 한데—.

"……저거, 덥지 않을까?"

"알게 뭐야."

약간 떨어진 곳에서 수습 성녀의 무릎을 베고 누운 신참 전사와 마찬가지로 이미 모두 지쳐빠져 있었다.

무술사 소녀는 소년 척후 쪽으로 갔는지 보이지 않았다.

나도 투석끈을 배울걸 그랬어. 불평하는 레아 소녀에게 소년이 혀를 한 번 찼다.

"저런 녀석한테, 배울 것 따위 없어."

"그럴까? 그치만 은 등급이잖아, 저 사람."

"하지만 고블린밖에 상대 안 하잖아."

거기다 괴팍하고, 완고하고, 뭘 생각하는지 알 수가 없다. 소년이 투덜거리며 중얼거렸다.

"애당초, 고블린 같은 건 일격으로 못 죽이면 안 되지."

“나도, 1대 1이라면 고블린한테 안 지거든?”

“그렇지. 고블린 슬레이어는 무슨…….”

“그야, 고블린을 해치우니까 그렇잖아.”

그렇게 말하며 끼어든 것은 레아 소녀가 아니라 수습 성녀였다.

“그거야, 나도, 저 사람…… 좀 어떨까 싶기는, 하지만.”

우에~ 라거나. 끄에~ 라며 신음하는 신참 전사의 머리를 쓰다듬어주면서, 수습 성녀는 입술을 삐죽거렸다.

“하지만 아무것도 안 한 사람이 뭔가 한 사람한테 불평을 하는 것도 말이 안 되잖아.”

“…….”

“고블린 퇴치, 실패했다고 들었어.”

“시끄러워.”

소년은 퉁명스럽게 말했다. 누워서 침뱉기다.

“그쪽도 쥐 퇴치밖에 못했다고 들었거든.”

“그거야……. 우리들 실력이 그 정도니까 그렇지.”

신참 전사가 신음하듯 말했다. 그는 레아 검사와 달리, 갑옷도 검도 곤봉도 차고 있었다.

단지 방어구의 고정구를 약간 느슨히 풀어서 몸이 편히 쉬도록 궁리는 하고 있었다.

“자이언트 랫 상대로 방어하고, 공격하는 게 고작이야. 상대가 3마리 있으면 항복해야지.”

“쥐라는 거, 독 가지지 않았어?”

레아 소녀가 물었다.

“위험하지 않아?”

“그래서 안티 도트 포션 값도 든단 말야…….”

“다음에 위계가 오르면 《큐어(해독)》의 기적을 부탁해볼게.”

그러면 저금도 할 수 있고, 장비도 좋은 걸 살 수 있으니까. 두 사람은 앞으로의 전망을 의논했다.

검을 조금 폭이 넓은 날로 바꾸고, 갑옷도 사슬 갑옷, 투구는 시야가 좁아지니까 하다못해 정수리 보호대 같은 걸로…….

“……쳇.”

아무래도 소년은, 그것이 재미없는 모양이다.

무심코 혀를 한 번 차자 레아 소녀가 의문스런 표정을 지었다.

“아무것도 아냐.”

중얼거리고 얼버무리고자 돌린 시선 끝에.

“여러분, 레몬수 어떠세요?”

생글생글 웃으면서 초원을 걷는 여신관의 모습이 있었다.

그녀는 커다란 바구니를 끌어안았다. 거기에 작은 병이나 식사 꾸러미가 들어있었다.

“그리고, 식사도 준비 했는데요…….”

반응이 신통치 않다.

잔뜩 달리고 무기를 휘두른 다음에 먹을 생각이 안 드는 거겠지.

신참 전사는 「아~」 하고 끙끙대고, 레아 소녀는 「먹으면 토할 것 같아」라며 얼굴을 찌푸렸다.

수습 성녀는 자신만 먹을 생각이 안 드는지 말없이 고개를 옆으로 젓기만 했다.

“저, 저기. 먹지 않으면, 오후에 못 버티는데요……?”

여신관이 말하고서 난처한 기색으로 눈썹을 찌푸렸다. 그러나 그렇다고 강요할 수도 없었다.

어떻게 할까 고민하는 모습을 보고 도와줄 생각이 들었는지, 소년이 느릿느릿 손을 들었다.

“……먹을래.”

“어, 정말?”

마지못해 몸을 일으킨 붉은 머리칼 소년은 레아 소녀에게 「그래」 하고 무뚝뚝하게 말했다.

“움직인 다음에, 안 먹으면, 근육이 안 붙는다고, 배웠어.”

“정말이냐? 그럼 먹어야지.”

“……그럼, 나도…….”

“그러면, 나도 먹을래. 고마워.”

식사는 간단한 샌드위치였다.

빵에 베이컨과 햄과 야채, 그리고 치즈를 끼운 것뿐.

그렇지만 소금 간을 강하게 한 맛은 땀을 흘린 몸에 잘 스며들었다.

처음에는 마실 것이 있어야 간신히, 금세 우걱우걱 탐욕스레 먹기 시작하는 소년소녀들.

―역시, 잘 아시네요.

여신관은 그것을 보고 무심코 감탄해버렸다.

그 소치기 소녀는 몇 년이나 고블린 슬레이어를 곁에서 지탱해왔다.

모험가가 훈련한 다음에 무엇이 필요한지 아주 잘 알고 있는 것이다.

무엇이 필요한지—.

—누나는 굉장했어! 고블린이 독만 안 썼으면, 이겼어!

여신관이 결심을 담아서, 가만히 그의 곁에 앉았다.

"어떤가요? 그…… 배우는 거나."

그것은 특정 개인에게 향하는 물음이었지만, 동시에 일동을 향해서 물어본 것이었다.

"지쳤어!"

레아 소녀가 맨 먼저 대답했다.

"마찬가지."

신참 전사가 나른하게 말했다.

"어떻게든 되고 있어."

수습 성녀는 자랑스레 말했고…….

"……."

붉은 머리칼의 소년은 입을 다문 채 흥, 작게 코웃음을 쳤다.

"저기……."

—피해버리네요.

난처하게 눈썹을 찌푸린 그녀는 일단 화제를 전환하는 것을 선택했다.

고민하고 정체된 다음에 명안을 떠올리는 것보다, 즉시 무슨 행동을 하는 편이 낫다.

고블린 슬레이어가 그렇게 가르쳐 주었다.

"그러고 보니……."

여신관은 레아 소녀를 보고 깨달았다.

"파티의 다른 분들이 없는 것 같은데요."

"아아, 나 말야? 리더가 귀족님 차남인지 삼남인지 그랬는데 말이야."

우물. 커다랗게 입을 벌려 샌드위치를 집어넣고, 입 안에서 씹으면서 레아 소녀가 말했다.

"후계자였던 형이 푹 쓰러졌으니까 돌아와라~ 그랬대. 그래서 해산해버렸어."

"아……."

종종 일어날 수 있는 일이었다.

귀족의 차남, 삼남— 이런 적자가 아닌 아이는 어쩐지 입지가 좁은 법이다.

기본적으로 적자에게 무슨 일이 있었을 때 예비 이상의 역할은 자신의 손으로 얻어야 하니까.

부모가 영지를 나눠주거나. 아니면 무훈을 세우거나, 다른 집안과 혼인을 한다…….

특히 기사 가계는 엄격하다.

기본적으로 기사란 것은 당대에만 머무르는 칭호였다. 부모에게 물려받을 수는 없는 것이다.

적자라면 종자가 되어 수행과 서훈의 기회를 얻을 수 있겠지만, 차남이나 삼남은 어렵다.

그리하여 그들 속에서 제법 많은 수의 모험가가 배출된다.

이것은 남녀의 구별이 없다. 귀족 영애의 차녀 삼녀가 집을 뛰쳐나오는 일도 심심찮게 있었다.

그리고 자유 기사라고 멋 부리는 자의 생존률은 의외로 높았다.

장비가 있고, 지식이 있고, 경우에 따라 검술을 익힌 자도 있으니 당연한 일이다.

그러나 적자에게 무슨 불행한 일이 있어서 친가로 돌아가야 하는 일도 심심찮게 일어난다.

그 리더는 딱히 다치지 않고 귀족의 길이 열렸으니…… 뭐, 운이 좋은 편이다.

집안, 장비, 지식, 경험, 기량이 있든 없든, 피할 수 없는 죽음은 언제나 존재한다.

“뭐, 그렇다고 고생이 없는 건 아니겠지만 말야.”

귀족님에겐 귀족님의 고생이 있는 법이래.

레아 소녀가 해탈한 것처럼 말하는 태도가 우스꽝스러워서 여신관은 키득 웃음을 흘렸다.

동시에, 조금 걱정도 되었다. 아무래도 젊은 아가씨가 혼자서 무뢰배의 길을 걷게 됐으니까.

레아는 분명히 서른인가가 성년이니까, 단순히 연령만 따지면 여신관보다 배는 연상이겠지만.

“하지만, 단독으로는 힘들지 않나요?”

“그거야 힘들겠지만, 나한테도 꿈이 있거든!”

레아 소녀는 자랑스레 가슴을 내밀며 이렇게 말했다.

“나는 크게 될 거야! 체격차가 뭐 어때서, 란 느낌으로, 이렇게!”

“아~ 이해돼, 이해돼.”

샌드위치의 마지막 한쪽을 입에 넣고, 꼼꼼하게 씹으면서 신참 전사가 고개를 끄덕였다.

"최강을 노린다고 했더니 웃더라니까? 시골뜨기라고 말이야. 납득이 안 가잖아."

"맞아, 맞아!"

레아 소녀가 손뼉을 쳤다.

"그야 다들 웃겠지. 왜냐면 시골뜨기인 네가 최강이 되면 다른 시골뜨기는 어쩌라고."

수습 성녀가 말하면서 자랑스럽게 벙긋 웃었다.

그가 이렇게 팔팔하다는 것이 그녀에게는 무엇보다 큰 자랑거리일 것이다.

"흐흥. 그러니까 내 수행에 따라온 게 정답이었지?"

"그게 아니라, 너 혼자서는 위태롭잖아."

"그거, 반대잖아."

"엉?"

"왜? 불만 있어?"

시끌벅적.

여신관이 흐뭇한 심정으로 눈웃음을 지었다.

순식간에 시작된 말다툼에 문득 동료들의 모습이 겹쳐 보였다.

"사이, 좋네요?"

안 그래! —라고는, 말할 수 없으리라.

두 사람은 얼굴을 마주보더니, 웅얼웅얼 뭔가 중얼거리고 나란히 입을 다물어 버렸다.

대화가 끊어졌다.

바람이 사르르 불고, 운동의 열로 달아오른 볼을 쓰다듬었다.

"……이해가 안 돼."

소년이 낮은 목소리를 흘렸다.

"어쨌든, 지금은 고블린을 잘 죽일 수 있어야 돼. 나는 그게 제일이야."

누나를 비웃은 녀석들에게 본때를 보여주겠어.

기염을 토하는 그에게 여신관은 곧장 뭐라고 말해줄 수는 없었다.

그녀는 모험가가 된지 1년이 안 된다. 뭔가 제멋대로 말할 수 있는 인생경험이 어디 있으랴?

그의 마음에 대해서 제멋대로 말할 수 없다고, 그렇게 생각하고 있었다.

그래서.

"제가."

그래서 여신관은 입술을 꾹 깨물었다.

"제가 알고 있던, 마법사는 말이죠."

목이 떨리고, 목소리가 흔들렸다. 그것을 억눌러야 한다.

"언젠가 용과 싸워 쓰러뜨리고 싶다, 고. ……말했어요."

"……용?"

용— 진짜 용은 참으로 두려운 것이다. 야산을 기어 다니는 것들하고는 다르다. 거센 힘을 가진 것이다.

근력이 있고, 체력이 있고, 지력이 있고, 마력이 있고, 권력이 있고, 재력이 있다.

따라서 드래곤 슬레이어(용 살해자)는 외경과 찬사를 받는다.

“그건, 꿈같은 이야기잖아. 무리야.”

“그야 꿈인걸요.”

여신관은 당연하다는 태도로 미소를 지었다.

“꿈 같은 이야기라도, 되는 거예요.”

그래— 그렇다.

적어도 그때, 처음 동굴을 찾아간 그 순간.

직후에 산산이 부서져 버렸다고 해도…….

—다 함께 이야기했던 것의 가치가 사라져 버리는 건 아니니까요.

지금이라면 여신관도 조금 이해할 수 있다.

그것은 존귀한 것이었다. 결코 바보 취급해도 되는 것이 아니었다.

아무리 비현실적이고, 발치도 불안하고, 좌절이 눈에 보이는 것 같아도.

꿈은, 꿈이다.

실현할 수 있는가는 상관없다.

고블린 따위에게 짓밟혀도 되는 것은 결코 아니었다.

“…….”

소년은 그 이상 아무 말도 하지 않았다. 아니, 어쩌면 무슨 말을 해야 할까 생각한 것일지도 모른다.

그렇지만 그가 다시 입술을 열기 전에.

“오, 신입 제군! 열심히 하고 있잖아!”

초원에 흐르는 바람을 타고 낭랑하고 시원스런 목소리가 귀에 기분 좋게 울렸다.

그쪽을 보니 저 너머— 도시 쪽에서 걸어오는 기묘한, 그러나 익숙한 조합의 그림자가 셋.

"오후에는 이 누나가 동굴에 데리고 가줄게!"

"뭣이, 누나란 게냐. 응? 길쭉귀 처녀야."

붕붕 손과 기다란 귀를 흔드는 엘프 궁수의 옆구리를 드워프 도사가 팔꿈치로 찔렀다.

"쉬는 날이라고 점심 전까지 자빠져 자고 있지 않았느냐?"

"점심이 되기 전은 아침이라고 하는 거야. 엘프들끼리는."

"결단코 거짓말인 게로구먼."

시끌시끌. 평소처럼 화기애애한 말다툼.

여신관은「거봐요」라고 말하듯 신참 전사와 수습 성녀에게 눈짓을 했다.

두 사람은 뭐라 말하기 어려운 표정으로 눈길을 돌렸지만, 뭐, 그건 그렇고.

"동굴이라고 하셨으니까…… 고블린인가요?"

"잠깐, 오르크볼그 같은 말 좀 하지 마."

여신관이 그렇게 물어보자 엘프 궁수는 벌레를 쫓아내는 것처럼 훠이훠이 손을 흔들었다.

"곰의 소굴— 원래는 그랬던 데야. 겨울잠이 끝나고 나가 버린 다음이니까. 익숙해지는 데는 좋을 거야."

과연. 여신관이 고개를 끄덕였다.

지하 수도나 야외하고 달리, 동굴 안에서 무기를 휘두르며 움직이는 데는 요령이 필요하다.

괴물 놈들이 없는 동굴에서 그것을 연습할 수 있다면…… 그것은 분명히 좋은 일일 것이다.

"뭐, 소승들도 아직 점심 식사가 아직이네만."

리자드맨 승려가 양손을 기괴한 동작으로 겹쳐서 합장하며, 커다란 턱에 올라간 코에서 숨결을 뿜어냈다.

"보니 도시락 같은 것이 있는가 보군. 괜찮다면 받을 수 있겠는가?"

"아, 네. 샌드위치인데요."

여신관이 대답하고 바구니를 뒤져서 샌드위치 꾸러미를 하나 꺼냈다.

"안에 햄이랑 베이컨, 야채에…… 그리고, 치즈예요."

"오오, 그야말로 하늘이 내린 은혜! 진미! 이거 참, 참으로 근사하구려!"

"오이와 치즈만 넣은 것도 있는데요? 그리고, 포도주도."

"야호!"

"헛헛헛허. 이거 참, 기지가 있구먼! 미안허이, 미안허이!"

여신관이 바구니를 내려놓자 세 사람은 앞 다투어 손을 내밀어 샌드위치를 집어 꺼냈다.

정말이지. 흐뭇하게 생각하면서 바라보고 있는데 다시 초여름의 바람이 불었다.

여신관이 날아가지 않도록 모자를 누르고, 볼에 닿는 바람 정령의 손가락에 눈웃음을 지었다.

"아, 고블린 슬레이어 씨는—."

점심 어떡하실 건가요?

여신관이 물어보고자 고개를 돌린 곳에 그의 모습은 없었다.

—어머?

문득 저 멀리를 보니 다른 모험가— 창잡이나 중장 전사와 이야기하는 모습이 보였다.

"흐음."

여신관은 그를 흉내 내는 것처럼 숨을 내쉬었다. 쓸쓸하긴 하다. 좋은 일이기도 하다.

"……후훗."

응, 분명히— 틀림없이 좋은 일이다.

§

"그럼, 다녀오지."

고블린 슬레이어는 자기 방에서 재빨리 장비를 점검하면서 소치기 소녀에게 말했다.

"오늘밤은 늦어질 테니까, 저녁은 됐다."

허리에 검을 차고, 방패를 고정하고, 다리 보호대를 끼우고, 벨트에 가방을 걸고, 철 투구를 쓴다.

고스란히 모험에 나갈 때 몸가짐이지만, 소치기 소녀는 「알았어 알았어」 하고 익숙한 태도였다.

신입 모험가에게 훈련을 시켜주고 집으로 돌아오더니 금방 이런다.

한 번 집으로 돌아오는 걸 보면 신경을 써주는 건지 아닌지.

"삼촌도 회합 때문에 늦는다고 했어. 나는 혼자서 쓸쓸하게 집 지키고 있을게요~."

“빗장을 잊지 마라. 울타리도 닫고, 창문도 철창을 내려둬라.”

“알고 있다니까. 너는 참 걱정도 많아.”

소치기 소녀가 깔깔 웃자 고블린 슬레이어가 입을 다물었다.

그것을 기회로 봤는지, 그녀는 툭툭 재빨리 그의 갑옷에 묻은 먼지를 털어주었다.

뭔가 마음에 안 드는지 「으음」 하더니, 슬금슬금 투구를 돌려서 방향을 조정.

“그것보다, 너야말로 준비 괜찮아? 지갑 챙겼어? 그게 제일 중요하거든?”

“음…….”

한 번 소리를 낸 그는 그녀의 말에 따라 가방을 뒤적거렸다. 화폐가 든 주머니는, 있었다.

“문제없다.”

“그럼 됐어!”

소치기 소녀는 그의 어깨를 붙잡고 빙글 뒤로 돌렸다. 투구의 너덜너덜한 술을 가볍게 정돈해줬다.

“뭐, 취해서 쓰러지면 마중은 나가 줄 거지만, 친구들한테 폐 끼치지 않도록 해.”

고블린 슬레이어는 「친구」라는 말에 조금 고개를 기울였지만, 잠시 지나 「그래」 하고 고개를 끄덕였다.

“그럴 셈이다.”

목장에서 도시, 도시에서 술집까지 가는 길을 고블린 슬레이어는 등불 없이 걸었다.

밤의 어둠이 가득한 야외를 걷는 것은 훈련의 일환이었고, 도시에 들어가면 등불은 필요 없다.

밤이 시작되는 시간 특유의 혼잡한 번화가를, 평소에는 보기 드문 고블린 슬레이어가 묵묵히 나아갔다.

밀고 밀리고. 모험가들뿐 아니라 여행객이나 훈련장의 인부들도 가득했다.

그것을 어떻게든 나아가면서 고개를 돌리자 낮에 들은 것처럼 간판이 있었다.

"……고생이군."

고블린 슬레이어는 조금 넌더리를 내면서 사람들을 헤치고 어찌어찌 혼잡에서 빠져 나왔다.

동시에 가방에 손을 넣어서 소매치기 따위에 당하지 않았나 확인했다. 문제없다.

『친한 벗의 도끼 정』은, 숫자가 새겨진 도끼의 간판이 표식인 주점이었다.

스윙도어를 밀어서 열자 곧장 귀가 울릴 정도로 떠들썩한 소음이 고블린 슬레이어를 감쌌다.

램프가 뿜어내는 주황색 빛이 가득한 가게 안은 넓었고, 늘어놓은 원탁은 모두 만석이었다.

건물 자체는 과연 길드 지부보다 작지만, 그쪽은 복합 시설이다.

1층은 주점, 2층이 여관인 고전적인 모험가의 숙소 중에서도 이 가게는 상당히 컸다.

모험가의 숙소란, 의뢰 중개 및 모험가 알선소다―. 이것은 이제

역사 속의 일이다.

길드 제도가 퍼지고, 무뢰한이었던 모험가들이 일정한 공적 신분을 얻기 이전의 이야기였다.

지금도 길드와 연계해서 의뢰를 중개하는 가게가 있지만 모험가의 숙소는 쇠퇴하고 있었다.

그렇지만 전설적인 주점『황금의 기사 정』은 애당초 의뢰 알선 따위 하지 않았었다고 하는데…….

"오, 왔냐? 고블린 슬레이어!"

그때 입구에 서 있는 고블린 슬레이어에게 힘찬 목소리가 날아왔다.

그가 동굴 탐색을 하는 것처럼 투구를 돌려서 가게 안을 조사해보니— 아아, 있다.

주점의 구석, 가게 안을 한 눈에 볼 수 있는 자리에서 호걸과 사나운 미장부가 듬직한 팔을 흔들고 있었다.

"여기다, 여기!"

"늦었잖냐. 벌써 시작해버렸다."

"미안하군."

드높이 들어 올린 잔은 이미 반 정도 마신 뒤였고, 탁상의 안주도 이미 줄어있었다.

무엇보다 두 모험가의 얼굴이 빨갛다.

고블린 슬레이어는 한 마디 사죄를 하더니 조금 어색한 동작으로 원탁에 앉았다.

다른 두 사람이 평복인 것에 비해 혼자서만 투구와 갑옷을 입고 있으니 아무래도 좀 우스꽝스럽다.

젊은이가 그리는 모험가 이야기와 달리, 보통 길거리에서는 장비를 푸는 법이다.

다행히 창잡이와 중장 전사는 과연 방심하지 않고 허리에 소검을 차고 있지만 그래도 둘보다는 좀 지나쳤다.

그렇지만 흘끔거리며 시선을 보내는 것은 어지간히 모험가가 익숙지 않거나, 여행객 같은 자들.

변경 최강의 창잡이, 변경에서 가장 우수한 고블린 슬레이어, 변경 최고의 파티를 이끄는 리더. 다들 나름대로 이름을 날리고 있었다.

물론「얼굴이 알려졌다」라는 말은 그 중 한 사람 탓에 하기 어렵다.

"그런데, 어째서 길드의 주점이 아닌 거지?"

"그거야, 너 같은 전신 갑옷 자식이랑 같이 술을 마셨다고 소문나면 싫거든."

고블린 슬레이어에게 신랄한 말을 날리는 창잡이.

"라는 건 명분이고."

곧장 중장 전사가 끼어들며 창잡이의 옆구리를 찔렀다.

"이 녀석은 너랑 마시는 걸 다른 녀석들이 보는 게 쑥스러운 거다."

"그런가."

"더 자세히 말하자면 접수원한테 보여주기 싫은 거겠지."

"시끄러 시끄러!"

창잡이가 소리치고는 엄지로 벽에 붙은 메뉴를 가리켰다.

"됐고, 뭐라도 시켜라!"

"그래."

고블린 슬레이어가 메뉴를 노려보았다.

술만 해도 에일부터 시작해서 화주에 포도주까지 주르륵, 10종류 이상 있다.

"…………흐흠."

고블린 슬레이어가 낮게 소리를 냈다.

"아 이 자식."

창잡이가 넌더리를 내면서 한숨을 쉬었다.

"야, 이럴 때는 말이야. 일단은 에일을 시키면 되는 거야, 에일을."

"그럼 에일이다."

"좋아. 언니야~! 에일 3잔!"

"오오, 통솔력."

큭큭 목 안쪽에서 다 죽이지 못하고 중장 전사의 입가에서 웃음소리가 새어 나왔다.

"뭐?"

"아니다."

창잡이가 노려보자 중장 전사가 손을 흔들었다.

그때 익숙한 태도로, 에일이 넘실거리도록 따른 잔 3개가 탁자에 턱 놓였다.

"네, 여기요. 에일 셋이죠. 기다리셨습니다!"

여급은 아직 젊은 켄타우로스(말 수인)였다.

절대로 보통 수인들을 부르듯이 패트풋이라고 한데 묶어 불러선 안 된다.

왜냐하면 긍지 높은 켄타우로스는 두툼하고 말랑한 발바닥 따위 없으니까.

기도하는 말을 가진 자가 된 미노타우로스(소 수인)도 마찬가지.

물론 미노타우로스는 대개, 그런 사소한 것을 신경 쓰는 성질이 아니긴 하지만…….

어쨌든지.

풍만한 가슴을 흔들면서 잔을 내려놓고, 꼬리를 흔들면서 네 다리로 물러가는 여급.

몸이 꽤 큰데도 용케도 교묘하게 혼잡한 가게 안을 사이사이 빠져나간다.

그 큼직하게 단련된 엉덩이를 바라보며 중장 전사가 진중하게 중얼거렸다.

"역시 가슴도 좋지만, 엉덩이가 좋군."

"아, 그래서 너는 그 기사님이 취향인 거냐……. 말도 타던가?"

"그거랑 이거랑은 다른 거지. ……뭐, 이런 이야기도 길드에서는 못 하겠구만."

어디에 여자들 눈이 있을지 모른다. 중장 전사는 깊은 한숨을 내쉬고 에일이 파도치는 잔을 쥐었다.

"자, 건배하자."

"무엇에 말인가."

마찬가지로 잔을 집은 고블린 슬레이어가 조용히 물었다.

"아~. ……뭐, 귀찮으니까 늘 하던 거면 되겠지."

창잡이가 고개를 끄덕이고 건배사를 이끌며 잔을 들었다.

"우리 도시에!"

"신들의 주사위에!"

"모험가에."

건배를 외치고 세 모험가는 각자의 잔을 들이켰다.

§

술 좀 깨도록 잠깐 걷자고 한 것은 과연 세 사람 중에서 누구였을까?

술을 마시고, 밤의 즐거움을 만끽하고자 나선 사람들로 붐비는 거리.

그곳을 어슬렁거리며 빠져 나와 어느샌가 그들은 강가에 도착했다.

시냇물이 잔잔히 흐른다. 하늘에는 반짝이는 별들. 쌍둥이 나란히 뜬 달빛.

달아오른 몸에 바람이 기분 좋다. 기분이 나쁠 리 없었다.

그러면 노래도 하나 둘쯤 나오는 법이다.

땅은 썩고　바람은 병들고　바다가 깨어지고
세상이 영원한 어둠에　떨어질지라도
빛이 깃들어진　결정의
네 가지 빛　끊이지 않고
우리들　동료와　맹세하노라
벗과 걷노라　탐구의 여행

땅 끝　바람의 시작　바다 저 너머
빠짐없이 모든 것　환상이라도

빛이 깃들어진　결정의
네 가지 빛　사라지지 않고
우리들　결코　잊지 않으리
벗과 걸어온　이 여행길

그것은 오랜 옛날의 반쯤 잊힌 무훈시였다.

음유시인이라면 아름답고도 용장하게 노래하겠지만, 주정뱅이 세 사람은 박자고 음정이고 엉망이었다.

"그래서."

그러나 한차례 노래를 마치고 만족했는지 창잡이가 노래와 마찬가지로 말을 꺼냈다.

찌릿. 뭐가 맘에 안 드는지 고블린 슬레이어를 노려보았다.

"너는 어떡할 거냐?"

"뭘 말이지?"

"알고 있을 거 아냐~."

이 녀석 취했구만. 중장 전사가 무심코 하늘을 우러러 보았다.

그 마녀를 데리고 와야 하나? 아니, 그녀라면 마법으로 멀리서 보고 있을 법도 하다.

그러나 그 여자의 성격이라면 십중팔구 싱글싱글 웃으면서 보고 있겠지. 도무지 의지할 수가 없군.

"접수원 말이야, 접수원 아가씨. 그리고 엘프다 목장 딸이다 신관 여자애다 둘러싸였잖아!"

"……."

고블린 슬레이어는 잠시 입을 다물었다가 낮게 끙끙거리듯이 말했다.

"고블린이 없어질 때까지는, 무리겠지."

그리고.

"나는……."

뭔가 말하려다가 입을 닫은 남자를 창잡이가 곁눈질로 지켜보았다.

뭐 그렇겠지.

고블린 슬레이어란 이름을 가진 녀석이 어떤 과거를 지고 있을까 하는 것 정도는, 대강은 짐작이 간다.

그래서 창잡이는 깊이 한숨을 내쉬고 괜히 일부러 질렸다는 태도로 어깨를 으쓱거렸다.

"나왔구만."

"고블린인가?"

"그거 말고."

창잡이가 질린 기색으로 코웃음을 치자 중장 전사가 큭큭 소리 죽여 웃었다.

그러나 중장 전사는 고개를 끄덕이고 말을 꺼냈다.

"하지만, 나도 이해가 안 되는 건 아냐."

"호오."

"그러니까 말이다."

그러니까. 다시 한 번 반복하고, 중장 전사는 보이지 않는 것을 찾는 것처럼 공중에서 손을 움직였다.

"그러니까, 역시 남자라면 나라나 성의 주인이 되고 싶다고 생각하잖냐?"

"왕이라."

창잡이가 걸어가면서 씨익 웃었다. 바보 취급하는 것이 아니라, 「이해한다 이해해」 하는 뜻이다.

"그거 좋은데. 검투사에서 왕이 된 용병 이야기라든가, 옛날이야기에서 들어본 적 있어."

"그런데. 나는 배운 게 없단 말이다."

중장 전사가 툭툭 자기 머리를 두드렸다.

"공부하면 된다."

고블린 슬레이어가 말했다.

"돈도 있다. 머리도 나쁘지는 않겠지."

"그런데 시간은 없지."

중장 전사가 어깨를 으쓱거리자, 취하고서도 잊지 않고 허리에 찬 검이 철커덕 흔들렸다.

"왕이 된 다음에 공부를 하면, 왕이 바보니까 백성이란 사람들한테 민폐잖냐?"

"그래."

"그런데 지금부터 공부를 시작하면, 모험을 할 수가 없으니까, 역시나 파티 녀석들한테 민폐다."

"과연."

고블린 슬레이어는 팔짱을 끼고 「흐으음」 신음했다. 그리고 결론을 냈다.

"어렵군."

"그래, 어렵다."

무거운 전사는 묵직하게 말했다. 무기고 뭐고 죄다 내던지고 싶을 정도로.

그러나 그의 목소리는 가볍고 밝았다. 끌어올린 입술이 웃고 있는 증거였다.

"그렇지만, 그렇게 시시하지도 않지."

"기사님도 따라오고 말이지?"

"시끄러."

끼어드는 창잡이를 중장 전사가 사양하지 않고 걷어찼다.

순수한 전사의 근력은 그것만으로 흉기가 될 수 있다.

"아프잖아?!"

비명을 지르는 창잡이를 무시하고 중장 전사는 다리의 난간에 상반신을 기댔다.

바로 옆에 고블린 슬레이어가 섰다.

"나쁜 일은 아니다."

"……."

"나쁜 일은, 아닐 거다."

"그렇지."

지나치게 고지식한 고블린 슬레이어의 말에 중장 전사가 쑥스러운 기색으로 볼을 긁적였다.

"……아아. 나도 그 녀석이 따라와 주는 건, 나쁘지 않다고 생각해."

"쳇. 이래서 여유가 있는 녀석들은 좋겠다니까."

창잡이가 노골적으로 혀를 차더니 등을 난간에 기댔다. 고개를 젓

혀서 별을 본다.

하늘 저편 그 너머. 도저히 손이 닿을 것 같지 않은 드높은 빛을, 눈을 가늘게 뜨고 바라보았다.

"너는 너무 들이대는 거고."

"바보 자식. 남자로 태어났으면 미녀와 최강을 노리지 않고 뭘 노리냐?"

"또 우리 꼬맹이들 같은 말을 해댄다……."

소년 척후인지, 아니면 신참 전사인지.

하염없이 「가장 강하다」라는 칭호를 목표로 삼는 것은 젊음의 특권이랄 수도 있었다.

"아아, 그래, 최강이다. 최강이 되면 뭐든지 할 수 있다고 생각한단 말이다. 나는."

창잡이가 토라진 기색으로 입술을 삐죽거리고 내뱉었다. 신들의 주사위 눈이 변할 리는 없겠지만.

"여자들한테는 인기 있고, 감사도 받고, 세상에 보탬이 되고, 나는 강해진다. 나쁜 일 하나도 없잖아."

"인기 있냐?"

"인기 있어!"

중장 전사가 아까 전의 답례를 하듯 초를 치자 창잡이가 반론했다.

고블린 슬레이어가 「흐음」 중얼거리고 말했다.

"그래 보이진 않는다."

"시끄러."

창잡이는 하늘로 고개를 향한 채, 눈만 움직여 고블린 슬레이어를

보았다.

여전한 철가면, 지저분한 철 투구. 그 안쪽 표정을 알 수는 없었다.

—접수원 아가씨라면 아마 알겠지.

그것은 다시 말해서, 그녀와 그 정도로 교류를 가졌다는 증거다.

내가 철 투구를 썼다고 해도 그 사람이 내 표정을 알아주기는 할까?

창잡이는 숨을 크게 들이쉬고, 내뱉었다.

"그래서, 고블린 슬레이어. 너는 어떤데? 넌 꼬맹이 때 꿈이 뭐였어?"

"나 말인가?"

"그밖에 고블린만 죽이고 다니는 녀석이 여기 있냐?"

"……그렇군."

고블린 슬레이어는 묵묵히 강의 수면을 내려다보았다.

쌍둥이 달에 비치고서도 어둡고 검은 그 흐름은 마치 잉크라도 흘린 것 같았다.

강은 어디서 와서 어디로 가는가? 고블린 슬레이어는 누나에게 물어본 것을 떠올렸다.

산에서 흘러와 바다로 이어지는 거라고, 누나가 가르쳐 주었다.

언젠가 수원을 확인하려고 했었다. 그럴 기회는 이제 찾아오지 않겠지만.

"……나는, 모험가가 되고 싶었다."

"얌마."

창잡이가 팔꿈치로 고블린 슬레이어를 찔렀다.

"벌써 됐잖아."

"아니."

고블린 슬레이어는 천천히 고개를 옆으로 저었다.

"어렵군."

"어렵냐."

"그래."

고블린 슬레이어는 고개를 끄덕였다.

"간단하지 않다."

중장 전사가 그런가, 라고 했다. 깊고 깊게 숨을 내쉬었다.

"하고 싶은 일과, 해야 하는 일과, 할 수 있는 일은 다르지."

"싫증이 난다니까."

세 남자는 묵묵히 쌍둥이 달을 올려다보았다.

강변을, 여름의 기척을 품은 바람이 지났다.

—되고 싶었다.

용사가 되고 싶었다.

영웅이 되고 싶었다.

제왕이 되고 싶었다.

역사가 되고 싶었다.

전설이 되고 싶었다.

신화시대로부터 전해지는 무구를 손에 넣어, 공주를 구하고, 용과 싸우고, 세계를 구하고 싶었다.

숨겨진 유적을 해명하고, 세계의 신비를 탐구하고, 그 진실을 밝히고 싶었다.

아리따운 여자들에게 둘러싸여서, 누구에게도 지지 않는 재능과

지식으로 성공하고 싶었다.

단련하고 단련한 무(武)를 휘둘러 패권을 부르짖고, 훗날까지 칭송 받는 강자가 되고 싶었다.

든든한 남자, 그 남자라면. 사람들이 말해주는 남자가 되고 싶었다.

자신들에게 그런 이야기가 주어지지 않는다고 깨닫기는 했지만.

은 등급, 제3위, 재야에서 최상급의 모험가. 그 지위에 있다는 것. 자각은 있었다.

그것을 대단한 일이 아니라고, 귀찮으니까 동이나 강철 등급이라도 괜찮다고는 결코 생각지 않는다.

그러나.

그렇지만.

"……그래서, 뭐."

그는 고블린 슬레이어다.

붉은 머리칼의 소년이 아니다.

그렇다면, 그 이상의 이유는 필요 없으리라.

"……하다못해, 하고 싶은 일을, 하게 해주고 싶군."

남자들이 고개를 끄덕였다.

제5장 『변두리의 훈련장』

"……뭣이?"

점심시간치고는 다소 이르고, 느지막한 아침 식사 시간이랄 무렵이었다.

길드 안 주점에서 으깬 찐 감자를 우걱우걱 먹고 있던 드워프 도사가 고개를 갸웃거렸다.

"내가 말인고?"

"그래."

지저분한 가죽 갑옷, 싸구려 철 투구를 입은 남자 고블린 슬레이어.

드워프 도사 맞은편에 앉은 그는 식사다운 것을 먹은 흔적이 없었다.

고블린 슬레이어는 두통을 참는 것처럼 투구에 손을 대고, 틈으로 물을 벌컥 들이켰다.

"부탁할 수 있겠나?"

"그거야, 상관은 없다마는."

드워프 도사는 감자를 퍼 올린 숟가락을 입에 넣었다.

본래 드워프란 종족은 미식가이며 잡식가, 주호에다 대식한이다.

맛은 없지만 않으면 양이 충분하면 된다. 거기에 맛있다면 더욱 좋다. 라는 것이 신조다.

엘프 궁수라면 「잡스럽다니까」라고 하겠지만, 「엘프가 너무 소심한 거다」라고 반론할 것이다.

어쨌든 그는 으깬 감자에 소금을 뿌리기만 한 그것을 산더미처럼 먹으면서 얼추 만족한 기색이었다.

"감자군."

"우걱……. 오냐. 오늘은 감자를 먹자는 기분이니라."

드워프 도사가 입 안의 것을 맛있는 기색으로 삼키고 「꺼억」 숨을 토했다.

"너는 안 먹느냐?"

"이제부터 고블린 퇴치다."

"그렇구먼."

드워프 도사는 고블린 슬레이어의 잔을 낚아채서 포도주를 넘실거리도록 따랐다.

"뭐, 마시거라. 조금은 어울려 다오."

"음."

고블린 슬레이어가 포도주를 벌컥 들이켜는 것을 드워프 도사가 눈을 가늘게 뜨고 보았다.

"나하고 그 애송이는 술법의 형태가 다르지 않느냐?"

"자세하게는 모르지만, 아마도 그렇겠지."

"나보다는, 다른 녀석한테 부탁하는 편이 낫지 않은가 싶다만."

"그건 안 된다."

고블린 슬레이어가 천천히 고개를 옆으로 저었다.

"내가 아는 한, 가장 실력 좋은 주문술사는 너다."

“…….”

드워프 도사의 손이 멎었다.

쉴 틈 없이 입으로 움직이던 숟가락으로 그는 버릇없이 감자를 휘저었다.

잠시 지나서, 한숨을 쉰다.

“껌뻑 죽이는 말이로구나, 그것은.”

드워프 도사가 좀 원망스런 눈으로 고블린 슬레이어를 보았다.

“그 마녀 아가씨한테라도, 같은 말을 하면서 부탁하면 좋을 것인데.”

“좋을 리 없다.”

고블린 슬레이어의 목소리가 낮았다.

그 의미를 이해 못할 정도로 드워프 도사는 심술궂지 않았다.

“미안하구나. 농담 치고도 좀 성질이 안 좋았느니라.”

“무리라면 거절해도 된다만.”

“바보 같은 소리. 드워프는 마음에 안 드는 손님이 아니면 일을 거절하는 법이 없느니라.”

무뚝뚝하게 말하더니 드워프 도사는 다시 우걱우걱 감자를 먹었다.

입 주위의 수염에 묻은 찌꺼기도 그대로 두고, 거의 마시는 것처럼 감자를 퍼먹었다.

이윽고 술통에 술을 붓는 것처럼 요리를 해치우더니, 드워프 도사가 숟가락을 놓았다.

“그러나, 한 가지 알려다오. 카미키리마루야.”

“뭐지?”

“무슨 바람이 들었느냐?”

고블린 슬레이어는 입을 다물었다.
딱히, 그렇게 이상한 건 아니다.
그는 전사다. 술법에는 밝지 않다. 술법을 잘 아는 자가 필요하다면 그런 자를 찾는다.
그러나, 그런 것을 물어보는 것은 아니리라.
드워프 도사의 수염 난 얼굴에서 향하는 눈을 보면 고블린 슬레이어도 그 정도는 알 수 있었다.
"나는 고블린 슬레이어다."
고블린 슬레이어는 입을 적시려는 듯 포도주를 벌컥 들이켰다.
"그 녀석은 모험가다."
"그런 게냐."
흥. 드워프 도사는 거친 콧김을 뿜고서 작은 몸을 등받이에 기댔다.
술통처럼 안이 꽉 찬 무게가 실리자 의자가 삐걱대는 소리를 냈다.
"그 길쭉귀 처녀가 들으면, 또 화낼 법한 소리를 하는구나."
"그런가?"
"그렇고말고."
"그런가."
고블린 슬레이어 쪽으로 빈 접시를 밀어낸 드워프 도사가 훌쩍 손을 흔들었다.
겹친 접시가 벌써 다섯 개인지 여섯 개인지.
여급 — 그녀는 손발이 두텁고 말랑한 수인이었다 — 이 경쾌하게 접시를 트레이에 올려 설거지통으로 가져갔다.
"뭐, 받아주마. 받아준다만, 조금만 기다리거라."

"상관없다. 오후에 오도록 말을 해뒀다."

고블린 슬레이어가 말하고 손에 든 잔에 물을 따랐다.

그것을 살짝 돌리더니 파도치는 수면에 눈길을 쏟았다.

"……올 거라 생각하나?"

"글쎄다. 내기를 해봐도 좋겠다만."

드워프 도사가 씨익 웃으며 양손바닥을 살살 비볐다.

마치 마술사가 다음 손재주를 펼치기 전처럼 뜸 들이는 동작이었다.

"그러면, 몇 잔 더 마신 다음에 가자꾸나. 어슬렁거리며 산책 삼으면 되겠지. 왜, 그러지 않느냐?"

그는 양손으로 배를 북처럼 힘차게 두드렸다.

"배는 살짝 비워두는 게 좋다고 말이다."

고블린 슬레이어는 들이켠 잔을 묵묵히 탁상에 놓았다.

§

"……."

훈련장— 건축 도중이기 때문에 반쯤 들판 같은 그곳에 소년이 있었다.

원하던 바가 아니다. 라는 것을 그림으로 그리면 이렇게 되지 않을까?

그는 부루퉁하고 토라져서, 버릇없이 바닥에 앉아 팔꿈치를 세워 턱을 괴고는 자신을 불러낸 남자를 올려다보았다.

"……너, 고블린 퇴치는 안 해도 돼?"

"그래."

지저분한 가죽갑옷에 철 투구의 남자가 고개를 끄덕였다.

"너를 맡기고서, 갈 셈이다."

"나는 당신한테 맡겨진 기억도 없는데."

"그런가."

"그래."

"미안하군."

그 담담한 태도가 참으로 신경을 거슬린다고 할까 짜증난다.

—용케 이런 녀석이랑 함께 파티를 짤 수 있네.

나는 절대로까지는 아니라도, 무리다.

그 여신관도 그렇고, 엘프도 그렇고, 리자드맨도 그렇고, 그리고…….

"오. 왔느냐? 그렇지 그렇지. 일단 장래성이 있구먼."

지금 초원을 성큼성큼 걸어온 드워프도 그렇다.

뭐가 즐거운지 싱글싱글 웃으면서 허리에 매단 술병을 들이켰다.

과연, 분명히 은 등급이다. 실력 좋은 마술사일 것이다.

하지만 그렇다고 해서 가르침을 청할 것인가는 또 다른 얘기다.

다르지만—.

"……."

소년은 자신의 악문 이가 내는 소리에 퍼뜩 제정신을 차렸다.

"좋다. 그러면, 부탁할 수 있겠나."

"오냐 그럼. 그쪽이야말로 술사가 없으니 실수하지 말거라."

"물론이다."

“그리고 다음에 술이라도 사거라.”

“알았다.”

눈앞에서 두 남자가 짧은 대화로 의사소통을 끝냈다.

자신이 한 마디도 끼어들지 못한 게 원망스럽다. 노려보는 소년을 고블린 슬레이어가 돌아보았다.

“그러면 말을 잘 듣고, 폐를 끼치지 않도록 성실하게 해라.”

그것은 형이나 누나가 동생을 타이르는 것 같은 말이었다.

“흥.”

코웃음 치는 것을 승낙의 뜻으로 봤는지 고블린 슬레이어는 등을 돌렸다.

그는 성큼성큼 거침없는 발걸음으로 얼른 걸어가 버렸다.

“아, 이봐……!”

“보거라, 너는 내가 상대해주마.”

어쩐지 남겨진 것 같은 심정으로 일어서려는 소년의 어깨를 드워프 도사가 꾸욱 붙잡았다.

작지만 단단하고 두꺼운 손은 소년이 아프게 느낄 정도로 힘이 강했다.

“앉거라 앉아. 일어서서 배우는 것, 앉아서 배우는 것, 각각이 다른 법. 머리를 쓰는 법도 그렇다.”

“……알았어.”

앉으면 되잖아. 소년이 투덜거리면서 초원에 털썩 앉았다.

멀리서 기세 좋은 기합과 검격음이 울렸다.

모험가들이 연습하는 소리가 풀잎을 흔드는 소리와 함께 바람에

실려 오는 것이다.

더욱이 뒤섞인 인부들이 자재를 옮기고 공구를 휘두르는 작업 소리.

하늘은 파랗고 햇살은 땀이 흐를 정도로 따스하다. 소년은 숨을 내쉬었다.

그것을 본 드워프 도사가 완만한 동작으로 앉으며 씨익 웃었다.

"허면, 내 전문은 아니다만……. 너는 어떤 술법을, 몇 번 쓸 수 있느냐?"

그것은 소년이 가장 대답하기 싫은 것이었다.

"《파이어볼》. ……한 번."

소년이 조용히 말하고 입술을 삐죽거렸다.

"……알고 있잖아."

"이 바보 놈아."

꿀밤이 떨어졌다.

"끄아아?!"

"그것이 틀렸다는 게다."

딱 얻어맞은 머리를 누르면서 소년이 소리 없이 아우성쳤다.

머리가 욱신욱신 아프다. 이게 마술사의 주먹이냐?

아니, 드워프잖아. 젠장. 소년은 신음했다. 종족의 차이는 어찌하기 어렵다.

"으, 으그그그……. 아, 프잖아……. 머, 머리 깨지면 어쩔 거야."

"마술사의 머리가 단단해서 어쩌겠느냐? 깨지는 편이 좋을 정도니라."

"……드워프란 건 보통은 전사 아냐?"

"승려도 있느니라. 본래 드워프는 지혜도 정신도 강한 법이니."

"드, 드워프 현자라는 건 들어본 적이 없는데……."

"그거야 뭐 소설이지."

깊숙하게 숨을 내쉰 드워프 도사는 「잘 듣거라」 하고 비밀을 가르치는 것처럼 속삭였다.

"네가 가진 주문은 《파이어볼》만이 아니니라."

"뭐?"

무심코 정수리의 아픔도 잊고서 고개를 갸웃거리며 고개를 든 소년 앞에, 손가락 3개가 나타났다.

"《카리븐클루스(화석)》, 《크레스쿤토(성장)》, 《야크타(투사)》가 아니냐?"

"아."

"세 가지 진언을 조합해서 《파이어볼》이 되는 게다. 알고 있느냐?"

"아니, 그거야……."

그렇지만. 이란 말을 소년은 삼켰다.

당연한 일이다.

그가 배운 마술은 세 가지 진정으로 힘 있는 말을 조합해서 하나의 술법을 이룬다.

그것은 다시 말해서 진언 하나하나가 힘을 가지고 있다는 「당연한」 말이다.

그렇지만 술법과 비교하면 훨씬 약하다.

그러나.

자신이 깨닫지 못했던 「당연한」 것을 지적 받고서 「그게 뭐 어쨌는데」라고 생각하는 녀석은…….

—그냥 바보지.

소년의 표정이 슥 긴장되는 것을 깨달은 드워프 도사가 이를 드러내며 웃었다.

"좋다. 머리가 좀 깨졌구나. 그러면, 그게 어떤 의미인지 말해보거라."

"……불을 만든다. 부풀린다. 던진다."

"보거라, 이걸로 선택지가 넷이 됐느니라."

"넷?"

"너는 《파이어볼》이나, 불을 붙이거나, 뭔가 부풀리거나, 뭔가를 던질 수 있다는 게다."

뭐, 불덩이를 던지면 제일 좋기는 하다마는.

드워프의 말에, 소년은 가만히 자신의 손바닥을 보았다. 손가락을 꼽아서 세어 봤다.

—넷.

그저 《파이어볼》을 던지는 수밖에 없다고 생각했는데, 술법을 넷이나 쓸 수 있다?

"……있잖아."

"엉?"

"이렇게 간단해도 되는 거야?"

"발상의 전환……도 아니구나. 가진 술수의 확인이니라."

드워프 도사가 말하고 어디선가 놀이용 카드를 꺼냈다.

무슨 손 속임수일까? 굵직하고 짤막한 손가락이 깔끔하게 움직이며 카드를 펼쳐 부채처럼 만들었다.

“낮은 패밖에 못 만들어도, 카드를 쥔 것에는 변함이 없지 않느냐?”
“그런 건가……?”
“그런 것이니라.”
스르륵. 본래대로 정돈된 카드가 마법처럼 간단히 사라졌다.
드워프 도사는 손재주의 트릭을 폭로하지 않았지만, 그것을 밝혀주는 것처럼 목소리를 죽였다.
“너, 그 어여쁜 누나 기억하느냐? 마녀라 하지.”
“……아아.”
소년은 그 육감적인 미녀의 모습을 떠올리고 얼굴을 붉히며 고개를 끄덕였다.
“알지.”
“그 누나는, 《인프라마라에(점화)》로 곰방대에 불을 붙이고 다니느니라.”
“……어, 진짜?”
소년이 무심코 얼빠진 소리를 낸 것도 무리가 아니다.
학원에서 그런 짓을 했다가는 주문의 낭비라고 교사에게 호되게 혼난다.
주문이란 것은 진정으로 힘을 가진 말. 세계의 섭리를 뒤바꾸는 신비이며, 세상의 조화를 조작하는 것.
가볍게 사용해선 안 된다. ―라고 말이다.
그리고 숙련된 모험가들은 흔히들 말하지 않는가?
―방심하지 마라, 망설이지 말고 죽여라. 주문을 아껴라. 드래곤은 건드리지 마라…… 등등.
“뭐, 그렇게 주문을 펑펑 쓰는 것이 좋지는 않다, 는 거야 안다마는. 그래도 말이다?"

드워프 도사가 「어디 보자」 하며 아직도 납득 못하는 소년 앞에서 팔짱을 끼었다.

"예를 들어 빗속에서 부싯돌도 없고, 잎이나 가지도 다 젖어 있는데, 그래도 불을 지펴야 할 때는 쓰지 않느냐?"

"……그거야 뭐."

"그러나 지식이 있으면, 거기서 술법을 절약해서 불을 피울 수도 있느니라."

가지와 나무껍질을 조합하면 불을 피울 수 있고, 땅을 파서 나온 가지는 메마른 것도 많다.

혹은 장작을 쌓는 방식에 따라서 태우면서 젖은 가지를 말려 연료로 삼을 수도 있다.

지식은 충분하고 남을 정도로 술법을 보충할 수 있다. 고도로 숙달된 기술은 마술과 구분이 안 된다.

요컨대 과정이 다른 것뿐이라고, 드워프 도사는 말했다.

과정이란 선택지이며, 선택지란 것은—.

"다시 말해서, 가진 수다."

"……."

"그리고."

팔짱을 끼고 끙끙거리는 소년. 드워프 도사는 허리의 술병 마개를 뽑았다.

술의 냄새가 풍겨온다. 드워프 특유의 화주였다.

"주문술사의 일이란 것은, 주문을 외는 것이 아니니라."

거침없이 던지는 다음 문제에 소년이 눈을 깜빡였다.

"주문을 **사용하는** 것이니라."

"……? 그게 어떻게 다른 건데?"

"그걸 깨닫지 못해서야, 이도저도 못하느니라."

수수께끼야말로 마술사의 본분이었다.

언제나 자신만만하게 진실을 과시하는 자의 말에 어느 정도의 무게가 있는가?

혹은, 그렇게 알게 된 진실의 어디에 가치가 있단 말인가?

따라서 마술사는 웃는다. 웃으며 말한다.

그럴 지도 모른다. 그렇지 않을 지도 모른다.

"불덩어리다, 번개다, 적에게 던지기만 하는 것이 마술사라 생각하는 녀석은 말이다. 초짜라는 게다."

그리고 드워프 도사는 상어처럼 웃었다.

§

고블린 슬레이어가 딱딱 부싯돌을 때려 불똥을 튀기자 횃불에 불이 붙었다.

횃대가 타오르는 냄새가 동굴 안에 가득한 습기와 곰팡이, 부패한 오물의 냄새와 뒤섞였다.

이래서는 고블린 놈들에게 모험가가 왔다고 알려주는 꼴이지만—.

신기하게도 고블린은 횃불 냄새에는 반응하지 않는 일이 많다.

오히려 여자, 어린아이, 혹은 엘프의 냄새를 민감하게 감지하고 공격해온다.

아마도 부패한 냄새와 구별이 안 되는 것이리라고, 고블린 슬레이어는 생각했다.

동시에, 갑옷의 쇳내는 되도록 지우는 편이 좋다고도 생각한다.

언제 코가 민감한 고블린이 나올지 알 수 없으니까.

"우에에……. 이거 확실히, 불공평해……."

따라서 엘프의 냄새는 꼼꼼하게 지워야 한다.

얼굴이 지저분한 엘프 궁수가 훌쩍훌쩍 우는 소리를 했다.

노골적으로 얼굴을 찌푸리며 싫은 표정을 지었다. 옷에도 진흙을 바르고 있었다.

기다란 귀가 한심하게 시든 것처럼 늘어지고 부르르르 떨렸다.

"어째서 나만 발라야 하는 거야……."

"고블린 놈들이 흥분하기 때문이다."

딱 잘라 말하자 엘프 궁수가 가녀린 어깨를 끌어안고 몸을 부르르 떨었다.

이 괴팍한 모험가와 행동을 함께한 이래 『흥분한 고블린』의 희생자를 몇 번이고 보았다.

고블린에게 죽을뻔한 것도 한 번이 아니니 같은 입장이 되는 건 상상하기도 싫었다.

싫다면, 대처하는 수밖에 없다.

엘프 궁수는 한심한 소리를 흘리면서 소굴 입구에 쌓인 오물을 옷에 발랐다.

"요전에도 쓰던 향주머니는 어쨌나?"

"……돈이."

엘프 궁수가 애매한 표정으로 눈길을 돌렸다.

"……떨어져 버려서."

이것만큼은 신화시대의 핏줄이 이어지는 하이 엘프라도 어쩔 수 없는 모양이다.

늘상 고블린 퇴치를 뱀이나 벌레처럼 싫어하는 그녀가 동행한 것도 그것이 원인이리라.

고블린 슬레이어로서는 감사할지언정, 그 이상 뭐라고 생각하지는 않았지만.

"화살도 그렇지만."

그가 조용히 중얼거렸다.

"자원 관리는 중요하다."

"그래서 돈이란 거 싫다니까!"

"그런가."

"쓰면 없어지잖아?!"

"그렇겠지."

"그런데 솟아나질 않아!"

"그렇군."

"납득이 안 가……!"

"그런가."

기다란 귀를 분노로 격하게 위아래로 흔들며 주장하지만 고블린 슬레이어는 흘려들었다.

중요한 것은 고블린이 동굴에 남긴 벽화였다.

벽에는 정체를 알 수 없는, 치졸하면서 희화적인 동물의 상징이 검붉게 색칠되어 있었다.

지난번 고블린 팔라딘과의 싸움에서 약탈한 낙인과 비교해서 유사점이 없는 것을 확인.

"그냥 토템이다."

고블린 슬레이어는 생물의 피로 그려진 표식을 비볐다.

후두둑 메마른 피가 벗겨져 장갑에 검붉은 얼룩을 남겼다.

"샤먼이 있군."

"흐응."

엘프 궁수는 그다지 신경도 안 쓰는 기색으로 등의 활을 내려 화살을 느슨하게 메겼다.

"수는?"

"스물은 안 되겠지."

고블린 슬레이어는 동굴 앞에 쌓인 오물의 양을 보고 짐작했다.

"할 수 있나?"

"하는 거야."

엘프 궁수가 가녀린 가슴을 펴고 주장했다.

"둘이라고 얕보이는 건 못 참아."

두 사람.

그렇다, 이번 이 고블린 소굴에 도전하는 모험가는 두 사람이었다.

고블린 슬레이어와 엘프 궁수.

드워프 도사에겐 소년의 지도를 부탁했다.

리자드맨 승려는 여신관과 함께 무슨 용건이 있다고 했다.

전사와 탐색자, 두 사람만으로 고블린 스무 마리를 상대하는 것은 영리한 선택이 아니다.

하지만, 고블린은 나타난다.

그리고, 그는 고블린 슬레이어였다.

의뢰는 지극히 단순했다. —전형적이라고 할 수 있는 내용이었다.

마을 변두리에 고블린이 나타났다. 관여하지 않는 것 같아 방치했더니 늘어났다.

작물을 훔쳐갔다. 가축을 빼앗겼다. 약초를 캐러 간 아가씨가 공격 받았다. 잡혀갔다.

구해주세요—. 보수는 지저분하고 녹슨, 몇 세대 전의 화폐 한 주머니.

그러나 방치할 이유는 없다.

전형적이다. 보수가 싸다. 그래서 어쨌다는 건가?

적은 고블린. 그것 말고 무슨 이유가 필요한가?

고블린 슬레이어는 알 수 없었다.

"오르크볼그는 참 기특해."

앞서가는 엘프 궁수가 슬쩍 고블린 슬레이어를 보고 눈웃음을 지었다.

"구할 수 있을 것 같을 때는 독이나 물이나 불 같은 거 안 쓰니까."

이미 늦었거나 구해낸 다음에는 가차 없지만. 엘프 궁수는 키득키득 방울처럼 웃었다.

"자, 이거. 좀 먹어 두면 어때?"

그리고 고블린 슬레이어에게 엘프 비전이라고 하는 작은 과자를 던졌다.

이미 다람쥐라도 되는 양 오독오독 먹고 있는 엘프 궁수에게, 그는 가만히 투구를 향하고 있었다.

"……. 네가 있으면."

"뭔데?"

"네가 있으면."

고블린 슬레이어는 말을 찾았다.

"떠들썩하다."

"……그거, 칭찬이야?"

엘프 궁수가 게슴츠레한 눈으로 고블린 슬레이어를 노려보더니 총총총 작은 새처럼 거리를 좁혔다.

그녀는 의심스런 기색이었다. 아주 살짝 기다란 귀와 눈썹을 늘어뜨리고 철 투구 안쪽을 슬그머니 올려다보았다.

"시끄럽다고 하는 거 아냐?"

"내가 한 말 이상의 의미는 없다."

"……그래."

담백한 한 마디. 그것을 남기고 엘프 궁수는 빙글 돌아섰다. 머리칼이 꼬리처럼 흘렀다.

자유로운 바람처럼 가뿐하게 동굴 안쪽으로 가버리는 그녀였지만…….

"흐흥."

기다란 귀가 기분 좋게 흔들리는 것을 뒤에서도 보고 알 수 있었다.

물론 두 사람이 그저 태평스런 것은 아니었다.

여기가 적지란 것 정도는 새내기가 아닌 한 파악하고 있었다.

고블린 슬레이어는 투구 틈으로 과자를 집어넣고 오독오독 씹으며 검을 뽑았다.

엘프 궁수의 예민한 청각은 무슨 소리를 포착할 때마다 쫑긋, 쫑긋, 기다란 귀를 떨었다.

농담 — 이라지만 엘프 궁수만 말했다 — 을 하는 것도, 정신 안정을 유지하는 술수다.

그 증거로, 잠시 지나 엘프 궁수의 발이 딱 멈추었다.

"빠르군."

"파수꾼이 있는 느낌은 없었는데."

말은 필요 없다.

고블린 슬레이어는 이미 무기를 쥐었고 엘프 궁수가 두르는 기척도 팽팽한 활 같았다.

"아가씨를 잡아가면 모험가가 오는 것도, 전형적이지."

유사 이래, 고블린 놈들과 모험가는 끝없이 싸웠다.

그것은 딱히 고블린뿐 아니라 온갖 기도하지 않는 자 놈들이 그랬다.

그러나 그 아득해질 정도의 세월이 쌓이는 동안 고블린도 학습한 것이다.

모험가가 온다.

반드시 온다. 반드시 와서, 죽이고, 우리들의 것을 빼앗는다. 그러니, 죽이자.

자신들의 행동을 돌아보지 않고, 삼가지 않는 점이 고블린이 고블린인 이유다.

"어느 쪽이지?"
"오른쪽."
엘프 궁수가 눈을 감고 귀를 떨었다.
"다섯, 여섯 마리쯤. 무구 소리도 섞여 있어."
"앞은 어떻지?"
"아직은 없어."
두 사람 상대로 양면 공격은 할 생각이 없다는 것일까?
"흥."
고블린 슬레이어는 검을 거꾸로— 칼날 부분으로 고쳐 쥐었다.
"기습이 제 놈들만 가진 기술이라고 생각하는군."
다음 순간, 고블린 슬레이어는 도끼칼로 장작을 패는 것처럼 흙벽에 그것을 두드렸다.
"GROOOORB?!"
굴착을 해서 얇아진 흙이 무르게 무너지고, 토사가 되어 땅굴 안으로 쏟아져 내렸다.
선두에 있던 한 마리가 이게 무슨 일인가 거품을 물고 눈을 부릅떴다.
자신들은 얼빠진 모험가를 둘러싸고 때려서, 여자는 능욕하고 임신 주머니로—.
고블린 슬레이어는 곧장 두개골에 일격을 선물하여 그 속셈을 깨부수었다.
"하나. 이쪽에서 공격한다. 가자."
"노려서 쏘기 어려운데 말야."

말은 그러면서 엘프 궁수가 순식간에 세 번 사격. 고블린 슬레이어의 어깨너머로 세 마리를 꿰뚫었다.

"GROR?!"

"GOOBBR?!"

목, 좌우의 눈에 각각 화살이 박힌 고블린이 쓰러지고, 고블린 슬레이어는 그 시체를 유린했다.

"넷……."

코등이가 뇌수투성이가 된 검 따위 쓸 것이 못 된다.

고블린 슬레이어는 이마에 검이 박힌 고블린을 걷어차고, 그 무기인 삽을 낚아챘다.

"……다섯."

덤벼드는 다섯 마리째. 그 곡괭이의 일격을, 고블린 슬레이어가 두들겨 비껴냈다.

곧장 방패를 고정한 손에 든 횃불을 고블린의 안면에 휘둘렀다.

"GROORRORBRO?!"

고기가 타오르는 소리와 역겨운 냄새. 안면이 익은 고블린이 외치는 것을 그는 그대로 용납했다.

어차피 금세 공격 실패가 전해질 것이다. 비명을 지르는데 5초면 늦다.

고블린 슬레이어는 한 조각의 자비도 없이 기계적인 손놀림으로 고블린의 목을 삽으로 쳐서 잘라냈다.

"GROORB!!"

아직 아무것도 안 당한 마지막 한 마리가 외쳤다.

그 고블린은 손에 든 톱을 내던지고 머리를 감싸며 웅크렸다.

침을 주륵주륵 튀겨내면서 비참하게 모험가에게 매달렸다.

—능묘에서 놓친 놈인가?

고블린 슬레이어는 부러진 횃불을 버리고 검붉게 얼룩진 톱을 주웠다.

톱날을 허리띠에 끼워서 넣었다. 다음으로 횃불을 꺼내 꺼져가는 불씨를 옮겼다.

“그러면.”

“GOR?!”

고블린 슬레이어가 걷어차자 그 고블린이 비명을 지르며 엉덩방아를 찧었다.

그러나 금세 가엽게 들리는 소리와 태도로 바닥에 엎드리고는 머리를 땅에 찧었다.

목숨 구걸— 다소 지혜가 있는 건지. 손익 계산을 한 건지. 항복이란 개념을 아는 건지.

가장 뒤에 있던 것까지 아울러 생각하면, 고블린 놈들 중에서도 조금은 위계가 높았던 걸까?

아니, 다른 고블린보다 한 사이즈 체구가 작다. 어린애……라고 봐야 할까.

“……오르크볼그.”

“그래.”

엘프 궁수의 떨리는 듯한 목소리에 고블린 슬레이어는 조용히 고개를 끄덕였다.

그 어린 고블린은 허리띠에서 독 단검을 뽑으려고 했다.
그 어린 고블린은 목걸이를 하고 있었다.
약탈의 결과로 손에 넣은 목걸이.
송곳으로 구멍을 뚫어, 철사를 꿰어 이어놓은, 톱으로 잘라낸— 얼마 안 된 젊은 아가씨의 손가락이 10개.
겁먹고, 아부를 떨며, 등에 단검을 숨겨 든 고블린에게, 고블린 슬레이어는 담담하게 말했다.
"몰살이다."

§

"그러고 보니."
"음?"
"둘이서만 먹는 거, 처음일지도 몰라요."
"오오, 그러고 보니 그럴 지도 모르겠군."
리자드맨 승려가 말하고 꼬리를 철썩 흔들었다.
점심이 지난 훈련장.
시설도 반쯤 완성되어가고 있지만 아직 노천인 것은 전에 말한 그대로다.
신참 모험가들도, 인부도, 삼삼오오 흩어져 제각각 초원에서 점심 식사를 하고 있었다.
언제나 누가 지원을 해주는 것도 아니고, 지원을 해준다 해도 움직이면 배가 고픈 법.

"아무래도, 조상령이나 신들의 힘으로 공복까지 치유할 수는 없으니 말일세."

"《크리에이트 워터(순수(純水))》나, 《크리에이트 푸드(식량)》의 기적도 있어요."

저는 아직 받지 못했지만요. 여신관의 말에 리자드맨 승려가 「허허어」 감탄했다.

"종파가 다르면 은혜도 변하는 법이군."

"그렇네요. 물론…… 오늘은 이제 기도를 더 할 수는 없을 것 같지만요."

두 사람이 뭘 하러 훈련장에 왔느냐 하면, 수행을 겸해서 치료를 하고 있었다.

딱히 위험한 것은 훈련 중인 신입 모험가들뿐이 아니다.

오히려 건설 작업을 하는 인부들이 위험한 경우가 많았다.

물론 사소한 상처는 평범하게 치료를 하면 되지만, 골절 같은 것은 이번 공사는 물론 그 다음에도 힘들어진다.

《힐》로 신들에게 치유를 탄원하기만 해도 상황은 크게 바뀐다.

이윽고 두 사람은 함께 나서서 들판 변두리에 식사할 곳을 정했다.

오도카니 풀 위에 무릎을 모으고 앉은 여신관이 점심 식사 꾸러미를 풀었다.

빵과 치즈에 희석한 포도주 작은 병. 그리고 말린 과일이 몇 가지.

"오호."

바닥에 앉은 리자드맨 승려가 목을 뻗어 들여다보았다.

"그것으로 충분한 것인가?"

"네."

검소함과 질박함의 미덕이 어떻다고 하기 전에 소식하는 체질이었다. 그리고.

"조금, 그게……."

여신관은 눈길을 돌려서 수줍은 기색으로 볼을 붉혔다.

"모험가가 된 뒤로 조금, 살이 찐 것 같아요."

"하하하하하. 뭘, 그것은 단련을 했기 때문이 아니겠는가?"

리자드맨 승려가 커다란 턱을 벌려 유쾌하게 소리 내어 웃었다. 여신관은 볼을 긁적였다.

"그리고 저기, 도시의 식사도 맛있다 보니까 말이죠……."

"아니, 아니, 조금 더 살을 찌우는 편이 좋을 걸세. 아무래도 너무 가녀리지 않은가?"

"신관장님도 같은 말씀을 하시긴 했어요."

성직자라지만 역시 그 또래의 아가씨라면 조금은 신경이 쓰이는 법이리라.

소치기 소녀나 접수원 아가씨, 마녀 같은 매력적인 여성이 주위에 괜히 많아서 그럴 수도 있으리라.

여신관이 「하아」 한숨을 쉬면서, 재빨리 지모신에게 식사에 대한 감사의 기도를 바쳤다.

그 앞에서 리자드맨 승려가 기묘한 손놀림으로 합장을 하더니 짐승 가죽의 꾸러미를 펼쳤다.

"아."

여신관이 눈을 홉뜨고 이어서 흐뭇하게 눈웃음을 지었다.

"샌드위치, 네요."

"후후후후후후."

함박웃음일까? 리자드맨 승려가 눈알을 빙글 돌리고 자랑스레 그것을 들어올렸다.

두껍게 썬 빵에 버터를 바르고 구운 소고기를 끼운 것까지는 좋다.

무엇보다 눈길을 끄는 것은 빵에서 흘러넘칠 정도로 듬뿍 끼운 치즈였다.

치즈에 묻힌 모양새로 간신히 고기가 보이는 걸 보면 주역은 명백하게 치즈였다.

보통 샌드위치는 고기가 주역이고 치즈를 곁들이지만, 완전히 역전됐다.

"좋아하는 것을 좋아하는 것에 끼워 먹는다. 이것이 바로 자유 그 자체가 아니겠는가?"

"이해가 안 되는 건 아니에요."

어린아이처럼 자신 있게 말하는 리자드맨 승려를 보고 여신관은 간신히 웃음을 죽였다.

"밥은 좋아하는 걸 먹는 게 제일이죠."

"그렇지. 식사는 문화가 아닌가? 문명이 없어서야 이리 먹을 수는 없지."

리자드맨 승려가 말하자마자 샌드위치를 덥석 깨물었다.

한 입으로 태반을 깨물더니 그대로 두 번, 세 번 씹고서 꿀꺽 삼켰다.

"오오, 진미로다! 맛이 좋군!"

"후후. 치즈 정말로 좋아하시네요."

"음. 소승은 이것만으로도 흄의 세상에 뒤섞이길 잘했다고 생각한다네."

찰싹, 찰싹. 기분 좋게 흔들리며 땅을 때리는 꼬리를 여신관이 어쩐지 눈으로 좇았다.

그녀도 그녀대로 작은 입을 열어서 빵을 뜯어 조금씩 입으로 옮겼다.

씹으면 곡물의 맛이 강하게 스며 나온다. 그것을 포도주와 함께 꿀꺽 삼킨다.

"고향에서는 어떤 식사를 하셨나요?"

"소승들은 전사이자 사냥꾼이라네. 사냥해온 조수(鳥獸)를 먹었지."

리자드맨 승려는 첫 번째 샌드위치를 빨리도 해치우고, 두 번째에 손을 뻗었다.

"나이 어린 전사들은 나이 어린 전사. 전사는 전사. 윗사람은 윗사람끼리 모여서 먹는다네."

입을 벌려 샌드위치를 깨물며 다른 한 손으로는 풀을 턱 두드렸다.

"이렇게, 땅이든 바닥이든 앉아서 말일세."

"모두 다 함께 안 먹나요?"

"왕이나 대장이 병사들의 나라에 계속 있어서야, 다른 자들이 편히 쉬지 못한다네."

"그런 건가요?"

"그러나 연회는 또 다르지. 전승(戰勝)을 이룬 날에는 광장에 모닥불을 피우고, 다 함께 모여 앉는다네."

여신관의 뇌리에 문득 이국의 본 적 없는 풍경이 떠올랐다.

밀림 가운데, 거목 아래에 모인 수많은 리자드맨들이 제각각 잔을 들고 술을 마시며 떠든다.

중앙에는 거대한 야수의 통구이가 놓이고, 용맹한 전사들이 고기를 뜯으며 외친다.

어쩐지 한 사람은 치즈를 먹으면서 기뻐한다……. 이것은 뭐, 제멋대로 상상한 것이다.

하지만, 적어도—.

"참, 떠들썩하겠어요."

"그렇고말고."

리자드맨 승려가 자신 있게 말했다.

"그 밖에도, 옥수수에 감자 같은 것도 따서 말일세……."

"아, 감자는 치즈하고도 잘 어울리는데요?"

"허허어!"

리자드맨 승려가 콱 몸을 내밀었다. 눈동자가 밝게 빛나고, 턱이 확 열렸다.

여신관이 무심코「히약」하고 몸을 빼는 것도 무리가 아니었다.

"그 이야기, 부디 자세히 들려주시게!"

"아, 그러니까, 저는 신전에서 자라서 만들어본 적이 있는데요……."

감자를 잘게 썰어서, 우유와 밀가루와 버터 소스를 만들고, 치즈를 뿌려서 가마에 넣어 굽는 것이다.

겨울의 축제나 무슨 축하할 일이 있을 때, 다소 호화로운 식사를 하려고 만드는 요리.

"큰 홀에 다 모여 앉아서, 기도를 바친 다음에 함께 먹는 거예요."

"그것은 좋은 일일세……!"

요리에 대해서도, 그 식사에 대해서도. 리자드맨 승려가 말했다.

"동포와 함께 식사를 하는 것은 서로의 유대를 깊게 만들지."

"네."

여신관이 웃으며 고개를 끄덕이더니, 퍼뜩 깨닫고는 고개를 갸웃거렸다.

"아, 괜찮으면 다음에 같이 만드실래요?"

"호오, 부디 부탁하네."

"아, 맛있어 보이는 거 먹고 있어!"

그때 쾌활하고 명랑한 목소리가 날아들었다.

여신관이 그쪽을 훌쩍 돌아보자 우선은 맨발부터 보였다.

거기서부터 몸집은 작지만 건강하게 단련된 다리가 뻗고, 반바지 위에 셔츠.

땀을 흘리며 더워 보였다. 셔츠를 펄럭펄럭 움직여 공기를 넣고 있는 레아 검사였다.

"좋겠다아. 샌드위치? 한 입 주면 안 돼?"

음. 리자드맨 승려는 손에 든 것을 입으로 던져 넣더니, 열심히 씹으면서 위협하듯 꼬리를 흔들었다.

"소승의 교의에 식사를 나눠주라는 것은 없다네."

"에~이."

그렇지만 그녀는 말처럼 유감스러워 보이지 않았고 리자드맨 승려도 금세 눈을 빙글 돌렸다.

"뭐, 나도 밥 먹을 거 있거든! 같이 먹어도 돼?"

레아 소녀가 말하더니 깔깔 웃으며 손에 든 꾸러미를 가리켰다.

빨간 손수건으로 예쁘게 감싼 것을 보니, 어라 싶을 정도로 커다랗다.

말린 살구를 깨문 여신관은 그것을 삼킨 뒤에 고개를 끄덕였다.

"아, 네. 저는 괜찮아요."

"소승도 상관없다네."

"그럼, 실례하겠습니다!"

활기차게 초원으로 뛰어들어 앉은 그녀가 바쁘게 도시락을 펼쳤다.

그것은 폭신하게 구워낸 갈색 팬케이크였다.

흄의 얼굴 크기쯤 되는 것이, 한 장, 두 장, 세 장, 네 장…… 어이쿠야, 다섯 장이나 쌓여 있었다.

레아의 체격을 고려해봐도 많은 것이, 드워프가 먹는 것 아닌가 싶은 양이었다.

작은 병을 꺼내 코르크 마개를 뽑더니 걸쭉한 벌꿀을 뿌려서 한껏 깨물었다.

여신관이 무심코 눈을 깜빡였다.

"많이 드시네요……."

"그야, 우리는 하루에 대여섯 번 밥을 먹는걸."

모험하는 도중에는 무리지만. 레아 소녀는 손가락에 묻은 벌꿀을 핥으며 말했다.

"그러니까 한 번에 먹는 양을 늘려야지!"

"아하하……."

여신관은 애매하게 웃었다. 본래 횟수라도 매번 같은 양을 먹는 거 아닐까 싶었던 것이다.

"그러고 보니…… 그대는 분명히, 지금은 단독이었던가?"

"응, 맞아—. 그래서 쥐 퇴치라도 해볼까 생각하던 중이야."

하수도의 자이언트 랫 퇴치는 초보 모험가들의 일 중 하나였다.

그렇지만, 그렇다고 좋아서 하는 일은 아니다. —모험답지 않으니까.

다들 쥐와 싸우기 위해 모험가가 되는 것이 아니다.

무시무시한 괴물과 싸우고, 동굴을 답파하고, 보물 상자에서 재보를 얻기 위해서다.

그렇지만.

그렇다고 그것을 단독으로 하고자 하면 고난이 따른다.

"새내기 전사는 몸값도 싸잖아."

파티를 짤 사람도 짚이질 않는다면서 그녀는 웃었다.

마음이 맞는 동료와 파티를 맺어 모험을 시작한 것은 좋았지만, 홀로 남겨지자 일이 어렵게 됐다.

—만약 고블린 슬레이어 씨가 없었다면…….

나는 어떻게 됐을까?

여신관이 그것을 생각했다.

기묘한 일이다.

그날, 그 자리에서 세 사람의 동료가 말을 걸지 않았다면 어떻게 됐을까?

그들과 함께 모험을 나서지 않았다면 지금 이 자리에는 있지 않았을 것이다.

모험의 결말, 그 다음의 싸움, 쌓아온 나날.

1초마다, 1초마다 사소한 결단을 반복했기 때문에 이른, 지금.

"저기……."

그렇게 생각했을 때, 여신관의 입에서 말이 나왔다.

"괜찮으면, 같이 모험…… 해보지 않겠어요?"

"모험?"

그 말을 들은 레아 소녀가 고개를 갸웃거리며 신기하단 표정을 지었다.

"그 갑옷 오빠, 고블린 슬레이어는? 오늘은 없는 것 같지만."

"아, 그러니까……."

"사실은 말일세."

말을 망설이는 여신관의 말을 이어 받아서 리자드맨 승려가 불쑥 고개를 내밀었다.

그는 우물우물 입에 머금고 있던 샌드위치를 씹고 꿀꺽 목을 울리며 삼켰다.

"승급하려면 실력을 증명해야 한다네. 하여 임시로 파티를 맺어줄 모험가를 찾고 있는 중이지."

"아마, 한 번 같이 가고서 끝이 아닐까 생각하는데요……."

"흐흠."

여신관이 미안한 기색으로 눈썹을 늘어뜨린 표정을 지었다. 레아 소녀는 그 얼굴을 가만 바라보더니 팔짱을 끼고 저 멀리를 보았다.

어중이떠중이라고 불릴 법한 신입 모험가들.

제각각 쉬고 있는 그들 가운데에는 흄의 전사도, 드워프 전사도 잔뜩 있었다.

열심히 단련을 했는지 타고난 것인지, 근육이 불끈거리는 자도 드문드문.

“까놓고 말해두지만, 나는 대단치 않은데?”

살짝 웃었다.

그녀는 단련을 했다. 그렇지만 흄이나 드워프보다 가는 팔을 보여줬다.

“봐, 레아잖아. 장비도 안 좋고. 그냥 전사고.”

얄팍한 가죽 갑옷. 검도 방패도, 나쁜 물건은 아니지만 아무래도 좀 작다.

기량과 체력과 장비를 아울러 생각하면 그녀보다 나은 전사는 잔뜩 있을 것이다.

“괜찮아?”

“허나.”

리자드맨 승려가 듬뿍 위엄을 담아 고개를 끄덕였다.

“행운이 있지.”

“행운…….”

“인연이라고 바꿔 말해도 좋을 걸세. ……안 그런가?”

“네!”

여신관이 리자드맨 승려에게 주저 없이 대답했다. 딱 잘라서, 가녀린 가슴을 한껏 내밀고서.

“그때 저희들한테 포션에 대해서, 물어봤었잖아요. 그러니까……!”

말을 걸었다. 그 말을 들은 레아 소녀는 「아아, 기억하고 있었네」라며 머리를 긁적였다.

“……좋아, 응, 괜찮아. 다만 나랑 너 둘만 가는 건, 조~금 힘들겠지.”

그러니까, 말을 끊은 레아 소녀가 두 주먹을 단단히 쥐고 드높이 들어올렸다.

“다른 사람도 찾아보자! 맡겨둬! 짚이는 사람 있어!”

“아, 저도 갈게요!”

결심을 다진 레아의 행동은 빠르다, 빨라.

벌써 토끼처럼 달려가 버린 그녀를 좇으려고 여신관도 일어섰다.

물러갈 때, 허둥지둥 달려가려던 여신관이 빙글 돌아서더니 리자드맨 승려에게 깊숙하게 고개를 숙였다.

이 리자드맨 용 사제가 다 알고서 화제를 꺼내준 것을 모를 리 없었다.

이제 그들 네 사람과 파티를 짠지 1년이나 되니까.

리자드맨 승려가 신경 쓰지 말라고 너그럽게 손을 흔들자, 그녀는 다시 한 번 고개를 숙였다.

“어~이. 얼른 와봐. 다들 밥 먹고 나면 훈련 시작해버린다구~.”

“아, 네! 죄송해요, 고맙습니다……!”

“으랏차!”

이미 달려간 곳에서 레아 소녀가 붉은 머리칼의 소년을 걷어차고 있었다.

뒤늦게 따라잡은 여신관이 고개를 꾸벅꾸벅 숙이면서 사정을 설명했다. 드워프 도사가 우렁찬 소리로 크게 웃었다.

그 사이에서 레아 소녀가 다음 표적을 정하고는 신참 전사와 수습 성녀에게 덤벼들었다.

모처럼 둘이서 점심을 먹고 있었다며 펄펄 화를 내는 수습 성녀를 레아 소녀가 받아 흘렸다.

거기에 여신관이 소년을 데리고 달려가서 다시 꾸벅꾸벅 사과하고…….

"이야아, 인연은 인덕, 인덕은 인연이라."

리자드맨 승려가 샌드위치를 깨물면서 그 광경을 모두 바라보고 만족스레 수긍했다.

벌써 1년이나 알고 지낸 사이다.

저 소녀의 마음씨, 인품을 모를 리 없었다.

—어디, 그렇다면.

리자드맨 승려는 마지막 샌드위치를 아쉬운 기색으로 대담하게 깨물면서 생각에 잠겼다.

—이 파티의 중심에 있는, 그 괴팍하고 별난 소귀 살해자 선생이 쌓은 덕일 수도 있으리니…….

§

짹짹짹. 짹, 짹짹. 짹짹잭

카나리아가 희미하게 지저귀는 소리를 듣고, 소치기 소녀는 잠결에서 몸을 일으켰다.

"응……응, 우……?"

눈꼬리를 비비면서, 몇 번 눈을 깜빡였다. 커다랗게 기지개를 켜자, 식당의 의자에 앉아 있었다.

테이블에 엎드려서, 어느샌가 잠들어 버린 모양이다.

깨닫고 보니 이미 해가 완전히 졌고, 방 안도 어둡다. 희미한 쌍둥이 달의 빛이 안을 비추고 있었다.

탁자 위를 보니, 완전히 식어버린 홍차가 담긴 컵이 하나.

아무래도 그를 기다리는 동안 잠들어버린 모양이다.

"……자국은 안 났네."

굳어진 볼을 주물러 푸는 것처럼 손을 대어보니, 어깨에서 담요가 풀썩 떨어졌다.

삼촌이 덮어줬을 것이다. 봄이라지만 밤에는 춥다. 소치기 소녀는 그것을 집어 다시 걸쳤다.

"감사, 감사해야지……."

그 동안에도 카나리아가 「짹짹짹」 바쁘게 울면서 새장 안을 파닥파닥 날아다녔다.

소치기 소녀는 재빨리 촛불에 불을 붙이더니 촛대를 들고 새장 쪽으로 다가갔다.

"왜 그래~? 좀 추웠어? 아니면 배고파?"

어린 아이에게 말을 거는 것처럼 되는 것은 어쩔 수 없는 일이었다.

몸을 살짝 숙여서 새장 안을 들여다보자, 카나리아가 고개를 갸웃거리며 이쪽을 바라보고 있었다.

창밖에는 어슴푸레, 흔들리는 불꽃에 일렁이는 잠옷 차림의 그녀가 그림자로 비쳤다.

—침대에서 다시 자는 편이 좋으려나?

라고 생각하지만 아무래도 역시나 그런 기분이 안 들었다.

—따라갈 수 있으면 제일 좋은데…….

그대로 창가에 기대 팔꿈치를 괴고서 한숨.

무리이고 무모한 짓이다. 생각하자마자 부정할 수 밖에 없는 망상이었다.

그녀 자신도 나름대로 단련은 했으니, 뭐 그게, 인정하고 싶지는 않지만 동년배 아가씨들보다 체격도 좋다.

그렇지만, 그렇다고 무기를 휘둘러 괴물과 상대할 수 있는가는 다른 문제다.

그리고 첫째로, 그녀도 어딘가에 가버리면 그가 돌아오지 않는 것은 아닌지—.

"……와, 엄청 자만이네."

그렇게 생각하자, 무심코 키득 소치기 소녀의 얼굴에서 웃음이 흘렀다.

그때였다.

문득, 덜커덩 소리가 나면서 문이 열렸다.

동시에 문틈으로 흘러 들어오는 밤공기에 섞여서 기묘한 냄새가 풍겼다.

녹슨 철의 냄새. 진흙과 땀과 먼지, 그리고 피.

얼굴을 안 봐도 소치기 소녀에겐 일목요연했다.

—그의 냄새다.

"어서 와~."

"……다녀왔다."

부드러운 목소리로 말하자, 낮고 담담하고 무뚝뚝한 목소리가 대답했다.

손을 뒤로 돌려 철컥 문을 닫는 동작은 한껏 조심하긴 했지만, 그래도 조금 커다란 소리를 냈다.

소치기 소녀가 돌아보며 헤실 볼을 풀자 그는 의문스레 철 투구를 흔들었다.

"깨어 있었나?"

"아—니. 지금 깬 참이야."

"깨워 버렸나."

"그것도 아니니까 괜찮아. 오히려 깨워줬다고 해야 하나?"

소치기 소녀가 검지로 새장을 콕 찌르면서 「그치~」 하고 말하자 카나리아가 「짹」 하고 울었다.

"굉장하네. 네가 돌아오기 전부터 돌아온 거 알아채는걸."

"흠."

그는 낮은 목소리를 내면서 의자를 끌고 털썩 앉았다.

무기와 방어구 정도는 벗으면 좋을 텐데— 라고, 소치기 소녀는 말하지 않았다.

그녀는 창가에서 훌쩍 벗어나 부엌에 매달아둔 앞치마를 잠옷 위에 재빨리 걸쳤다.

"있지, 밥은?"

등 뒤로 끈을 묶으면서 어깨 너머로 그를 돌아보자, 그는 「그런가」 하며 낮게 중얼거렸다.

"먹지."

그리고 조용히 덧붙였다.

"뭐든지 좋다."

"스튜야. 준비해뒀지."

한순간 시간을 두고서.

"……그런가."

그는 역시 고개를 끄덕였다.

또 다시 부뚜막에 불을 붙이고 냄비를 데워 그릇에 담은 스튜를 내놓는데 조금 시간이 걸렸다.

"아, 갑옷은 조금 닦는 게 좋겠다."

"그런가?"

"응. 거기에 수건 있어."

"그래."

그는 순순히 쓱쓱, 그러나 난잡한 손놀림으로 투구와 갑옷의 얼룩을 닦아냈다.

물론 그걸로 금세 지워질 만큼 간단한 게 아니었지만, 소치기 소녀는 만족했다.

그리고 덜컥 내려놓은 스튜를 그가 투구 틈으로 열심히 먹기 시작했다.

벌써 봄이고, 춥지도 않은데 일부러 스튜를 만든 것은…… 말하면 못난 짓이 된다.

"요즘에, 계속 그러네."

맞은편에 앉아서 지켜보던 소치기 소녀는 양손으로 볼을 지탱하면서 생글생글 웃었다.

"뭐가 말이지?"

"계속 나갔잖아."

소치기 소녀는 행주를 붙잡아 탁자 위로 몸을 내밀더니, 투구에 흩어진 스튜를 닦아주었다.

"고블린—만 있는 게 아니라, 훈련장 일도 있구나."

"그래."

"바빠?"

"……아니."

그는 조금 생각한 다음 잘 모르겠다는 기색으로 투구를 기울였다.

"……어떤 것일지."

흠. 본래대로 고쳐 앉은 소치기 소녀는 팔꿈치를 괴고서 그를 살폈다.

물론 면갑 안쪽에 숨겨진 눈동자의 색을 들여다볼 수는 없었지만.

"역시."

소치기 소녀는 키득 목 안쪽으로 웃었다.

"거기에 뭔가 생기는 건 싫어?"

우뚝. 숟가락을 든 그의 손이 멎었다.

"아니, 싫다는 거하고는 좀 다르겠네."

우응. 일부러 생각하는 시늉.

그의 행동이 옛날하고 전혀 바뀌지 않아서, 고민하는 척하는 걸 얼버무리느라 고생했다.

"아마, 쓸쓸한 걸 거야."

"……."

"그리고, 그 애도 신경 쓰이고."

"…………."

"신경 쓰이지만, 자기가 이것저것 손을 써줄 좋은 방법이 생각나질 않아."

"……………….."

"그 동안에도 고블린은 뭔가 이것저것 꾸미고 있는 것 같고……."

"……………………."

"가만히 있으면 불안해서 못 견디겠지."

입을 다물고 있던 그가 손에 든 숟가락을 놓았다. 깊은 한숨을 쉬었다.

"……용케 아는군."

"그야, 몇 년이나 같이 살잖아요?"

소치기 소녀가 기어이 견디지 못하고 소리 내어 웃으면서 윙크를 한 번 했다.

투구 안쪽에서 똑바로 이쪽을 보는 그의 시선. 그것을 받아들이고자 소치기 소녀는 자세를 바로잡았다.

"너는, 아무렇지도 않은가?"

그저 한 마디 물어본다.

하지만 그 의미를, 거기에 어떤 마음이 담겼는지 아는 것은— 아마도 그녀뿐이다.

아니, 그녀조차도 올바르게 이해할 수 있는가 하면 자신이 없어진다.

그렇지만 삼촌은 그 작은 마을의 주민이 아니었다.

이제 남은 것은 그와— 그녀뿐이다.

"그야 아무렇지도 않은 건, 아니지만."

"……."

"연못에서 물놀이를 했던 거나, 그 밖에도, 이것저것, 있었으니까."

기억하고 있다.

벽돌로 쌓아 올린 작은 집에서 기다리는 부모님 목소리.

햇살에 데워진 돌담의 따끈따끈함.

마을을 지나는 흙길을 스치는 바람. 밭을 일구는 어른들의 괭이나 가래 소리.

연결 부분이 안 좋아서 삐걱삐걱 소리를 내는 장대로 퍼 올린 우물물의 차가움.

언덕 위에 서 있던 작은 나무. 옹이에 보물을 숨겨둘 때 설레던 가슴.

지평선 너머, 광야 끝으로 저물어가는 새빨간 저녁 해를 둘이서 보던 마음.

밤늦게까지 초원에서 뒹굴며 쌍둥이 달과 별을 봤을 때, 등을 따끔따끔 찌르던 풀의 감촉.

늦게 들어가서 아빠한테 쥐어 박힌 아픔. 약이 올라서 틀어박힌 다락방의 쓸쓸함.

꾸벅꾸벅할 즈음 아래쪽에서 풍겨온 엄마의 아침밥 냄새.

모두 기억하고 있었다.

그것은 이제, 어디에도 없는— 그와 그녀의 마음속에만 있는 세계였다.

"하지만, 어쩔 수 없구나 싶어."

그렇기에, 소치기 소녀는 그렇게 말하고 힘없이 웃었다.

"뭐든지 그래. 세상은 돌고 돌아서, 우리들은 살아있고, 바람은 불고, 해님은 떠오르고 저물어."

빙글, 빙글. 검지를 세워서 공중에 원을 그렸다.

그때부터 짧기도 하고, 길기도 한 시간이 지났다.

10년, 11년. 어린애는 어른이 된다. 경치도 바뀐다. 도시도, 사람도, 모든 것이.

만물은 유전하며, 변천하며, 멈출 줄을 모른다. 마음이나 추억마저도.

변함없는 것이 어디 있는가? 불변하는 사상이 있다면, 오직 그 섭리가 불변이었다.

—그야 변하는 것이 좋은 일인지 나쁜 일인지는, 모르겠지만.

"그러면, 변하는 것 자체는 받아들여야지."

"……그런가."

"그렇다니까."

응. 소치기 소녀가 고개를 끄덕였다.

"그런 거야, 분명히."

"그런가."

그리고, 그는 입을 다물었다.

이런저런 일이 있었다. 그렇다. 그는 생각했다.

1년. 생각해보면 그 신관 소녀를 구하기 위한 — 올바르게는 고블린을 죽이기 위한 — 모험에서부터.

엘프 궁수, 드워프 도사, 리자드맨 승려와 만난 일. 그 무슨 괴물과 싸운 일.

목장을 습격한 고블린의 군세와 싸운 일. 창잡이와 중장 전사의 조력과 승리.

물의 도시 지하수도에 솟은 고블린 놈들. 고블린 챔피언과의 대결. 검의 처녀.

가을 축제에서도, 그는 수많은 지기를 얻었다는 걸 알게 되었다.

그리고 겨울 눈 덮인 산에서, 고블린 팔라딘과 싸운 일.

과거의 자신과, 지금의 자신. 분명한 변화가 있었다.

안 그러면, 그 소녀를 챙겨주려고…… 생각하지 않았으리라.

인생의 기로는 언제나 있다.

그는 이제 어떤 길이든 고를 수 있다.

"……."

그러나.

그러나, 하지만.

―고블린의 독 단검에 찔려 죽지만 않았으면, 지금도 있겠지!!

"……아직, 무리로군."

그는, 고블린 슬레이어는 조용히 중얼거렸다.

"……응."

끄덕. 소치기 소녀가 어쩐지 쓸쓸하게 고개를 끄덕였다.

"……그렇구나."

"확증은 없지만, 또다시, 고블린 놈들이 움직이고 있다."

고블린 슬레이어는 말을 골라, 생각하면서 신중하게 말했다.

공구를 훔쳐간 고블린. 요즘 들어 훈련장 주위에서 소란을 피우기 시작한 고블린.

훈련장의 건설, 보기 드문 것이라 흥미를 품은 것뿐일까?

—있을 수 없는 일이다.

조짐은 있었다. 전조는 있었다.

그것은 강박관념이라고 생각할지도 모르지만 그의 안에서는 이어져 있는 것 같았다.

숙명에 따른 것인지, 우연에 따른 것인지는 분명치 않았다.

그러나, 그는 고블린과 싸워야 한다고 확신하고 있었다.

"그러니, 나는 해야만 한다고, 생각한다."

"응. 응……. 알고 있어."

시선이 마주쳤다.

소치기 소녀의 불안하게 떨리는 눈동자와. 철 투구 안에서 똑바로 바라보는 눈동자가.

그녀의 목이 떨렸다. 뭐라고 해야 할지, 어떻게 말해야 할지. 몇 번이고 입을 열었다가, 닫고서.

"……기다릴, 거야."

"그래."

그렇게, 고블린 슬레이어는 자리에서 일어섰다. 빈 그릇을 남기고.

문이 닫히는 소리가 울리고 다시 혼자가 된 식당.

촛대의 미덥지 못한 빛에서 고개를 돌리고, 소치기 소녀는 웅크리는 것처럼 머리를 감싸며 탁자 위에 엎드렸다.

카나리아의 희미한 울음소리는, 전혀 위로가 되지 않았다.

§

그리고 사흘 동안은 아무 일도 일어나지 않았다.

모험가들은 모험에, 훈련에, 혹은 우호를 다지고자 나날을 소비했다.

틀림없이 뜻 있는 시간이었다고 할 수 있었다.

돌아오지 않는 강의 흐름과 시간의 모래. 설령 신들이라도 이미 던진 주사위 눈은 되돌릴 수 없다.

따라서 고블린은 확실하게 나타난다. 숙명이든, 우연이든.

사흘 뒤— 해질녘이었다.

제6장 『각자의 싸움』

Goblin Slayer
He does not let anyone roll the dice.

"어이쿠야아, 기어이 끝났구만……."

그것을 맨 먼저 깨달은 것은 인부 한 사람이었다.

저물어가는 저녁 해를 멀리 곁눈질하면서, 어깨에 삽을 지고 커다랗게 한숨.

그는 보잘것없는 남자고, 상가의 봉공인이 될 생각도 없으며, 그렇다고 놀면서 살만한 돈도 없었다.

그 결과로 이렇게 삽을 손에 들고 땀 흘려 일하고 있는 것이지만 그것조차 불만스런 남자였다.

—젠장, 좋겠구만. 여자 모험가라는 건.

결코 세련됐다고 할 수는 없지만 움직이기 쉬운 모습으로 달리는 여자들.

혹은 마법사나 성직자가 입고 있는 펑퍼짐한 로브를 두른 아가씨들.

화장과 향수로 덕지덕지 꾸민 물장사 여자들하고는 전혀 다르다.

물론 진정 고급 창부쯤 되면 차원이 다르지만, 남자는 그런 것하고는 인연이 없었다.

그리고 그런 여자들과 침식을 함께 하는 모험가들.

마음 편하겠다고 생각한다. 좋을 대로 살고, 좋을 대로 죽을 수 있다. 부럽다고 생각한다.

"참 좋으시겠어. 괴물들 쳐죽이고 재보를 빼앗아서 떼부자란 말이지."

그렇게 간단하지 않다는 것 정도는 남자도 알고 있었다.

그러나 누구든지 「나는 다르다」, 「나는 성공한다」라고 생각하고 싶은 법이다.

그리고 당연히 사물의 「형편 좋은 면」만 보려고 하는 법이다.

모험가가 될까 하는 망상을 만지작거리던 남자가 딱 그랬다.

대성공까지는 못해도 된다. 용사 같은 것이 되지 못해도 상관없다.

그럭저럭 질 좋은 장비를 갖추고, 마을 하나 둘쯤 구해내서 마을 처녀에게 감사를 받고…….

아아, 노예가 된 귀족 영애를 사들여서 보살펴주는 것도 좋지.

동료로 미인 마법사를 데리고 다니며 서서히 동료를 늘려간다. 그것도 아름다운 여자들을.

그밖에 아무도 떠올리지 못하는 — 남자도 잘 모르는 — 허를 찔러서 성과를 낸다.

그리고 마지막에는 좋아하는 여자와 보금자리를 잡지만 트러블이 알아서 찾아와서 「자 모험이다!」 하는 거다.

"……헤헷."

그의 「그럭저럭 성공」은 현실적으로 결코 「그럭저럭」이 될 수 없지만, 알 바 아니다.

요컨대 자신에게 형편 좋은 망상을 즐기고 있을 뿐이었다.

그것은 누군가에게 손가락질 받으며 비웃음을 살 일은 아니다. 별 것 아닌 놀이였다.

일하고, 술을 마시고, 밥을 먹고, 여자와 친구들과 놀고, 불평을 흘리고, 때로는 몽상하고, 살아간다.

그거면 되는 거다.

"……엉?"

그러면서, 그는 **그것**을 발견했다.

훈련장— 이미 울타리도 대부분 지어서 완성이 가까운 곳 한 구석.

기억에 없는 흙더미가 있었다.

흙 또한 자원이니까, 파낸 토사는 지정된 장소에 쌓아두는 게 규칙이었다.

"정말이지. 누가 농땡이를 피웠구만?"

귀찮다는 마음을 이해는 할 수 있었다. 그도 몰래 적당히 쌓아둔 일이 있었다.

그러나 막상 그것을 발견한 것이 그였기에 처리해야 한다고 생각하면 짜증도 나는 법이다.

차라리 못 본 척 해버릴까 생각했지만, 하필이면 손에 삽이 있었다.

"……하는 수 없구만."

어디 보자. 좀 옮기기만 하면 된다. 내일 기분 상하기보다는 지금 해치우고 기분 좋게 자야지.

그렇게 생각한 그가 흙더미에 다가가자 그 너머에서 희미하게 움직이는 그림자가 보였다.

저녁의 어둠 속, 어린애만한 크기의— 그러나 추악한 생김새의 생물이 기는 것처럼 꿈틀거렸다.

—고블린?!

그때, 그가 목소리를 내지 않은 것은 칭찬해 마땅한 일이다.

이어서 그가 한 대응도 결코 비난 받을 일은 아니었다.

그는 양손의 삽을 움켜쥐더니, 살금살금 발소리를 죽이며 다가가 삽을 휘둘렀다.

"GROB?!"

토사에 갈고 닦인 삽날은, 전투 도끼 같은 위력으로 고블린의 두개골을 부수었다.

거무튀튀한 피와 뇌수를 튀기면서 무너지는 고블린의 시체를 남자는 있는 힘껏 짓밟았다.

"하핫! 어떠냐, 꼴 좋다……!"

삽을 스윽 뽑아내자 걸쭉한 피가 실처럼 늘어졌다. 남자는 얼굴을 찌푸렸다.

냉정하게 생각해보면 내일도 사용하는 도구였다. 씻어둬야 한다.

그러나 혐오감과 함께, 기대에 부응하여 어엿하게 고블린의 머리를 깨부순 것이 듬직하기도 했다.

"그런데, 이놈은 어디서…… 굴이라도 파서 들어왔나?"

삽을 휘둘러 피를 떨궈내면서, 남자는 싱글싱글 웃으며 구멍 속을 들여다보았다.

조잡한, 그러나 무너지지 않게 만든 구멍이었다. 고블린이 팠을 것이다.

구멍 속은 보이지 않는다. ―아니, 구멍이 어둡기만 해서 그런 게 아니다. 해가 거의 떨어졌기 때문이다.

"……."

남자는 몸을 부르르 떨었다. 등줄기에 정체를 알 수 없는 오한이 흘렀다.

"됐어, 됐어. 내가 조사할 건 없지. 여긴 모험가가 있잖아."

그들에게 맡겨버리자. 내 일이 아니다. 그렇지만 보고를 해야 한다.

그때였다.

"아……?!"

욱씬. 오른발에 날카로운 통증이 느껴졌다 싶더라니, 시야가 휘청 기울어져서 땅에 떨어졌다.

뭐지? 그 생각에 억지로 몸을 비틀어서 보니, 발목에서 스멀스멀 피가 번지고 있었다.

"GROB! GROORB!!"

그리고, 정체 모를 점액이 묻은 단검을 손에 든 고블린이 한 마리— 아니.

켈켈거리며 소리를 죽이고 웃는 고블린이 열, 스물. 야음 속에서 몸을 일으키며 나타났다.

"……. —. ——……."

인부는 도움을 청하려고 입을 열었지만, 혀가 꼬인 것처럼 떨려서 말이 안 나왔다.

찔린 다리에서부터 저릿저릿 마비되는 통증.

목이 아플 정도로 메말랐다. 입 속이 끈적거리고 피 맛이 났다. 숨을 쉴 수가 없다. 시야가 뒤집어진다.

고블린이 한 마리만 있는 게 아니라는 걸 그는 도저히 깨달을 수 없었다.

따라서 당연히, 그는 고블린이 독 단검을 쓴다는 것도 알지 못했다.

잠시 뒤에, 그는 죽었다.

그러나 당연하게도, 오늘밤 죽는 것은— 그가 처음도 아니고 마지막도 아니었다.

§

"오늘밤은 소리를 내지 않고 고블린을 죽이는 여덟 가지 방법을—."

고블린 슬레이어가 신참들을 향해서 그렇게 말했을 때 비명이 들렸다.

해가 질 무렵부터 밤에 걸친 시간, 모험가들이 다들 돌아가는 것은 아니다.

모험을 밤에 하지 않는다는 보장이 없다. 그렇지 않아도 유적이나 미궁, 동굴은 어두운 것이다.

쌍둥이 달과 별빛을 의지해서 야간 훈련을 하는 것은 결코 소용없는 짓이 아닐 것이다.

적어도 그렇게 생각한 모험가— 붉은 머리칼의 소년이나 레아 소녀, 그리고 신참 전사와 수습 성녀.

그밖에 십여 명은, 그렇게 다른 모험가들이 돌아간 다음에도 훈련장의 광장에 모여 있었다.

"뭐, 뭐야……?!"

"비명……이었지. 지금."

나이 어린 모험가들이 조심조심 얼굴을 마주보더니, 빠르게 속삭이는 가운데.

"……."

고블린 슬레이어만은 허리의 검에 손을 대고서 그것을 뽑았다.

그의 행동은 재빨랐다.

곤혹스런 소년소녀들을 무시하고 재빨리 시선을 주위로 돌리고서, 비명이 들린 곳이 어딘지 짐작했다.

비명은 한 번으로 끝이 아니었다. 약간 시간을 두고서, 두 번, 세 번.

"어, 어이, 무슨 일 있는 거 아냐……?!"

"소란 피우지 마라."

붉은 머리 소년이 당황한 기색으로 입을 열었지만, 고블린 슬레이어가 매정하게 대답했다.

"방벽에 붙어서, 주문술사를 둘러싸는 반원진을 짜라. 전위, 무기를 들어라."

"알았어."

신참 전사가 긴장한 표정으로 수습 성녀를 뒤에 감쌌다.

"……있지. 이거 연습 같은 거 아니지?"

"그렇다 해도."

고블린 슬레이어가 짧게 말했다.

"허술히 해서 좋을 것은 없다."

"우, 으으…… 싫다아! 나는, 무서운 건지 무섭지 않은 건지, 모르겠어!"

아하하 메마른 웃음소리를 내면서, 레아 소녀도 다시 작은 검과 방패를 들어 올려 내밀었다.

표정은 굳어 있고, 밤의 어둠 속에서도 확실하게 얼굴이 파란 것을 알 수 있었다.

공포, 긴장, 틀림없이 양쪽 다. 엘프 정도로 길지 않은 뾰족한 귀가 희미하게 떨리고 있었다.

“치……잇.”

혀를 찬 것은 붉은 머리칼의 소년이었다.

그는 지팡이를 들어올리더니 아직 사태를 소화하지 못한 다른 신참들을 돌아보았다.

“야, 들었잖아! 꾸물거리지 마! 진형 짠다!”

“어, 어어…….”

“알았어, 알았어……!”

선배가 아닌 동기의 말이었기 때문이리라.

아직도 사고가 따라잡지 못해서 사태를 소화하지 못한 자들이 드디어 움직이기 시작했다.

각자 무기를 손에 들고, 서투르고 꼴사납지만 벽에 붙어서 반원진을 짜기 시작했다.

“앗, 거기, 방패 잘 들어! 옆 사람이랑 뒷사람을 지켜야지!”

수습 성녀가 소리쳐서 익숙지 못한 녀석들에게 기합을 넣었다.

그러고 보니 신참 전사와 수습 성녀는 쥐 퇴치만 했다지만 실전 경험이 있었다.

레아 소녀와 붉은 머리 소년도 마찬가지. 초심자에서 착실하게 한 발 내디딘 증거일 것이다.

그 한 걸음이 두 걸음, 세 걸음으로 이어진다면—.

"……."

그 모습을 보고, 고블린 슬레이어는 누구도 눈치 채지 못할 만큼 낮게 신음했다.

신참들을 두고서 사태를 확인하러 갈 것인가? 아니면 그들을 계속 지킬 것인가?

망설인 끝에…… 그들을 방치하고 싶지 않다고, 그렇게 생각해버린 것이다.

—바보 같은 생각이다.

스스로도 신기했다.

이 상황에서 정보 수집을 게을리 하면 전멸을 기다리는 것과 마찬가지인데.

애당초 생각하는 일 자체가 시간 낭비다. 생각할 것도 없는 일이니까.

"잠깐 대기해라."

결론을 내린 고블린 슬레이어는, 일동을 둘러보고 망설임 없이 말했다.

"15분 지나도 돌아오지 않으면 독자적으로 움직여라."

"독자적이라니……."

"내가 죽었거나, 그게 아니더라도 다쳤다는 거다."

고블린 슬레이어는 담담하게 말했다. 신참들의 술렁거림은 구태여 무시했다.

"도시로 돌아가는 게 가장 좋지만, 어렵다면 아침까지 버텨라."

그리고 달려갔다. 돌아보지 않고 똑바로.

비명은 더욱 수가 늘어 있었다. 함성, 노호. 무구가 부딪히는 소리. 검격음.

소리는 어느 샌가 사방팔방으로 퍼져서, 마치 짓누르는 것처럼 그를 포위했다.

봄의 밤, 아직 얼음 정령의 숨결이 남아 있는 차가운 어둠 속에서 사태를 판별할 수는 없었다.

건설 도중인 가옥에서 뻗은 그림자가 기분 나쁘게 커다랗다. 고블린 슬레이어는 숨을 뱉었다.

—아니군.

"……하나."

고블린 슬레이어는 달리면서, 거침없이 오른손의 검을 던졌다.

건설 중인 시설, 옆에 쌓여 있는 건축 자재의 그림자. 날아간 칼날이 키약하는 단말마를 불렀다.

달려간 고블린 슬레이어는 목이 꿰뚫려 질식한 고블린의 배를 짓밟고 검을 뽑았다.

쓰러진 고블린의 손에서 검붉게 물든 삽이 떨어져 철커덕 소리를 냈다.

"역시, 고블린이군."

그 짧은 말에 어느 정도 의미가 담겨 있는 것일까?

어둠 속에 숨은 고블린, 수는 나머지 둘. 어둠 속이 보이지 않아도 타오르는 눈동자는 보인다.

그리고 발에 느껴지는 끈적한 땅의 감촉— 휘몰아치는 녹슨 철의 냄새.

웅크린 것처럼 쓰러진 신참 모험가였다.

직업은 알 수 없다. 나이도. 종족도.

그 모험가에게는 얼굴이 없었다.

머리 꼭대기부터 안면까지, 날카로운 것으로 가차 없이 깨버린 것이다.

그러나 살짝 부푼 가슴과, 움찔거리며 경련하는 팔다리의 선을 보니 여성인 걸 알 수 있었다.

"GOROROB!!"

"GROOOORORB!!"

소리를 지르면서 덤벼드는 고블린에게, 고블린 슬레이어는 말없이 검을 때려 박았다.

금속과 금속이 부딪히는 맑은 소리. 고블린의 손에는 곡괭이가 있었다. 약탈품이리라.

고블린 슬레이어는 주저 없이 파고들어서 한 손으로 곡괭이를 짓누르고자 했지만.

"GROB!!"

또 한 마리. 역시 곡괭이를 쥔 고블린이 날카로운 날 끝을 가차 없이 휘둘렀다.

"……윽."

강철의 부리가 들어올린 고블린 슬레이어의 방패를 꿰뚫었다. 애당초 피크는 갑옷에 강하다.

그러나 이러면 된다.

고블린 슬레이어는 왼팔을 억지로 비틀어 방패에 파고든 곡괭이를 고블린의 손에서 가로챘다.

동시에 가차 없이 다리를 들어 오른쪽 고블린의 사타구니를 차올렸다.

"GROOOROROROBB?!?!"

"둘."

발끝으로 무언가를 뭉개는 감촉이 느껴졌지만 탁한 비명과 마찬가지로 알 바 아니다.

몸부림치는 고블린의 머리를 기계적으로 짓밟으면서 고블린 슬레이어의 검이 울부짖었다.

왼쪽, 지금 막 무기를 잃고서 도망치려던 고블린의 등에 주저 없이 투척.

"GOROORB?!"

"그리고."

설령 즉사하지 않아도 철 덩어리가 척수를 부수면 움직이지 못한다.

고블린 슬레이어는 발아래서 버둥버둥 움직이는 고블린의 뒤통수를 가차 없이 짓밟아 뭉갰다.

썩어 떨어진 나무 열매를 밟은 것 같은 기분 나쁜 감촉. 피와 뇌수를 떨쳐내고서 앞으로.

움찔움찔 경련하는 고블린의 연수를 칼날로 꿰뚫어 파헤치고, 완전히 숨통을 끊었다.

"셋, 이다."

그리고 방패에 박혀 있는 곡괭이를 억지로 뽑아냈다.

날에 새로운 흙. 어디선가부터 땅굴을 파서 이 훈련장을 공격했으리라.

그렇게까지 해서 이 장소를 습격하고 싶었으리라. 이 장소에 있는 자를 죽이고 싶었으리라.

고블린.

고블린.

고블린.

마음에 안 들었다.

모조리 다 마음에 안 들었다.

천지가 빙글 돌았다.

시체가 넷. 고블린이 셋. 모험가가 하나.

10년 전의 밤 같았다.

이미 벗어날 수 없다. 다 아는 일이 아니었던가?

그는 고블린 슬레이어니까.

"……누가, 거기에 있는 건가요……!"

그때였다.

날카롭게 묻는 목소리와 함께 새로운 그림자— 모험가가 그림자 속으로 달려왔다.

뭐, 무리도 아니다.

어둠 속, 피 냄새를 풍기며 무기를 손에 든 자가 서 있으면 누구나 그럴 것이다.

그러나, 그 석장을 쥔 모험가는 상대의 정체를 알고서 눈을 깜빡이며 웃었다.

"고블린 슬레이어 씨!"

"무사한가?"

"네."

여신관은 양손으로 석장을 단단히 쥐고서 기쁜 기색으로 끄덕끄덕 머리를 위아래로 움직였다.

"오늘도 치료를 했어요. 기적을 다 쓴 다음에 방에서 쉬고 있었는데요……."

그녀의 시선이, 땅에 쓰러진 고블린……. 그리고 모험가의 시체로 향했다. 예쁜 눈썹을 찌푸렸다.

여신관의 하얀 법의가 피에 물드는 것도 서슴지 않고서 무릎을 짚더니, 반사로 경련하고 있는 죽은 자의 손을 쥐었다.

"고블린, 인가요."

"그래."

고블린 슬레이어는 그쪽을 보지도 않고 검의 피를 떨쳐냈다.

"기적은 남아 있나?"

"……쉬었으니까요. 세 번, 확실하게 탄원할 수 있어요."

"다른……."

고블린 슬레이어는 아주 약간 말을 망설였다.

"……동료는, 와 있나?"

"아마도……."

"좋다."

그제서야 비로소, 고블린 슬레이어는 여신관을 돌아보았다.

여신관이 고블린 슬레이어를 올려다보았다.

희미하게 내리쬐는 달빛이 그녀의 파란 눈동자를 비추었다.

투명하고, 유리알 같다. 고블린 슬레이어는 문득 생각했다.
"갈 수 있나?"
"……갈게요."
그녀는 입술을 꾹 깨물고서 떨리는 목소리로 말했다. 눈꼬리는 닦지 않는다. 울지 않았으니까.
"가요……!"
"그래."
고블린 슬레이어가 수긍했다.
"고블린 놈들은, 몰살시킨다."

§

잠시 지나 두 사람이 도착한 것은 완성되면 훈련장의 사무소가 되는 건물이었다.
중추긴 했지만, 아직 미완성이라서 오히려 폐허라고 말하는 게 어울린다.
지붕도 벽도 빠져 있는 부분이 많아서, 무기를 손에 들고 모여든 모험가들의 모습이 보였다.
궁지를 헤치고 여기까지 온 모험가는 다행히 그리 적지 않았다.
"아, 어어, 고블린 슬레이어잖아! 그쪽은 무사하냐!"
맨 먼저 소리를 지른 것은 문 앞에서 주위를 경계하던 창잡이였다.
선두에 서서 싸울 법한 그가 남아 있는 것이 다소 뜻밖이었다.
"그래."

고블린 슬레이어는 천천히 고개를 끄덕였다. 그가 질문한 의도를 착각하지 않고 받아냈다.

“내가 맡은 녀석들은 무사하다.”

“그렇군. 다른 쪽은 태반이 저녁 시간이라고 돌아가 버렸거든.”

“어두워……지기, 전……에?”

그리고 또 한 사람.

창잡이 옆, 그림자처럼 붙어 있는 육감적인 몸매의 마녀가 공중에 희미한 빛 덩어리를 띄워놓고 있었다.

《윌 오 위스프(도깨비불)》……. 아니, 정령이 아니다. 《라이트(광명)》의 주문인가.

아무리 마술을 이용한 불꽃이라도 이런 곳에서 불을 다루고 싶은 자는 없으리라.

봄의 밤은 바람이 강하다. 화재라도 일어나면 **난리**가 난다.

“두 분 다 무사하셨군요…….”

아는 사람을 만나 긴장이 풀렸는지 여신관이 안도의 숨을 내쉬었다.

이제 와서 떨리는 무릎을 질타하고, 석장을 양손에 쥐면서 열심히 버텼다.

“우리도 있어!”

그 등을 격려하듯이 낭랑하고 시원스런 목소리가 들렸다.

곧장, 여신관의 표정이 꽃피는 것처럼 확 밝은 웃음으로 바뀌었다.

“여러분!”

“야아, 이거 두 손 들었다네. 상재전장(常在戰場)이라 하나, 이리 될 줄은 생각 못했군.”

“덕분에 저녁밥도 제대로 못 먹었느니라.”

평소와 다름없는 리자드맨 승려에 태평하게 배를 쓰다듬는 드워프 도사.

무심코 달려간 여신관을 엘프 궁수가 꼭 끌어안아 주었다.

"그쪽은 괜찮아? 안 다쳤어? 고블린한테 이상한 거 안 당했어?"

"괜찮아요. 괜찮아요. 다행이에요. 여러분이 무사해서……!"

—그때처럼, 되지 않아서 다행이야.

동료들에게 둘러싸인 여신관의 눈꼬리에 무심코 눈물이 맺혔다. 그것을 누가 탓하리오?

두 번, 세 번, 동료를 잃는 것을 견뎌낼 이는 없으리라.

"……."

고블린 슬레이어는 그 광경을 몇 초 바라보고, 천천히 철 투구를 돌렸다.

어쨌든 언제나 생각을 해야 한다. 무엇을 해야 하는지. 뭘 할 수 있는지.

이 건물은 미완성이라 무르다. 그리 오래 농성을 할 수는 없을 것이다.

그렇다면 전력이 필요했다. 구석에서 떨고 있는 신참들이 아니다. 그렇다면—.

"어이. 그쪽도 무사했냐? 고블린 슬레이어."

한 손을 훌쩍 든 거한의 전사가 시선에 들어왔다.

중장 전사는 아무래도 한 바탕 싸운 다음인지 희미하게 피 냄새를 풍기고 있었다.

물론, 살해당한 것은 고블린일 것이다. 말할 것도 없는 일이다.

고블린 슬레이어는 주위를 슬쩍 보고서 다른 지인이 보이지 않는 걸 확인했다.

"오늘은 혼자인가?"

"그 녀석도 여자거든. 움직이지 못하는 날이 있는 법이야. 우리 꼬맹이들이 숙소에서 보살피고 있지."

중장 전사는 뭐라 말하기 어려운 심오한 표정으로 말하더니, 갑주와 무구를 흔들며 어깨를 으쓱거렸다.

"리더로서, 동료의 몸 관리도 중요한 일이니까."

그것이 요행이었다— 라고 해도 될 것이다.

동료의 몸 관리를 이유로 휴가를 준 결과, 그의 파티는 말려들지 않고 넘어갔으니까.

"그런데 말이다."

중장 전사는 사나운 상어 같은 웃음을 지었다.

"변경 제일인 녀석들이 셋이나 모여 있으니, 재미있는 일을 할 수 있겠는데."

물론— 상황에 여유가 있는가 하면, 없다.

이 자리에 도착하지 못하고 쓰러진 모험가들의 단말마는 계속 울린다.

고블린 놈들의 함성이 울릴 때마다, 도착한 신입 모험가가 겁먹은 표정을 보였다.

모험가들은 대부분이 「습격하는 쪽」이지 「당하는 쪽」이 아니다.

물론 기습을 받는 경우가 있고, 호위 의뢰를 받는 경우도 있다.

그러나 역시, 마음 속 깊은 곳 어디선가. 그런 의식이 강하다는 것을 부정할 수 없다.

자신이 공격 받는 쪽이 될 거라고는 생각지도 못한다.

그 인식을 고친다는 의미에서 여신관은 불운했지만 동시에 행운이기도 했다.

어쨌거나 탈출— 아니, 고블린을 퇴치하지 않으면 내일은 없다.

그 인식은 모두 같았는지 창잡이가 바깥을 살펴보고 얼굴을 찌푸렸다.

"이대로 밀려들어오면 재미없겠다. 농성하다가 쓰러져 죽는 건 사양이야."

"어쨌, 든지……. 한 번, 전부, 합류……하는 편이, 좋겠, 네."

"그래."

고블린 슬레이어가 고개를 끄덕였다.

"내가 맡은 녀석들이 광장에서 대기하고 있다."

"그럼 전령이지."

중장 전사가 재빨리 말했다.

"상황은 파악했다. 고블린이다. 이쪽으로 와라. 다른 생존자에게도 알려서 모아야겠다."

"내가 갈게!"

엘프 궁수가 망설임 없이 손을 들었다.

"이중에서 제일 발이 빠르잖아!"

"좋아, 부탁하지."

"맡겨둬!"

질풍처럼 사삭 어둠 속을 달려가는 엘프 궁수.

그 등을 배웅한 중장 전사가 일동을 둘러보았다.

고블린 슬레이어와 그 파티가 5명. 창잡이와 마녀. 그리고 중장 전사.

신참들 중에 쓸만한 녀석이 몇 명 있는가에 따라 다르지만…… 전력은 10명쯤 된다.

겁먹어서 움츠리고 있는 녀석은 논외다. 중장 전사는 간단히 그렇게 판단하고 내쳤다.

"그래서, 고블린 슬레이어. 적은 고블린이라 치고 대장은 뭐겠냐?"

"아마도, 고블린이겠지."

고블린 슬레이어의 대답은 망설임이 없었다.

"상위종이겠지만, 또 다시 로드가 태어났다고 생각하긴 어렵다. 약삭빠른 걸 보면 샤먼이겠지……."

"근거는?"

"고블린이 아닌 자가 지휘를 하면, 고블린은 잡병 취급이다. 주력이 못 된다."

사실이었다.

굳이 고블린에게 땅굴을 파도록 시켜서 훈련장을 습격하는 것은 고블린이 아니면 생각할 리 없는 짓이다.

"잔챙이도 해치우지만, 본진을 쳐야 하겠지."

중장 전사가 고개를 끄덕이며 결론을 내렸다.

"적의 본진이 어디 있을지……."

"소승이 보기에 놈들의 구멍이 한 군데 같지는 않다네."

리자드맨 승려가 곧장 턱을 열어 끼어들었다. 그는 바닥을 꼬리로 때리고 비늘로 덮인 손가락을 세웠다.

"사방에 있을 걸세. 거기서부터 거꾸로 뿌리까지 거슬러 오르는 편이 빠르지 않겠는가?"

"그런데."

창잡이가 바깥을 경계하며 말했다.

"뿌리가 어느 굴인지 알 수 있어?"

"알고말고. 애당초, 아마도 안에서 이어져 있을 게다."

지하에 관해서 드워프를 이길 자는 없다.

드워프 도사가 허리띠에서 뽑은 술을 벌컥, 벌컥 들이켜고 「꺼억」 술 냄새 나는 숨을 뱉었다.

"땅굴을 하나 쭉 뻗어서, 습격하기 전에 분기했을 게야. 수고가 덜 들지 않느냐?"

"그럼 결정됐다. 가장 가까운 구멍으로 들어가자. 고블린 슬레이어, 그러면 되지?"

"상관없다."

"그러면, 문제, 는, 저 애들, 이네."

마녀가 의미심장한 태도로 신참들을 흘겨보았다.

"그 밖에도, 있, 잖아? 병아리, 어떡할 거……야?"

"남겨두거나, 데리고 가거나, 도망 보내거나—."

그러나. 창잡이가 싱글싱글 웃으면서 중장 전사의 어깨를 두드렸다.

"동굴 안에서 **대검**은 못 쓰겠지?"

"지껄여라."

과거의 실수를 들먹이자 중장 전사가 사납게 얼굴을 찌푸렸다.

"뭐, 나는 아래보다 위에 맞지. 꼬맹이들은 맡겨라. 구멍을 부탁하지."

"그래."

창잡이가 대답했다.

"문제없다."

고블린 슬레이어도 응답했다.

베테랑들은 순식간에 계획을 세웠다.

신입에서 한 걸음 정도는 내디뎠지만, 여신관은 도저히 참견할 수 없었다.

이 자리에 없는 엘프 궁수처럼 「하지 않는」 것이 아니라, 「못 하는」 것이다.

오히려 그 엘프는 외부에서 찬물을 끼얹는 걸 자기 역할로 삼는 구석이 있었다.

갖가지 시점과 의견이 있어야 의논이 성립한다. 반론이나 대안은 다른 것을 부정하는 것이 아니다.

그리고 지금 여신관에게는, 시점— 경험에 기반을 두는 것이 압도적으로 부족했다.

하릴없이 서 있을 수만도 없어서 그녀는 흘끔거리며 바깥 상황을 경계했다.

—그렇지만.

뭘까? 이 뭐라 말할 수 없는 불안은.

그것은 어쩌면, 어떤 종류의 계시였을지도 모른다.

첫 모험에서 동굴에 도전했을 때 그녀 안에서 솟아오른 경종.

작은 가슴 속에 휘몰아치는 정체를 알 수 없는 초조함— 무언가를 해야 한다는 마음.

이대로는 안 된다. 뭔가 해야 한다.

—하지만, 무엇을?

"아."

문득 그 가능성을 떠올렸을 때 여신관의 입에서 무심코 소리가 새어 나왔다.

곧장, 다른 모험가들의 시선이 모이자 그녀는 희미하게 볼을 붉혔다.

"왜 그러나."

가장 먼저 말을 걸어준 것은 고블린 슬레이어였다.

"고블린인가?"

"……저, 저기!"

목소리가 갈라진다. 더욱이 주목이 모인다. 그것만으로 여신관은 도망치고 싶었다.

"다른 신입 모험가들은, 벌써 돌아간 거죠?"

"그래."

창잡이가 고개를 끄덕였다.

"야간전의 연습이다 뭐다 했던 녀석들 말고는 저녁에 철수해버렸지."

"지금…… 어디쯤일까요?"

"뭘 말하고 싶은 거지?"

중장 전사가 찌릿 노려보는 시선을 보냈다.

그것은 딱히 여신관을 위협하는 것은 아니었을 것이다.

그러나, 상황이 이렇다.

어떤 생각이나 정보도 놓치지 않고자 하는 진지함이 위압이 되어 나타났다.

"저기, 그게…….."

여신관이 당황했다.

과연 자신의 의견은 말하기에 합당한 것일까?

단순히 엉뚱한 착각은 아닐까?

애당초 나 따위가—.

"말해봐라."

고블린 슬레이어의 낮고 담담한, 무뚝뚝한 목소리.

무엇 하나 평소와 다름없는 그 목소리에, 여신관이 꿀꺽 침을 삼켰다.

손이 떨리는 것을 감추고자 석장을 양손으로 꾹 쥐었다.

숨을 들이쉬고, 내쉬고.

"……아마 고블린이 노리는 건, 돌아가고 있는…… 신입들도 포함된다고, 생각해요."

"뭐라고……?!"

무심코 목소리가 거칠어진 중장 전사. 장비가 철커덕 울리는 소리에 여신관이 한순간 몸을 움츠렸다.

그렇지만 말을 멈추지 않는다. 멈춰선 안 된다.

"왜냐면, 이상하잖아요. 고블린이 겁 많고 약삭빠른 생물이라는 거, 저는 알고 있어요."

—배웠으니까요.

고블린의 입장에서 생각하는 것. 고블린의 생태. 고블린의 무서움.

"만약 제가 고블린이라면, 강한 모험가가 잔뜩 있는 곳을 공격하고 싶지 않아요."

그리고, 대군은 미끼로 써야 하는 법이다—.

그것은 언젠가, 고블린 로드와 대결할 때 그가 한 말이었다.

그녀는 아직 미숙하다. 경험은 부족하다. 그렇지만 전혀 없는 것은 아니었다.

그녀 자신이 깨닫지 못했을 뿐이다.

"……진짜 노림수가 따로 있었군."

고블린 슬레이어가 낮게 으르렁댔다.

"놓치고 있었다."

"그래서, 제안……인데요."

한 번 말을 입 밖에 내면 그 뒤로는 편하다.

생각하고 생각해서, 사고를 목소리로 정리하기 때문에 술술 나오지는 않는다.

그렇지만 말을 하는 것 자체는 흔들림 없고 망설임이 없었다.

"그러니까, 제가, 그게. 갈게요."

지금 모두의 주목을 한 몸에 모으면서 여신관이 열심히 자신의 주장을 말했다.

"친구 모험가가, 저기, 전사가 두 사람에, 성직자에, 마술사가 있어서……."

손가락을 꼽아 세었다. 신참 전사에, 레아 소녀. 수습 성녀에, 붉은 머리칼의 소년.

“거기에 제(성직자)가 더해지면, 그걸로 꽤 변하니까요.”

도우러 가겠어요. 가고 싶어요.

은 등급 모험가들은 그 올곧은 말에 서로 마주 보았다.

“……시간, 별로, 없을……거, 야.”

바깥 상황을 살핀 마녀가 키득, 고혹적으로 웃고 재촉하듯 말했다.

그것을 듣고, 창잡이가 재빨리 두 손 들었다.

“나는 이 아가씨 실력을 몰라. 노코멘트다.”

“……그렇군.”

이어서 중장 전사가 가늠하는 것처럼 눈을 가늘게 뜨고 여신관의 가녀린 몸을 노려보았다.

“분산하면 각개격파당할 가능성도 있다. 기량은 충분한가?”

“소승은 괜찮다고 생각하네.”

사려 깊게 고개를 끄덕인 리자드맨 승려가 눈알을 빙글 돌렸다. 여신관에게 한쪽 눈을 감았다.

“적 본진을 쳐야 하며, 그렇다 하여 신병을 버릴 수도 없음이니. 묘수가 아니겠는가?”

“승급 시험에는 딱 좋겠구나.”

큭큭큭. 드워프 도사가 웃으며 기다란 수염을 쓰다듬었다.

“어떤고? 카미키리마루. 병아리를 둥지에서 내보내 보겠느냐?”

―고블린 슬레이어 씨.

여신관은 어쩐지 매달리는 마음으로 지저분한 장비의 남자를 보았다.

생각해보면 첫 모험 이후로 이 사람과 떨어져서 모험을 하는 것은 거의 처음이었다.

할 수 있을까? 과연 내가.

나 혼자는 결코 아니지만, 그래도 자신의 힘으로.

고블린과 싸울 수 있을까?

다들 할 수 있다고 해주었다. 이 자리에 없는 엘프 궁수도 분명 그럴 것이다.

그것은 대단히 기쁜 일이고, 결코 그 이상의 사치를 바라면 안 된다.

그렇지만.

—이 사람이 안 된다고 한다면.

그때는 깔끔하게 입을 다물자. 그러는 것이 누구에게든, 분명히 가장 좋을 테니까.

그러나, 그의 말은 달랐다.

"할 수 있겠나?"

단 한 마디의 질문.

그의 물음은 짧고, 단순했다. 언제나 그렇다.

—그렇지만.

그렇기에, 거기에 담긴 마음에는 응답하고 싶었다. 응답해야만 한다.

"하……."

여신관은 중간에 끊어진 말을 삼키고, 입술을 깨물고는 외치듯이 대답했다.

"……겠, 어요."

고블린 슬레이어는 가만히 그녀를 바라보았다.

철 투구 안쪽. 숨겨진 눈동자의 색. 표정을 살피는 건 어렵지만.

"그렇군."

그는 천천히 고개를 끄덕이고 결단을 내려주었다.

"그럼, 결정됐다."

§

"으랏차!!"

"GROBR?!"

좁은 동굴 안에서 내지른 미스릴의 창날이 고블린의 목을 꿰뚫었다.

창잡이가 손으로 당기고 뻗는 장대 모양 무기는 드높이 마력의 포효를 올리며 죽음의 꽃을 피워나갔다.

한 번에 하나가 죽는다. 네 번에 넷이 죽는다.

고블린이 든 잡다한 나무판자 같은 방패 따위 상대도 안 된다.

좁은 곳에서 창을 쓸 수 없다는 것은 초보자 생각이다. 창이란 것은 대저 만능 무기 중 하나랄 수 있었다.

쓸고, 때리고, 후리고, 찌른다. 찌르고 찌르고 당기고 찌른다.

펼쳐지는 공격점의 집합은 이미 면을 제압할 기세였다.

강화된 창이 선풍처럼 불어 닥치고, 고블린의 뇌수와 피가 흙벽에 선명하게 튀었다.

완만한 내리막이 되어 있는 동굴의 바닥도 숙달된 전사는 전혀 개의치 않았다.

"뒤로는 못 간다!"

"안쪽에 여섯— 아니, 셋!"

호탕하게 외치는 창잡이에게 고블린 놈들이 위압된 순간, 창잡이 바로 옆을 지나치며 화살이 날아갔다.

엘프 궁수가 쉴 틈 없이 쏘아낸 마법 같은 3연속 사격이, 땅굴 안쪽에 숨어 있는 세 마리의 눈구멍을 꿰뚫었다.

"GORRB?!"

"GROB! GROORB!!"

나머지 여섯이 아니라 셋. 단순한 뺄셈이다. 맞는다는 확신이 없으면 사격 따위 할 수 없는 법이다.

"하나……!"

그리고 고블린 슬레이어가 덤벼들었다.

달려 나간 그의 손에서 이미 검이 날아가 고블린 한 마리의 목에 박혀 있었다.

"GRRRO?!"

익사하듯이 발버둥 치며 쓰러지는 고블린을 무시하고, 눈에 화살이 박힌 고블린의 시체에서 단검을 빌린다.

동료 넷이 순식간에 쓰러져 혼란에 빠진 고블린의 목젖을 한 번 휘둘러 찢는다.

피이이 피리 같은 소리를 내면서 피를 뿜어내는 고블린을 방패로 때려 넘어뜨리고 단검을 투척.

아무래도 억지로 던진 탓인지, 조준이 빗나간 단검이 고블린의 어깨에 꽂혔다.

"GORB!!"

"셋, 이다."

고블린 슬레이어는 당황하지 않고 침착하게, 피바다에 빠져 있는 고블린에게서 손도끼를 빼앗았다.

그리고 그것을 마지막 고블린의 두개골에 묻어버리자, 그 조우전이 끝났다.

열 마리 고블린을 죽이는데, 숙련된 모험가 파티라면 한 차례(턴)면 충분하다.

"너 말이다……."

숨결 하나 흐트러지지 않고 창을 진 창잡이가 질린 기색으로 고블린 슬레이어를 보았다.

"그렇게 훽훽 무기를 던져 버리지 좀 마라. 아깝잖아."

"소모품이니까."

"돌아오는 마법의 투척 단검 정도는 찾아보면 팔잖아."

"그건 고블린도 쓸 수 있다."

고블린 슬레이어가 말했다.

"빼앗기면 어쩔 거냐."

넌더리를 내는 표정의 창잡이, 고블린에게서 무기를 빼앗는 고블린 슬레이어에게 엘프 궁수가 소리쳤다.

"잠깐, 시간 없으니까 화살 회수 도와줘!"

세 사람은 태평한 분위기였지만 동작은 흐트러짐이 없었다.

주변을 방심하지 않고 경계하면서, 자신의 무구를 점검하고 다음을 대비한다.

고블린 슬레이어는 낮게 신음했다.

고블린 놈들이 장비를 험하게 썼는지 제대로 쓸만한 무기가 없었다.

"이거 참."

그 광경을 보면서, 리자드맨 승려가 묵직하게 고개를 끄덕였다.

"전위가 두 사람 있으니, 참 안정적이로군."

"너도 늘상 앞으로 나섰으니 말이다."

"그러, 네."

마녀가 찬찬히 곱씹어보는 기색으로 말했다.

"서로, 전사…… 한 사람, 이니, 까?"

훈련장의 신참은 중장 전사에게 맡기고, 한쪽 구석에 뚫린 구멍으로 지하에 들어온 모험가들.

평소의 파티인 다섯 명과 두 명의 두 팀이 아닌, 이번에는 여섯이 한 팀이었다.

따라서 평소와 대열도 바뀐다.

전위를 고블린 슬레이어와 창잡이, 그리고 엘프 궁수가 담당한다. 주문술사는 후위다.

엘프 궁수의 화살과 리자드맨 승려의 술법, 어느 쪽이 귀중한가? 대답은 명백했다.

"뽑아왔다."

"아아, 정말. 촉이 나가 버렸어."

고블린 슬레이어에게 받은 화살을 보고 한 번 혀를 찼다.

엘프 궁수는 역정을 내며 나무 눈 화살촉 화살을 화살통에 던져 넣었다. 어쩔 수 없는 일이다.

“오르크볼그는? 무슨 좋은 무기 있었어?”

“고를 여유가 없군.”

“그리고, 왜 나를 빼놓고 그 애를 보내기로 정한 거야?”

“불만인가?”

“그건 아니지만.”

하이 엘프는 시선을 돌렸다.

“걱정 안 돼?”

“걱정해서, 잘 해낼 수 있다면.”

정말이지……. 그때, 한숨을 쉰 엘프 궁수의 기다란 귀가 쫑긋, 흔들리며 움직였다.

“온다.”

“방향과 수는?”

고블린 슬레이어는 재빨리 물어보며 허리의 가방에서 가죽 주머니 하나를 꺼냈다.

좌르륵 경화가 몇 닢이나 들어있는 그의 지갑이다. 꽃무늬 자수가 되어 있는, 상당히 오래된 물건이었다.

고블린 슬레이어는 그 지갑의 입구를 단단히 묶어서 휘둘러 봤다. 휘릭 날카로운 소리가 났다.

“모르겠어…… 너무 울려서……!”

“망설일 여유 없어!”

창잡이가 창의 피를 떨궈내고 창끝의 지방을 닦아낸 뒤 소리쳤다.

“어쨌거나, 위로 올려 보낼 수는 없으니까!”

과연 숙련된 모험가. 이렇게 되면 대응이 빠르다.

"하는 수가 없구먼. ……해보자."

드워프 도사는 투덜거리면서도 촉매가 든 가방에 손을 뻗어 술법에 대비했다.

마녀가 천천히 지팡이를 겨누더니 주문을 위해서 기운을 고조시키고, 리자드맨 승려가 합장을 했다.

"정말이지, 고블린 퇴치란 것은 성가신 일과 귀찮은 일이 한꺼번에 내리는 법이로군."

"정말 그렇, 지?"

키득 한 번 웃음을 흘리고 마녀의 요염한 입술이 진정으로 힘 있는 말을 속삭였다.

"《사지타(화살)…… 사이누스(만곡)…… 오페로(부여)》."

마술사의 주문은 하나로 이어지며 세계의 섭리를 개변하는 말이다.

파티 전체를 보이지 않는 흐름이 지키는 것과 동시에 엘프 궁수와 창잡이가 외쳤다.

"온다, 온다…… 양쪽 벽!"

"물러나!"

토사가 양 옆에서 모험가들을 덮치는 것과 그들이 뛰어서 피하는 것은 거의 동시였다.

"GROB!! GROOROOBB!!"

"GROOBRR!"

구름 같다는 말은 이런 걸 말하는 것이리라.

보통은 모험가라고 해도 평생 보는 고블린의 수는 열이나 스물 정도.

그것을 훨씬 넘어서는 고블린 놈들이 단숨에 그들을 짓뭉개려고 달려들었다.

짐승 같은 고블린 놈들의 소리. 그 의미는 명백했다.

죽여라. 빼앗아라. 보복해라. 동료의 원수다. 모험가 놈들은 죽어야 한다.

남자는 갈기갈기 찢어서 무참하게 죽이고 여자들은 그 존엄을 유린하고서 무참하게 죽여라.

저 여자는 지팡이를 빼앗고 다리에 묶어 임신 주머니로 죽을 때까지 써줄 수도 있다.

엘프의 고기는 부드럽고 맛있고 오래 간다. 팔 다리 끝부터 조금씩 잘라내 먹어주마.

울부짖든 용서를 구하든 알 바 아니다.

놈들이 우리들에게 한 것과 마찬가지로 놈들을 죽여라!

"《마시라, 노래하라, 술의 정령(스피릿). 노래하고 춤추고 잠에 빠져, 술 마시는 꿈을 보여주거라》."

아마도 몇 마리 고블린은 그 몽상에 붙잡힌 채 생애를 끝냈음이 틀림없다.

드워프 도사가 입에 머금은 술을 안개로 바꾸어 《드렁크(만취)》를 일으킨 것이다.

풀썩풀썩 쓰러진 선두 집단에 발이 걸려서 고블린 놈들이 도미노처럼 무너졌다.

억지로 앞으로 나아가려는 후방 집단에 몇 마리 고블린이 깔려 죽었다.

비명, 절규, 아비규환.

"바보 놈들."

고블린 슬레이어는 주저하지 않고 가죽 지갑을 휘둘러 가까운 고블린에게 덤벼들었다.

가죽 주머니에 들어 있는 경화가 원심력으로 가속하여 고블린의 두개골 정도는 쉽사리 분쇄했다.

한촌의 사람들이 필사적으로 벌어들인 돈으로 고블린을 때려죽이는 것은 더할 나위 없는 인과응보라 하겠다.

"GRB?!"

"GRORB?!"

눈구멍부터 안구까지 뼈가 부서져서 뇌를 찌르고, 이어서 옆통수에서 뇌를 때려 부순다.

한 마리 두 마리 처리하면 문제없었다.

고블린 슬레이어는 즉시 한 마리를 걷어차고 허리의 칼집에서 검을 집었다.

"……읍!"

그 틈을 찔러서 독 단검을 휘두르며 덤벼드는 한 마리를 방패로 받아내고 튕겨냈다.

이어서 날아온 화살은 보이지 않는 역장이 꺾어줄 테니 무시. 문제가 안 된다.

"그쪽으로 보낸다!"

"카아악, 일 늘리지 마!"

불평을 하면서도 펼친 기술은 훌륭하다는 말밖에 안 나온다.

창잡이는 정면의 몇 마리를 창으로 일망타진으로 찔러 꿰고서, 뽑는 동작으로 물미를 등 뒤에 휘둘렀다.

방패에 맞아 넘어진 고블린은 이번에는 물미를 맞아 목이 부러져 죽었다.

"이건 뒤로는 한 마리도 못 보내겠는데!"

"처음부터 그럴 셈이었다."

등을 맞대고 나란히 선 두 전사는 세찬 물결 같은 고블린을 정면으로 요격했다.

화려함과 강함은 명백하게 창잡이의 역량이 고블린 슬레이어를 웃돈다.

그가 창을 한 번 휘두를 때마다 고블린 놈들이 풀썩풀썩 수확되듯이 쓰러진다.

당연히, 고블린 슬레이어의 움직임은 창잡이의 등 뒤를 지키는 것이 되었다.

창잡이가 미처 해치우지 못한 놈을 죽이고, 자신의 정면에 있는 놈을 치고, 해치우지 못한 놈은 뒤로 돌린다.

날아오는 자갈은 《디플렉트 미사일(화살 막이)》에 맡기고 방어를 생각지 않는다.

그들은 한결같이 무기를 휘둘렀다.

그러나 물론 고블린 놈들도 그저 그걸로 끝날 리 없었다.

"샤먼!"

엘프 궁수의 외침을 지우면서, 고블린 무리의 후방에 있던 지팡이를 든 고블린이 저주를 뱉었다.

치켜든 지팡이 끝에서 점점 빛이 부풀어 오르더니 파앗 흩어지면서 쏟아져 내렸다.

온갖 공격 주문의 기초의 기초《매직 애로우(힘의 화살)》.

위력은 약하지만 반드시 명중하는 그것은 때로는 난전 속에서 위협이 된다.

덤으로 술법이다 보니,《디플렉트 미사일》이 수비해주지 못한다.

고블린은 의외로 약삭빠르다. 그러나 창잡이는 희희낙락 외쳤다.

"맡긴다!"

"《마구나(마술)…… 레모라(저해)…… 레스팅기투르(소실)》."

못 말리겠다면서 미소를 짓는다. 마녀의 노랫가락을 닮은 영창.

고블린 샤먼의 진정으로 힘 있는 말에 대항하는《카운터 매직(항마)》의 술법이다.

마력의 화살비는 마녀의 말에 닿자마자 대부분이 무산되고, 창잡이에게는 극소수만 닿았다.

"일, 늘리지 말아, 줄……래?"

"그게 네 일이잖아!"

마녀의 농담에 역시나 농담이 돌아온다.

창잡이는 볼의 상처에서 피를 흘리며 전혀 문제없이 고블린 무리를 때렸다.

"정말이지, 화살이라면 이쪽이 위거든……!"

욕지거리마저 경쾌한 엘프 궁수 또한 끼리릭 거미줄 현을 당기고 쏘았다.

휘잉, 먼지와 습기를 가르며 날아간 화살은 정확하게 샤먼의 목청을 꿰뚫었다.

"좋았어!"

"상처는!"

후방에서 들썩거리던 리자드맨 승려가 초조한 기색으로 꼬리를 땅바닥에 때리며 외쳤다.

여신관이 이 자리에 없는 이상 그가 유일한 성직자, 치유의 기적을 가진 자였다.

섣불리 술법을 쓰지 않는다. 그러나 앞으로 나서서 싸울 수 없는 것은 다소 바라던 바는 아닌 모양이다.

"문제없다."

고블린 슬레이어가 짧게 답하고 자신의 온몸을 확인했다.

조잡한 가죽 갑옷과 사슬 갑옷을 꿰뚫은 대미지, 번진 피, 통증.

—다시 말해서 살아 있다는 것이다.

눈앞의 고블린에게 검을 휘두르면서, 끈의 감촉에 의지해 가방을 손으로 뒤졌다.

그리고 포션을 뽑아내 단숨에 들이켜고 그 작은 병을 왼손으로 투척.

"GROORB!!"

"죽어라."

갑작스런 충격에 몸을 젖힌 고블린, 그 목을 고블린 슬레이어가 무자비하게 찔렀다.

피거품을 뿜으면서 숨이 끊어진 고블린을 걷어차고, 뽑아낸 검의 피를 떨쳐냈다.

"주문은 남아 있나?"

"덕, 분, 에."

숨을 내쉬며 호흡을 가다듬은 고블린 슬레이어의 물음에 마녀가 생긋 응답했다.

"우리도 있느니라."

"용아병이라도 꺼내야겠는가?"

"아니……."

동료들의 응답에 고블린 슬레이어가 생각하는 기색으로 고개를 저었다.

그는 낮게 신음하고 고블린 놈들이 파낸 갱도의 천장을 노려보았다.

엘프 궁수가 뭔가 포기한 기색으로 숨을 내쉬었다.

"……오르크볼그. 또 뭔가 안 좋은 생각하고 있지."

"그래."

고블린 슬레이어가 수긍했다.

"고블린 놈들에게 있어서."

§

전투 소리가 멀어지자 건설 도중인 사무소에 모인 모험가들은 안도하며 긴장을 풀었다.

"……저쪽, 갔어?"

"그런가 봐."

살 수 있을지도 모른다. 살아서 돌아갈 수 있을지도 모른다. 아빠, 엄마.

얼굴을 마주보며 속삭이고 우는 소리를 해댄다.

—이건 안 좋은데.

문 앞에서 바깥을 살피며 중장 전사가 남몰래 한숨을 내쉬었다. 다들 마음이 꺾여 버렸군.

뭐, 그 마음을 이해 못할 것은 없었다.

실패했을 때. 험한 꼴을 당했을 때. 누구나 그렇게 된다. 위태로워진다. 발을 구르게 된다.

그리고 무엇보다, 고블린 따위에게 죽고 싶지는 않은 법이다. 누구든 그렇다.

그러나 모험을 안 하고서 뭐가 모험가란 말인가?

설령 대참사(펌블)에 빠져도, 죽을 때까지 포기하지 않는 것이 모험가다.

다음으로 신들이 던지는 주사위 눈이 기사회생(크리티컬)일지도 모른다.

그때—.

쿠웅.

땅울림과 비슷한, 묵직한 발소리가 울렸다.

흠칫. 몸을 떤 신입들이 겁먹은 기색으로 숨을 삼키고 입을 다물었다.

검은 그림자다.

성큼 성큼. 둔중한 덩치를 끌면서 손에 거대한 곤봉을 쥔 그 모습.

괴물 지식에 대해서 뇌리를 뒤져볼 것도 없다. 중장 전사는 그 정체를 알고 있었다.

"왔구나, 홉(Hob)이군."

홉— 홉 고블린.

선조 회귀한 고블린의 상위종. 지혜가 아니고 무력도 아닌, 근력만 갖춘 개체.

대부분은 소굴에서 고블린 놈들의 우두머리가 되거나, 호위꾼이 되는 강적이다.

"어이, 꼬맹이들. 좋은 거 보여주마."

중장 전사가 손바닥에 침을 뱉고 **대검**의 손잡이 가죽에 문지르며 단단히 쥐었다.

"놈들이 뭘 생각하는지는 모르지만, 내가 너희들에게 말할 수 있는 건 하나뿐이다."

그렇게 말하고 중장 전사는 유유히 문에서 바깥으로 몸을 던졌다.

"HHOOOORRB!!"

한 걸음. 두 걸음. 세 걸음. 거한의 고블린을 향해 걸어가기 시작했다.

고작해야 고블린. 그러나 고블린.

과거에 대치한 고블린 챔피언에 비할 바도 못 된다.

그러나, 저 근력으로 펼치는 일격은 묵직할 것이다. 명중 부위에 따라서는 죽음도 있을 수 있다.

"어떤 괴물이라도, 상대에게 실체가 있다면, 말이다!"

이 거대한 무기를 양팔의 힘으로 휘두르고자 생각해선 안 된다.

파고든다.

온몸의 움직임과 기세를 싣는다. 근력이 충분하다면 못할 재주는 아니다.

몸을 비튼다.

강철의 양손검. 여기에 들인 금액은 다른 장비와는 비교도 안 된다. 가격이 다르다. 가격이. 그것을—.

"신이라 해도, 쳐죽일 수 있다는 거다!!"

—휘둘러서, 때려 박았다.

§

고블린 놈들의 머릿속에는 나쁜 꿍꿍이밖에 안 들었다.

옛날이야기에서도 듣는 것이지만, 그것을 실감하는 일은 드물다.

"GROB! GROORB!!"

"GORROOR!!"

어째서 이렇게 됐을까?

새롭고 빽빽함이 남아 있는 가죽 갑옷이 삐걱댄다. 그는 달리면서 필사적으로 생각했다.

손에는 장검을 들고 있었을 텐데 달리는 도중에 떨어뜨린 모양이다.

발을 디딜 때마다 빈 칼집이 탁탁 다리를 때리며 얼빠진 소리를 냈다.

밤의 어둠 속, 그 모든 것에 가득한 것처럼 켈켈 웃어대는 고블린 놈들.

쌍둥이 달에 비쳐 뻗어오는 나무들의 불길한 그림자 속에서, 별처럼 활활 타오르는 눈동자의 무리.

그것은 그야말로 악몽이 아니면 못 볼 광경이었다.

신입— 그것도 일찌감치 훈련을 마쳐 버린 모험가들은 꿈에도 생각지 못했을 것이다.

누구나 그렇다.

궁지를 상상할 때, 대개 그것을 산뜻하게 헤쳐 나가는 자신도 떠올리는 것이다.

동굴에 들어서서 고블린에게 둘러싸였을 때, 책략을 찾아내 역전하는 것은 생각했다 해도…….

고블린에게 둘러싸인 끝에 밤길에서 하염없이 쫓겨 다닐 거라고 생각지는 못한다.

“……젠, 자앙!!”

“얼른, 이쪽이야!”

누군가가 외치는 소리에 맞춰서 그들은 허둥지둥 숲 속을 달렸다.

광야에서 둘러싸이는 것보다는 이쪽이 그나마 나을 거라 생각한 것이다.

처음에는— 15명쯤 되었을까?

훈련을 마치고 터벅터벅 해가 지는 길을 걸으면서 도시로 돌아가는 도중이었다.

내일도 또 훈련이다. 하지만 이제 슬슬 모험을 가고 싶다. 그런 말을 나누고 있었다.

그런데, 어떻게 됐는가?

가장 뒤에서 비명이 들렸다. 돌아보니 아가씨 한 명이 검은 그림자에 묻혀가고 있었다.

—싫어어! 싫어, 싫, 어, 그, 어어어어마……?!

그 단말마가 아직도 귀에 남아 있었다. 탁한 목소리로 『엄마』라고 외치며 울고 있었다.

그가 뛰어들어서 간신히 끌어냈을 때, 이미 그녀는 숨이 끊어져 있었다.

갈기갈기 찢어진 누더기와 다져진 살과 뼈가, 살아 있을 리 없었다.

……그 다음은 이제, 엉망진창이었다.

"고블린이다!"

외치고 달리고, 도망치고, 맞서는 자도 있었지만, 한 사람 사라지고, 한 사람 헤어지고…….

지금 남은 것은 불과 여섯 명, 다섯 명.

"고블린이란 건 동굴 안에 있는 거 아니었어……!"

"실제로 있으니까 어쩔 수 없잖아! 어쨌든, 도시까지—."

옆을 달리던 전사가 더위를 못 견디고 투구를 벗어 던졌다.

그의 말을 마지막까지 들을 수는 없었다.

머리 위에서 떨어진 돌이 쿠직, 그의 머리를 때려 부쉈으니까.

"무, 슨……?!"

—위?!

볼에 튄 뇌수를 황급히 닦아내고 나무 위로 고개를 들어, 그는 보았다.

활활 타오르는 고블린의 눈동자를.

"나무, 오를 수 있다고, 못 들었다고?!"

울음을 터뜨리지 않았으니 합격이라 해야 할까?

아직 15세. 마을에서 힘은 제일 좋았다. 그저 그것만으로 고향을 뛰쳐나온 것이다.

검을 휘두르는 법. 탐색하는 법. 야영 방법. 기타 등등 기타 등등.

그 정도를 배웠다고 「다 아는 체」 하고 있었다는 걸 깨달았지만 이미 늦었다.

살아남은 다섯 명의 모험가들은 떨리는 무릎을 질타하여 한 군데 모이고 있었다.

무기를 쥔 손도 어색하고 주문을 읊으려는 혀가 떨린다. 기도하기에는 공포가 너무 강했다.

고블린 놈들이 또 다시 깔깔 징그러운 웃음소리를 냈다.

"GOORORB!!"

"GROORB! GRORB!!"

겁먹고, 떨고 있는 모험가들을 가리키면서, 슬금슬금 다가오는 고블린 놈들은 참으로 소란스럽다.

만약 모험가들이 고블린의 언어 이해 능력을 가졌다면 더욱 공황 상태에 빠졌으리라.

팔이라면 2점. 다리는 3점. 머리는 10점. 몸통은 5점.

남자라면 추가점 없고, 여자라면 추가점 10점.

너무나도 역겨운 표적 맞추기 규칙이었다.

어차피 투석이든 투창이든 누가 던졌는지도 모르고, 점수 계산을 못해서 다투게 될 것인데.

그래도 고블린 놈들은 재미있는 놀이를 생각해냈다고, 신이 나서 손뼉을 치며 각자의 무기를 손에 쥐었다.

이제 끝장인가.

모험가들 또한, 딱딱 이를 부딪치면서 고블린 놈들을 노려보았다.

그리고 녹슨 칼날이, 창날이, 단단한 돌이, 무자비하게 올라가더니—.

“《자비 깊은 지모신이여, 어둠 속 길 잃은 우리들에게 성스러운 빛을 베푸소서》!”

그때, 기적이 일어났다.

찬란하게 빛나는 태양 같은 빛이 강렬한 압력과 함께 고블린 놈들을 덮쳤다.

“GROOROROB?!”

“GORRRB?!”

비명을 지르며 몸을 젖히는 고블린 놈들 한가운데로 뛰어드는 그림자가 하나, 둘.

“타, 아아아아앗!!”

“으리야아아아!!”

레아 소녀가 한손검, 신참 전사가 붕붕(스윙)돌이란 곤봉을 휘둘(스윙)렀다.

조잡하지만 혼신의 힘을 담아서 강타(배쉬), 강타, 양손 강타.

크게 선풍이 휘몰아치며 고블린 놈들을 공격했다.

“GORB?!”

“GOROORB?!”

두 사람 모두 양단하지는 못하더라도, 칼날이 어깨부터 뼈와 근육을 끊고서 몸통까지 닿으면 적은 죽는다.

고블린 상대로 회심의 일격(크리티컬 히트)은 필요 없는 것이다.

"우, 으. 역시 손맛이 이상해—!"

"아직이야, 또 온다!"

묻혀 있던 검을 뽑는 것에 고생하는 소녀를 질타하고, 신참 전사는 고블린의 시체를 걷어찼다.

고블린 슬레이어 흉내다. 그였다면 검을 놓고 무기를 빼앗았겠지만.

혹은 창잡이라면 더욱 흔들림 없이 적절하게 급소를 찌르고 쉴 새 없이 움직일 것이다.

중장 전사라면 **대검**을 한 번 휘둘러 손쉽게 고블린을 베어버렸을 게 틀림없다.

—그 사람들처럼은 안 되네……!

멀리 높은 곳에 있는 자들을 생각하기에 오히려 신참 전사의 투지도 불타오른다.

"좋아, 와봐라……!"

"정말이지, 또 무기 잃어버리면 바꿔 살 때까지 용돈 안 준다!"

수습 성녀가 신참 전사에게 새된 소리로 격려해주면서 재빨리 모험가들 쪽으로 달려갔다.

"자, 부상자! 이쪽으로 와봐, 치료할 테니까! 기적은 중상인 사람만!"

펄럭펄럭 법의 자락을 붙들고 달리는 수습 성녀에게 몇 명의 모험가가 매달리듯 모여들었다.

언뜻 보기에 긴급한 부상자는 없다. 독을 당한 자도 없었다.

늦지 않아 다행이다—. 설마, 이렇게 생각할 리는 없었다.

오는 도중에 이미 열 명의 무참한 시체를 보았으니까.

수습 성녀는 입술을 깨물고 가방에서 붕대를 꺼냈다. 모두에게

《힐》을 걸어줄 여유는 없다.

"너, 너희들……."

"구하러, 왔어요!"

낭랑한 목소리를 낸 것은 《홀리 라이트》가 빛나는 석장을 드높이 들어 올린 여신관이었다.

가녀린 얼굴에 땀을 흘리면서, 고블린의 무리를 힘주어 노려보고, 흔들림 없는 신앙이 기적을 유지하고 있었다.

"다들 모여서, 광야를 빠져나가요! 좁은 곳은 고블린이 좋아하니까요!"

"그, 그치만, 넓은 곳에서 둘러싸이면……."

"제가 《프로텍션(성스러운 벽)》으로 지킬 테니까요……. 어서!"

여신관이 그렇게 외치면서, 자신의 기적을 어떻게 써야 할지 냉정하게 생각했다.

아마도 고블린의 공격을 버티면서 도피행을 해야 한다. 중간에 한 번은 기도를 거듭하게 되리라.

지금의 그녀가 부를 수 있는 기적은 하루에 세 번. 더 이상 낭비하는 건 치명적이다.

—다시 말해서 이번에도 《힐》이 나올 차례는 없다는, 거네요.

이것에는 조금 생각하는 바가 없는 것이 아니었지만 이것이 그녀가 싸우는 방식이다.

그렇게 믿었기에, 자비 깊은 지모신은 점점 더 그녀에게 광명을 내려준다.

"——."

그리고 구조하러 달려온 모험가들 가운데 단 한 명, 붉은 머리칼의 소년은 말이 없었다.

검격음. 두 사람의 전위가 지르는 기합. 고블린의 비명. 두 성직자의 질타. 모험가들의 응답.

소년은 모든 것을 바라보면서, 손가락이 하얘질 정도로 지팡이를 움켜쥔 채 입을 다물고 있었다.

왜냐하면 이 다섯 명의 파티 속에서 가장 큰 화력을 가진 것이 그 이기 때문이다.

—섣불리 주문을 읊을 수 없다.

지난번 같은 실수는 두 번 다시 해선 안 된다.

고블린의 수는 많다. 제대로 싸울 수 있는 건 자신을 포함해서 세 명이지만, 상대는 열 이상.

그러면 《파이어볼》로 일망타진인가? 아니, 무리다.

적은 분산되어 있다. 한 방으로 다수를 잡는 것은 무리다.

고블린 한 마리를 해치우는데 주문 하나는 수지가 안 맞는다.

그러나 고민할 시간이 없다. 고블린의 수가 많다. 멈춰 있으면 좋은 표적이 된다.

그 포로가 된 시제처럼. 주위에 있는 아가씨들이, 어떤 꼴을 당할지.

누나가 어떤 꼴을 당했을지—.

문득 타오르는 것처럼 화악 뜨거워진 시야를 소년 마술사는 열심히 억눌렀다.

그 뭔가 이상한 모험가, 고블린 슬레이어는 짜증나게도 냉정침착했다.

지금 분노에 몸을 맡기고 술법을 쓰면 이번에야말로 그 모험가에게 지게 된다.

아니, 고블린 슬레이어는 아무 말 않을 것이다. 그러나 스스로 용서할 수 없었다.

—그러면, 어떡하지?

불덩어리나 번개를 던지는 것만이 마술사가 아니다.

그러면, 어떡하지—?

그때, 그의 뇌리에 번갯불처럼 번뜩이는 생각이 있었다.

"다들, 귀를 막아!"

"잠, 어, 어이, 지금 전투하는 와중……!"

"서둘러!"

"아앙, 정말!"

갑작스런 지시에 신참 전사와 레아 소녀가 비명을 질렀지만 거부하지는 않았다.

시간을 낭비할 여유가 없는 것이다.

붉은 머리 소년이 여신관을 흘끔 보자 그녀도 진지한 표정으로 고개를 끄덕였다.

"맡길, 게요!"

축제 다음의 싸움, 그리고 눈 덮인 산의 싸움에서 그녀가 고블린 슬레이어에게 들었던 말처럼.

술법의 사용 또한 리더의 신뢰와 지시가 있어야 하는 법이다.

맡겨진 소년은— 붉은 머리칼의 소년 마술사는, 고개를 끄덕이고 지팡이를 들었다.

"자, 너희들도 귀, 막아! 어서!"

등 뒤에서 수습 성녀가 보호한 모험가들에게 외쳤다.

신참 전사와 레아 소년 또한 눈앞의 고블린을 베어내고 황급히 거리를 벌렸다.

—호기는, 한순간.

소년의 입에서 진정으로 힘 있는 말이 드높이 울리고, 주문 영창을 세상에 해방했다.

"《크레스쿤토(성장)》《크레스쿤토(성장)》《크레스쿤토(성장)》!"

오로지 세 번 거듭된 말. 보이지 않는 힘이 휘몰아치고, 떠돌고, 소년 앞에 가득 찼다.

이어서 단 하나의 소리를 해방.

" 와 아 아 아 아 악 ! ! ! ! "

대기가, 흔들렸다.

§

개수일촉. 일도양단.

중장 전사가 열화 같은 기합과 함께 펼친 **대검**의 일격.

그것은 곤봉과 홉 고블린을 한꺼번에 뼈와 근육까지 베어 버리는 무시무시한 강타였다.

거무죽죽한 피보라를 튀기면서 머리부터 둘로 갈라진 거한의 고블린이 쿠웅 쓰러졌다.

넋이 나가 있는 신입들을 흘끔 보고 중장 전사가 휘두른 무기를 어깨에 짊어졌다.

"허어."

고막을 찌릿찌릿 흔드는 강렬한 포효가 근처 일대에 울려 퍼졌다.

누구의 외침일까? 어디서 울리는 걸까?

하늘을 올려다보아도 보일 리 없었지만…….

"조금은 기합이 들어간 모양이구만?"

그리 말하고 중장 전사는 상어처럼 웃었다.

§

그 순간, 천장에서 떨어진 흙 파편, 축축하고 질척한 감촉에 고블린 슬레이어는 결단했다.

"위다."

고블린 슬레이어는 고블린의 목에 창을 찔러 넣었다.

피거품에 익사하는 그 시체를 걷어차며 무기를 놓고, 고블린의 허리띠에서 도끼칼을 빼앗았다.

창을 다루는데 있어서 자신이 창잡이에게 미치지 못하는 것을 고블린 슬레이어는 이해하고 있었다.

"위에 구멍을 뚫어라!"

후방을 향해서 외치는 목소리에 촉매를 가방에서 끄집어낸 드워프 도사가 응답했다.

"또 그것이더냐? 오냐! 알았다!"
"구멍~? 그런 거 만들어서 어쩔 건데?"
성난 파도처럼 밀려드는 고블린, 그것을 창 하나로 밀어내면서 창잡이가 외쳤다.
그러나 온몸에 자잘한 상처가 몇 개나 있었다. 그가 결코 무적이 아닌 것을 보여주는 증거다.
아무리 숙련된 모험가가 몇 명 전선에 나섰더라도, 수의 폭력은 당해낼 수 없다.
설령 미약한 타격이나 피로라도 거듭 쌓이면 죽을 때는 죽는 것이다.
"수가 있다."
고블린 슬레이어는 짧게 말하고 날카롭게 갈아낸 방패 테두리로 고블린의 이마를 깨부수었다.
아직 그걸로 숨이 끊어지지 않은 것을 보고 방금 빼앗은 도끼칼을 장작 패는 것처럼 휘둘렀다.
경쾌한 소리와 함께 뇌수가 동굴의 벽면에 튀었다.
"그 전에, 놈들에게 겁을 줘서 안쪽으로 몰아넣고 싶다."
"아무리 나라도 《피어(공포)》하고 《터널》을 동시에 쓰는 것은 어렵느니라!"
"소귀 살해자 선생. 안쪽으로 밀어 넣으면 되는 것인가!"
드워프 도사가 발치에 던져둔 가방을 받침대 삼아 천장에 들러붙어 주인(呪印)을 새기기 시작했다.
그것을 감싸며 앞으로 나선 리자드맨 승려가 용맹하게 송곳니를 드러냈다.

지금 이 순간까지 온존해둔 정신력으로 밀어붙일 때가 온 것이다.

리자드맨 승려가 기괴한 손놀림으로 합장을 하더니 숨을 가다듬고 휘오오, 폐부에 대기를 빨아들였다.

그것은 마치 브레스를 뿜어내는 용의 예비동작 같았다.

"《위대한 폭군룡(파오룡)이여, 백아의 뜰에 군림하신, 그 위광을 빌리오이다》!"

곧장 《드래곤즈 로어(용의 포효)》가 동굴에 해방되었다.

리자드맨 승려의 **턱**에서 뿜어져 나온 음파의 브레스가 대기를 흔들었다.

무시무시한 용의 포효가 동굴 안에 울리나 싶더니 고블린 놈들이 완전히 겁에 질렸다.

본래 고블린이란 그리 용감한 종족이 아니다.

자신들이 우위에 서 있을 때, 그리고 분풀이를 할 때 날뛰기나 하는 놈들이다.

그리고 겁을 먹었다 해도 그것을 교훈 삼아 얌전해지는 일도 없다.

"GORRRBB! GBROOB!!"

"GROB! GGROB!!"

제멋대로 부르짖으면서 무기를 내던지고 안쪽으로 달아나기 시작하는 고블린 놈들.

그 등을 떠밀듯이 마녀가 만든 《라이트》가 휘잉 비상했다.

고블린 놈들의 무참한 모습을 바라보며 리자드맨 승려는 어이쿠야 콧김을 뿜었다.

"그러나, 금세 돌아올 걸세. 아무리 용의 힘이라 해도 영원할 수는 없는 법이라네.”

“상관없다.”

짧게 응답한 고블린 슬레이어는 방심하지 않고 허리를 낮추며 심연을 노려보았다.

그 어깨를 약간 지친 기색의 엘프 궁수가 가볍게 두드렸다.

“근데 오르크볼그. 요전처럼 또 두루마리 쓰려는 건 아니겠지?”

“두루마리는, 그것 하나밖에 없었다.”

“……전혀 안심이 안 되는데.”

고블린 슬레이어는 드워프 도사가 묵묵히 흙에 무늬를 새기는 걸 보면서 고개를 끄덕였다.

“이 위는, 연못이다.”

§

마술로 증폭된 소년의 외침은 대기를 쩌렁쩌렁 흔들면서 숲 일대에 울려 퍼졌다.

그저 커다란 소리. 진정으로 힘 있는 말로 세계의 섭리를 개변했다 해도 너무 조잡한 술법이다.

학원에서 사용했다간 질책을 면할 수 없지만— 지금은, 달랐다.

《파이어볼》만큼의 위력은 없지만 그 대음량은 압도적이었다.

무엇보다도 범위가 비교도 안 된다.

바로 옆에서 소리를 들은 고블린은 기절했다. 흠칫 굳어버리는 놈, 반사적으로 도망치는 놈도 언뜻 보였다.

"GOOROB?!"

"GROOB?! GRRO?!"

소년은 지팡이를 쥐고서 피가 나올 정도로 입술을 깨물며 고블린 놈들의 등을 노려보았다.

죽여 버리고 싶었다.

그토록 제멋대로. 날뛰고. 죽이고. 그러고서 도망친다. 도망쳐 버린다.

수지가 안 맞는다.

누나의 몫. 살해당한 모험가의 몫. 그때 구해낸 시제의 몫.

모두가 받은 굴욕. 절망. 슬픔. 분노. 뱃속에서 끓어오르는 것 모두.

그것을 드러내고 생각대로 토해버리면, 얼마나 편할까!

얼마나 근사할까!

아아, 그렇지만…….

"철수해요!"

여신관이 열심히 소리 높여 내린 지시가 소년을 제정신으로 되돌렸다.

그녀는 아직 《홀리 라이트》를 깃들인 석장을 들고서 나아갈 방향으로 휘둘렀다.

"똑바로 숲을 빠져나가서, 도시로!"

"아자!"

맨 먼저 응답한 신참 전사가 바로 옆에 기절한 고블린의 목에 칼날을 찌르고서 앞으로 달렸다.

"간다. 어쨌든지 돌아가는 게 최우선이야! 따라와!"

"선도는 저 녀석이 할 거고, 이 녀석들은 이쪽에서 챙길 테니까, 후방 맡길게!"

"네에!"

수습 성녀의 말에 레아 소녀가 활기차게 달렸다.

그렇게 싸웠는데 피로의 흔적이 없는 것은 종족의 특성일까? 그녀의 성질일까?

레아 소녀는 최후미로 가고자 소년의 바로 옆을 지나쳤다.

"해냈구나. 지금 그거, 굉장했어."

"……그래."

지나갈 때, 생긋 떠오른 진심 어린 미소.

소년은 그것을 보고, 조금 망설인 다음에 고개를 끄덕였다.

동료들이 모험가들을 둘러싸고 달리기 직전, 그는 어깨너머로 살짝 등 뒤를 살폈다.

지금 그 술법은 죽이기 위한 술법이 아니다.

그저 같은 편을 도망 보내기 위한 술법이다.

그렇다. 이번 목적은 고블린을 퇴치하는 것이 아니다.

그들을 구하는 것. 구하고, 무사히 도시까지 돌아가는 것.

고블린을 몰살시킬 수 있다면 얼마나 기분이 풀렸을까?

그렇지만— 그렇다. 그렇지만.

—나는 고블린 슬레이어가, 아냐.

소년은 떨쳐내는 것처럼 앞으로 돌아서서 모두와 함께 달리기 시작했다.

이제 두 번 다시, 돌아보지는 않았다.

§

성난 파도처럼 솟아나오던 고블린은 문자 그대로 성난 파도에 밀려 잠겨버렸다.

천장에서 분출된 연못의 물은 토사와 흙탕물이 되어 고블린의 갱도에 쏟아져 내리고, 흘러가 버렸다.

불행하게도 땅굴은 내리막이었다.

파티는 물보라를 피해서 조금 올라가면 그걸로 되지만, 갱도 안쪽으로 도망친 고블린 놈들은…….

"GORRRBB?!"

"GBBOR?! GOBBG?!"

고블린 놈들이 흙탕물 속에 빠져서 떠오르는 모습은, 한 마디로 무참했다.

"꼴좋다면 꼴좋기는 하다만……."

창잡이가 물에 빠진 고블린의 머리를 물미로 두드려 가라앉히면서 고개를 갸웃거렸다.

"추적해서 공격할 수가 없잖아. 물이 빠지고 나면 또 공격해오는 거 아냐?"

"《터널》의 시간이 끝나면 무슨 얼음의 술법을 걸어다오."

뭐라 해석하기 어려운 애매한 표정의 마녀에게 고블린 슬레이어가 다음 지시를 내렸다.

"동결되면 얼음이 팽창하고, 곧 갱도가 무너진다. ……이 진입로는 쓰지 못하게 되지."

"그래. 알았, 어."

"다음은, 지상에서 소굴을 찾아 때려 부수면 된다."

고블린 슬레이어 머릿속에서는 이미 대략적인 속셈이 굳어지고 있었다.

고블린 놈들은 공구만 훔치고 식량에는 손을 대지 않았다.

지난번 고블린 퇴치에서도 마찬가지. 놈들이 잡아간 것은 심심풀이 포로뿐이다.

그렇다면 본거지가 그리 멀지 않다는 것이다.

고블린 놈들이 건설 현장과 모여든 모험가를 보고 무슨 생각을 했는지는…… 알 도리가 없지만.

"……그쪽은 너희들끼리 해라. 난 지쳤어."

창잡이가 거창하게 고개를 젓고 창을 안으며 갱도 구석에 앉았다.

"다음에 날 부를 거면, 고블린 말고…… 모험(데이트)할 때 불러라."

"알았다."

생각해보면 몇 시간 동안 다들 쉴 새 없이 싸웠다.

밤새도록 싸웠다. 몸이 진흙처럼 무거워서 쉬고 싶은 것은 다들 마찬가지.

은 등급 여섯 명의 모험가 가운데에서 가장 체력이 떨어지는 엘프 궁수가 기다란 귀를 한심스레 늘어뜨렸다.

"……지쳤어—."

"이것아, 늘어지지 말거라. 아직 소굴을 없애야 한다고 하지 않았느냐?"

"알고 있다니까—."

벽에 기댄 것을 드워프 도사가 탓하자 엘프 궁수가 입술을 삐죽거렸다.

딱히 불평불만을 흘리는 건 아니다.

진흙으로 지저분해진 볼을 쓱쓱 닦고는, 벽에 기댄 그녀가 조용히 중얼거렸다.

그것은 수많은 모험가의 마음을 대변하는 것이었다.

"이래서, 고블린 퇴치가 싫다니까."

부글부글 탁한 물에 공기방울이 떠올랐다가 사라졌다.

그것이 고블린 놈들의 단말마인지, 그냥 수류에 공기가 말려들어간 건지는 분명치 않다.

"그런데, 용케 연못 아래라는 걸 알았군."

리자드맨 승려가 별 뜻 없이 말했다.

"소귀 살해자 선생은 이 근처에 온 적이 있었던가?"

"그래."

고블린 슬레이어는 물에 빠져 죽어가는 고블린 놈들을 내려다보며 무감정하게 말했다.

"옛날이다. 아주…… 옛날에 말이다."

그날, 수많은 고블린이 죽었다.

그리고, 많은 모험가가 죽었다.

그러나 모험가들은 승리했다.

훈련장을 지켜냈다.

그러나, 고블린이 멸망할 기색은— 아직, 없었다.

막간 「갔다가 돌아온 용사의 이야기」

"타아—앗!!"

열화와 같은 기합과 일섬.

태양의 빛을 엮어낸 폭렬과 함께 절대적 무기인 성검이 차원의 틈새를 베었다.

그 여파에 노출된 이름 없는 수많은 마신들이 미립자 수준까지 무너졌다.

그야말로 분해소거(디스인티그레이트).

시체도 영혼도 남지 않은 꼴이니, 두 번 다시 물질계로 돌아오지 못하리라.

용사는 성검을 휘두른 기세 그대로 4차원적인 움직임으로 재주를 넘어 공간의 균열에서 뛰쳐나갔다.

"도—착……!!"

척. 착지한 곳은 어쩐지 낯익은 광야였다.

파란 하늘 아래 산들 바람이 불고 있었다. 태양은 눈부시고, 구름은 하얗다. 마음 편한 초여름의 냄새.

"이거 참…… 길어졌네요."

"……어설프게 차원을 넘어가면 안 된다, 라는 거야."

이어서 듬직한 동료들 또한 훌쩍, 훌쩍, 절명(絕命)이차원에서 현

세로 돌아왔다.

"정말이지 힘들었어—. 나 조금 지쳐버렸어."

용사는 크게 기지개를 켜고, 오랜만에 태양을 만끽하며 눈을 가늘게 떴다.

차원의 틈새에서 백수거인(헤카톤케일)을 해치운 다음부터 본래 세계에 돌아올 때까지 대모험이었다.

딱히— 그렇다. 딱히 돌아오려고 하면 언제든지 돌아올 수 있었다.

그러나, 물리법칙이 다른 것 아닌가 싶은 수많은 적들. 포학함에 괴로움 받는 사람들.

삼천세계의 폭풍을 뛰어넘는 기사로서 그냥 넘어갈 수는 없었다.

자신이 할 수 있는 일이 있다면 그것을 전력으로 해야 한다. 그녀는 언제나 그렇게 생각한다.

"하지만, 즐거웠지."

"즐거웠단 말로 넘어가지 말아주세요."

헤실 웃자 검호가 머리를 콩 두드렸다.

"아파라—!"

익살을 부리며 머리를 감싸고 키득키득 서로 웃었다.

"……어쨌든, 이쪽 세계가 걱정. 곧장 정보를 확인하고 싶어."

희미하게 웃고 있던 현자의 말에 응, 용사가 고개를 끄덕였다.

뭐, 그녀가 있든 없든 사교는 암약하기도 하고, 괴물도 만연하는 것이 이 세상이다.

혼자서 뭐든지 다 할 수는 없다.

"임금님도 곤란한 모양이니까. 한 번 성에 들러보자."

“그렇지만, 일단 여기가 어딘지부터 알아야죠. 서방 변경이라고 생각합니다만…….”

용사는 그 말에 눈에 힘을 주더니 건너편에 새로운 마을이 건설되고 있는 것을 발견했다.

그녀와 그리 나이 차가 없는 남자애나 여자애가 이마에 땀을 흘리고 일하며 웃고 있었다.

저런 경험도 그녀는 한 적이 없었다.

문득, 그녀는 생각했다. 내가 평범한 마을 처녀였다면, 혹은 보통 모험가였다면 어떻게 됐을까?

성공만 하는 게 아니라 실패도 할 것이다. 죽어버릴지도 모른다.

—뭐, 이번에도 아공간에서 산산조각이 났을지도 모르는 일이지만…….

주점에서 동료를 모으고, 여행을 떠나고, 모험을 하고, 날마다 돈벌이에 기뻐하고 슬퍼한다.

혹시 숙명이나 우연에 이끌려 터무니없는 만남이 있을지도 모른다.

그것은 마음이 들뜨는 상상이었다. 그러나 그녀는 웃으며 고개를 옆으로 저었다.

—그렇지만 나밖에 할 수 없는 일이 있다면, 그건 내가 할 일이지.

“그럼, 저 마을에서 좀 물어보자! 죄송합니다—!!”

말하자마자, 용사가 손을 붕붕 흔들면서 기세 좋게 달려갔다.

등 뒤에서 동료들, 소중하고 소중한 친구들이 「못 말리겠어」라고 웃으면서 따라왔다.

그렇고말고. 만남이 있는 것도 수많은 모험이 있는 것도 모두 마찬가지다.

그것에 차이는 없다. 무엇 하나 없다. ―용사는 그걸로, 그것만으로 만족이었다.

그녀를 발견한 젊은이가 이마의 땀을 닦으며 고개를 훌쩍 들었다.

그 얼굴에는 역시 웃음.

“어서 오세요, 여기는 모험가의 훈련장이에요!”

제7장 『그리고 모험으로』

Goblin Slayer
He does not let anyone roll the dice.

"네, 수고하셨어요!"

파앙, 서류에 도장을 찍는 소리가 길드 면접실에 울려 퍼졌다.

생글거리며 미소 짓는 접수원이 서류를 정리하는 동작으로 면접이 끝난 것을 전했다.

하우. 여신관이 가녀린 가슴에서 숨을 토해내는 것도 당연한 일이다.

아무리 친한 사이라고는 해도 승급 심사의 면접이니까, 긴장하지 않는 편이 무리가 있다.

하물며 지고신을 섬기는 감독관이 《센스 라이》의 기적을 일으키고 있다면…….

"수고, 수고. 괜찮아, 괜찮아, 거짓말 안 한 거 알고 있으니까."

"네, 네에. 하지만, 역시 막 두근거려요."

"안 그러는 편이 문제가 있는 거죠."

손을 내젓는 감독관 옆에서 접수원이 가면 같은 웃음을 풀어내고 부드럽게 미소 지었다.

"상위인 사람이든 괴물이든, 그 앞에서 긴장하지 않는 사람은 오래 못 살거든요."

긴장하고서, 그러면서도 표연한 태도를 취하는 게 좋다.

상대가 누구인지도 알 수 없는데 표표한 것은 둔감한 거예요, 라고 그녀가 말했다.

"뭐, 당신의 경우는 이미 단독의 실적만 있으면 되는 거였으니까요. 조금만 기다리세요."

접수원이 말하더니 작은 상자에서 새로운 금속의 작은 판을 꺼냈다.

그녀는 무구한 표면에 첨필을 사용해, 매끄러운 필치로 문자를 새겼다.

이름, 생년, 직업, 기량, 기타 등등, 기타 등등—.

모험 기록지의 내용 그대로, 여신관의 신상 증명을.

1년.

처음으로 고블린 퇴치에 도전하고, 위기에 빠지고, 그 사람이 구해줬다.

소중한 동료와 만나고, 고대 유적에 숨어든 오우거와의 싸움에 도전했다.

군세를 이끄는 고블린 로드에게 기습을 하려고 밤의 광야를 달렸다.

물의 도시 지하에서 거한의 고블린 챔피언에게 치명적인 일격을 받았다.

가장 안쪽에 숨어 있던 사안(邪眼)의 괴물, 그리고 고블린 챔피언과 재대결을 벌여 기책으로 살아남았다.

가을 축제에서는 의상을 입고서 신내림의 무도와 기도를 했다.

그리고 그대로 다크 엘프의 군에 맞섰다.

겨울에는 북방의 산으로 가서, 외딴 마을을 공격하고 성채에 틀어박힌 고블린 놈들과 싸웠다.

영애 검사를 둘러싸고 고블린 팔라딘을 토벌했으며, 그리고 그 사람과 함께 해를 넘겼다.

그리고, 그리고—.

"……."

눈을 감으면 뇌리에 떠오르는 사소하지만 수많은 기억, 추억, 경험.

그것은 처음으로 모험가가 됐을 때, 백자에서 흑요로 승급했을 때 이상이었다.

그렇지만…….

"……응."

두 번째가 된 지금도 역시 실감이 안 난다.

그녀는 정말로 제8위 등급이 된 것일까?

그만큼의 실력이 있는 걸까?

무언가 잘못된 것이라고까지는 안 하지만, 금세 도금이 벗겨지는 건 아닐까……?

"괜찮아요."

무심코 꾸욱 주먹을 쥔 여신관의 내심을 꿰뚫어본 것처럼 접수원 아가씨가 말했다.

그녀는 손에 눈길을 떨군 채, 익숙한 손놀림으로 막힘없이 첨필을 움직였다.

"실력에 걸맞은 평가예요. 그야, 앞으로 잘 될지 보증할 수는 없지만요."

접수원이 손에 집은 첨필을 빙글 돌리더니 후우, 금속판에 숨을 불었다.

그리고 정성스럽게 도구를 넣고 그 판을 조용히 양손으로 들었다.

"당신에게는 기량이 있고, 평판도 좋아요. 우연이라고도 하지만 운도 좋아요. ―그렇죠?"

그리고 내민 제8위, 강철제의 작은 판― 인식표.

가는 사슬을 꿰어서 목에 걸 수 있도록 되어 있는 그것을, 여신관은 소중하게 양손으로 받쳐 들었다.

"그렇, 네요."

자신을 가지기에는 그 인식표가 너무나도 가벼웠다.

여신관은 눈을 감고 금발을 쓸어 올리며 사슬을 목에 걸었다.

그리고 작은 판을 조심스레 신관복 안으로 넣어서 가녀린 가슴을 손바닥으로 눌렀다.

"아직은 모르겠지만요. ……알 수 있도록, 노력하려고 생각해요."

"네, 바로 그거예요!"

접수원의 응원을 받은 여신관이 고개를 작게 끄덕였다.

실력이 있는지 어떤지는 알 수 없다. 그렇지만, 이렇게 믿어주는 사람이 있다.

그렇다면 믿어주는 만큼은― 분명하게 자신을 가지자고 생각해도 될 것이다.

§

길드에서 한 걸음 나서자 파란 하늘에서 햇살이 찬란하고 눈부셨다.

따끈따끈한 햇살은 이미 봄이 끝나고 여름에 들어서고 있다는 것

을 예감하게 만든다.

여신관은 눈을 가늘게 뜨고, 손을 들어 하늘을 보았다.

이제 어떡할까.

일단 신전으로 가서 보고를 해야 하겠지만—.

길옆의 돌에 앉아서 다리를 흔들고 있는 엘프 아가씨와 눈이 마주쳤다.

움찔 기다란 귀가 떨리더니 그녀가 훌쩍 길에 내려서서 고양이처럼 크게 기지개를 켰다.

"야호, 수고했어. 어땠어?"

"네. 무사히 승급했어요."

여신관은 목에 건 사슬을 끌어서 새로운 인식표를 끄집어냈다.

햇살을 받아 반짝 빛나는 그것을 보고 엘프 궁수는 만족스럽게 눈웃음을 지었다.

"해냈잖아. 이걸로 이제 3계위지? 진짜 신관(프리스트)이야, 신관."

그렇게 말하며 그녀는 여신관의 손을 붙잡고 붕붕 위 아래로 흔들었다. 마치 자신의 일처럼 기뻐한다.

여신관은 눈을 깜빡이다가 통통 움직이는 엘프 궁수의 기다란 귀를 보고 키득 웃었다.

"네. 하지만—."

작게 중얼거리는 태도에서 그늘진 구석을 발견한 엘프 궁수가 몸을 쑥 내밀었다.

"왜~? 불만이야?"

"아, 아뇨, 그게 아니고."

여신관이 황급히 손을 내저었다. 그게 아니다. 그게 아니고.

"저는, 그게…… 고블린을—."

—놓치고 말았다.

그날 밤, 그녀는 도망치는 게 늦어져서 휘말려 든 신입 모험가들을 구출하러 움직였다.

그것은 고블린 퇴치하고는 비슷하지만 다른 것이다.

나중에 어떻게 될 것인지를, 지금까지 잔뜩 보고 배웠는데도 불구하고—.

"있잖아."

"아욱?!"

틱. 침울하게 기가 죽어가던 여신관의 콧대가 문자 그대로 꺾여버렸다.

엘프 궁수의 하얗고 가는 손가락이 여신관의 코를 가차 없이 튕긴 것이다.

"넌 딱히 오르크볼그가 아니니까 괜찮아."

"……네."

찌릿찌릿 아픈 코끝을 누르며 생리적인 눈물을 눈꼬리에 맺고서, 여신관이 그녀를 올려다보았다.

엘프 궁수는 흥. 거칠게 콧김을 뿜고서 빈약한 가슴을 내밀며 자신만만하게 말했다.

"애당초, 그 녀석이 좀 이상한 거잖아."

이상하다니까. 빙글, 엘프 궁수가 공중에 그림을 그리듯 양손을 움직였다.

“고블린이 불을 안 붙인 이유가 뭔가 했더니『놈들은 불을 다루는 군사 전술을 발견하지 못했다』라고 하더라.”

그 밖에도, 뭐, 이것저것.

불을 붙인다, 독 기운을 일으킨다, 유적을 무너뜨린다, 구멍을 판다, 물을 쏟아 붓는다, 정말이지 참.

엘프 궁수는 무척 불만스럽다. 정말이지 참. 오르크볼그는 진짜 이상하다니까.

그러니까.

“그런 일만 생각하는 녀석이랑, 자신을 비교하면 안 돼.”

그녀는 이렇게 말하는 것이다.

“다들 다른 것을 생각하고, 다른 식으로 행동하니까 세상이 재미있는 거잖아.”

나는 나, 그 녀석은 그 녀석. 그것은 그렇다 치고 모험을 한다.

엘프 궁수가 보기에는 세상 일은 생각보다 심플한 것이다.

여신관이 무심코 멍하니 그녀를 보았다. 산들바람이 스치자 기다란 귀가 부드럽게 흔들렸다.

—그렇구나.

1년 동안 여신관은 그녀 나름대로 고블린 슬레이어나 다른 사람들을 따라가려고 했다.

그리고 이번에 승급이 인정되었다.

고블린을 퇴치했기 때문이 아니다. 모험가들을 무사히 피난시킬 수 있었던 덕분이다.

그것이 좋은 평가를 받은 것이다.

—그러면, 저는, 이걸로 되는 거네요.

툭. 가슴 속에 무언가가 단단히 자리 잡은 기분이었다.

—아마도 앞으로도 분명히, 그 사람을 따라가게 되겠지만.

저는, 이걸로 되는 거네요.

훌쩍 불어오는 바람이 머리칼을 붙잡자 여신관이 살짝 손으로 눌렀다.

그 동작을 본 엘프 궁수는 뭔가 만족한 것처럼 「좋아!」 하고 힘차게 고개를 끄덕였다.

"그러면, 축하를 해야지! 점심으로 뭔가 사줄게. 뭐가 좋아?"

"에, 아, 괜찮을까요? 저기, 그러면……."

뭘 하지? 어떡하지? 그저 그것만으로 마음이 들뜬다.

기왕이니까요. 뭔가 조금 좋은 걸 부탁해도 신께서도 혼내지 않으리라.

"그러고 보니, 오르크볼그는?"

"아, 네."

여신관은 생긋 꽃이 피듯 미소를 짓고서 다른 사람이 모를 말을 했다.

"작년에는 양보를 해주셨으니까……. 오늘은, 사양할까, 해서요."

§

도시 입구— 길드 바로 옆에 있는 그곳에서 문을 빠져나가 가도를 따라 잠시 걷는다.

기묘한 조합의 두 사람이 어떤 목표를 향하는 것처럼 걷고 있었다.

한 사람은 싸구려 철 투구, 지저분한 가죽 갑옷을 입은— 고블린 슬레이어.

또 한 사람은 로브를 두르고 지팡이를 손에 든 붉은 머리칼의 소년.

소년은 어깨에 짐을 메고 있었다. 언뜻 보기에도 여행차림이었다.

"좀 더 세상을 돌아보고, 기량을 높이고 올 생각이야."

"그런가."

고블린 슬레이어는 고개를 살짝 끄덕였다.

"현자의 학원에는 돌아가지 않나."

"응, 아……. 누나를 바보 취급한 녀석들에게 본때를 보여주고 싶다, 고 생각은 해. 생각은 하지만."

긁적긁적. 볼을 긁적인 붉은 머리칼의 소년은 무거운 짐을 내려놓은 것처럼 가볍게 어깨를 으쓱거렸다.

"아마, 내가 뭘 하든, 놈들은 바보 취급을 할 테니까. 딱히, 됐어."

"……."

"평생 그러고 있으라지."

"그렇군."

소년이 멈춰 서서, 무감정하게 투구를 흔드는 고블린 슬레이어를 올려다보았다.

지저분한 철 투구다. 그 안쪽에 어떤 표정이 있는지는 전혀 알 수 없었다.

기분 나쁘고, 볼품없고, 철저하고, 고블린만 죽이는, 뭔가 이상한 남자다.

도무지 제대로 된 모험가라고 할 수가 없었다.

"나는 역시 당신 마음에 안 들어."

"그런가."

그렇게 말해도 여전히 그의 대답은 담담해서 소년은 무심코 웃어 버렸다.

울컥해서 완고하게 오기를 부렸다. 그래도 이 남자는 화내지 않았다.

어른에게 반항하는 어린애 같잖아, 나는.

"그래. 그래서, 이것저것 생각해봤지."

앞으로에 대해서.

지금까지에 대해서.

누나에 대해서.

잘 대해준 사람들에 대해서.

자신이 저지른 실수.

자신이 이끌어낸 성공.

그리고, 어떻게 되고 싶은지.

"당신을 흉내 내는 건 맘에 안 드니까, 절대로 안 해. 나는—."

그렇다. 나는.

소년은 숨을 들이쉬고, 가슴을 펴고, 당당하게 선언했다.

"드래곤 슬레이어가, 되어주겠어."

그것은 어린애가 들어도 웃어버릴 것 같은, 싸구려 흔해빠진 꿈같은 말이었다.

그것은 누구나가— 모험가가 되든 안 되든 한 번쯤은 그려보는 극히 평범한 소망이다.

그렇게 생각지 않는 자는 없으리라. 드래곤을 죽인다. 최강의 괴물인 용을.

"그런가."

고블린 슬레이어는 역시 고개를 끄덕였다.

"그럼, 나도 따라가 줄게!"

옆에서 밝은 목소리가 울렸나 싶더라니 소녀 한 명이 경쾌한 움직임으로 뛰쳐나왔다.

움직이기 쉬운 경장의 갑옷에 검과 방패. 여행 준비를 갖춘 레아 소녀였다.

역시나 은밀함은 레아의 특기라서 갑작스런 등장에 붉은 머리칼의 소년이 당황하여 눈을 깜빡였다.

"어, 어째서 그렇게 되는 건데?!"

"백자 등급의 주문술사가 혼자 여행하면 엄청 위험하잖아?"

"……너도 백자 전사잖아. 게다가, 여자."

"그렇지 그래. 그러니까 위험하다니까!"

"나는 혼자서 여행할 셈이었어!"

"우연이네~. 나도 그래."

이렇게 말하면 이렇다. 저렇게 말하면 저렇다.

세치 혀로 레아를 이길 수 있는 자는 그리 많지 않다.

"아아, 정말이지. 이래서 레아란 녀석들은……!"

소년이 짜증스레 머리를 헝클었다. 그때.

그런 두 사람의 움직임을 멈추는 일이 일어났다.

믿을 수 없는 것을 보듯이 소년과 소녀는 또 한 사람을 보았다.

정말로 희미하고 아주 약간밖에 들리지 않는다. 그것은—.

"——."

낮게 억눌린, 웃음소리였다.

공허하고, 삐걱거리고, 몇 년이나 쓰지 않았던 문이 열릴 때 나는 소리 같은 웃음소리였다.

고블린 슬레이어가 웃고 있었다.

소리 내어, 웃고 있었다.

"만약, 『시노비』라는 레아를 만나게 되면. 내 이름을 대라."

그 괴팍한 노인이 변덕스레 보살폈던 아이의 이름을 기억하고 있다면—.

"조금 보살펴줄지도 모른다."

그 말을 들은 소년은 볼을 긁적였다.

"기억하고 있으면 전해줄게."

소년은 험악함이 사라진 표정으로 웃었다. 뽑아 들고 있던 칼이 칼집에 들어간 표정이었다.

아아, 정말, 어쩔 수 없지. 여행은 길동무라고 했다. 소년은 소녀에게 고개를 끄덕였다.

"그러면, 가자. ……둘이서."

"응!"

소녀가 웃으며 고개를 끄덕였다. 햇살 속에 피는 꽃 같은 표정이었다.

"또 봐, 고블린 슬레이어 씨!"

"그래."

두 소년소녀— 아니, 모험가들이 한 손을 들고 걷기 시작했다.

그들은 짐을 메고 길을 걸으며, 서로 찔러대고, 웃고, 들떠 있었다.

사이가 좋았던 것은 아니리라. 고블린 슬레이어는 그렇게 생각했다.

이제부터 시작되는 것이다. 우정인지, 신뢰인지, 혹은 다른 무엇인지. 좋은 것이든 나쁜 것이든.

자신의 말이 두 사람에게 도움이 될까? 고블린 슬레이어는 확신하지 못했다.

상대는 그 노옹이니까.

그러나, 여행의 도움은 얼마든지 있어도 곤란할 것 없다. 그런 것이다.

고블린 슬레이어는 철 투구 안쪽에서 희미하게 눈웃음을 짓고, 천천히 몸을 돌렸다.

성큼성큼, 평소처럼 걸었다.

이제부터 할 일이 변한 것은 아니었다.

내일도 그는 고블린을 죽일 것이다.

모레도, 글피도.

앞으로, 계속.

휴식도, 훈련도, 장비의 구입도, 모든 것이 오로지 고블린을 죽이기 위해서.

왜냐하면— 그는 고블린 슬레이어니까.

"끝났어?"

그가 멈춰선 것은 목장으로 가는 샛길 근처였다.

나무의 뿌리 쪽, 나무그늘 속에 소꿉친구가 느긋하게 서 있었다.

"그래."

그가 대답하자 그녀는 훌쩍 줄기에서 떨어져 옆에 섰다.

같이 돌아가자. 말하지 않아도 서로 그런 의사를 알 수 있었다.

설렁설렁 걷기 시작한 그녀에 맞춰서 그는 살짝 걷는 속도를 늦추었다.

그녀를 추월하지 않도록. 그녀에게 뒤처지지 않도록.

"녀석들은, 여행을 떠난다고 한다."

"그렇구나."

"그래."

"……연못, 말라버렸다며?"

"그래."

그는 말한 다음에 조금 생각하고, 이윽고 조용히 말을 이었다.

"……미안하다."

"……응."

그 일에 대한 이야기는, 그걸로 끝이었다.

그녀는 아무 말도 하지 않았다.

그도 아무 말 하지 않았다.

마을의 터에 훈련장이 생기고, 본격적으로 움직이기 시작한 것도.

훈련장을 습격한 고블린 놈들을 그가 죽여버린 것도.

그가 갱도에 물을 끌어들인 탓에 지반이 물러져버린 것도.

그 연못 주위에 무언가 세우는 것이 어려워진 것도.

아무것도— 아무것도.

하늘은 파랗고, 나무들의 잎이 파릇파릇하게 우거지고, 초목은 바람에 산들거리고, 햇살에 땀이 날 정도다.

가도를 따라서, 도시로 돌아오는 도중에 샛길로 빠져서 목장으로 가는 길.

마음을 전하기에는 너무나 짧다. 그렇지만 마음이 통하지 않고 걷기에는 너무나 길다.

"……있지."

문득 그녀는, 타탓 달려서 고블린 슬레이어의 앞으로 나섰다.

그리고 손을 뒤로 깍지 끼고, 빙글 돌아보았다.

"어쩐지, 기뻐 보여."

"……음."

낮게, 그는 신음했다. 생각지도 못한 일이었다.

"그래 보이나?"

"보이지 않을 리가 없지."

"……그렇군."

그녀는 자연스레 말하고 흐흥, 자신만만하게 풍만한 가슴을 내밀었다.

"그대에 대해서, 모를 리가 없는 겁니다."

거창한 말투다.

함께 광야를 뛰어다니던 옛날하고 전혀 변함없는 즐거운 동작.

"뭔가, 좋은 일 있었어?"

"……그래."

고블린 슬레이어가 고개를 끄덕였다. 그리고 돌아보았다.

파란 하늘 아래 뻗어 있는 가도. 그 너머에 간신히 보이는, 멀어지는 두 사람의 형체.

언젠가— 그것은 내일일까, 내년일까, 10년, 100년 뒤일까?

붉은 머리칼의 마법사가 이룬 용 살해(드래곤 버스터)의 무훈이 노래로 이어질지도 모른다.

드래곤 슬레이어 두 사람의 공적이 전설이 되는 날이 올지도 모른다.

있을 수 없는 일.

어린애 같은 꿈이다.

그렇게 말하는 것은 참으로 쉽다.

그러나, 만약에.

만약에 정말로, 언젠가 그렇게 된다면, 그것은—.

"무척, 좋은 일이다."

그렇구나. 소치기 소녀가 볼을 풀면서 중얼거렸다. 그녀와 함께, 그는 천천히 돌아가는 길을 걸었다.

■작가 후기

안녕하세요? 카규 쿠모입니다!

고블린 슬레이어 6권, 여러분 재미있으셨나요?

고블린이 나와서 여신관이 이렇게 저렇게 노력해서 어떻게든 해보려는 이야기였습니다.

열심히 쓰고자 했으니 재미있으셨다면 좋겠습니다.

"악의 여간부, 필살작업인, 비참한 과거의 정보상, 산의 주인. 고교생더러 어떻게 하라는 거야!"

"활을 쏘면 되지. 활만 잘 쏘는 맨!"

참고로 지난 권에서 이야기한 댄서 캐릭터는 초연옥(超煉獄) 댄서가 되어 스타덤에 올랐습니다.

주인님, 옥(獄)입니다 옥! 주인님의 술법으로 무도 기능 4배에다 신화적 달성치로 피니쉬입니다!

……원래는 그냥 검사였는데 말이죠. 역시 기술을 배우면 도움이 되는 겁니다. 과연 주인님!

활만 잘 쏘는 맨도 강하게 살아갔으면 좋겠어요.

실제로 인생이 어떻게 될지 알 수 없는 일이라, 고블린 슬레이어도 6권째.

여기까지 온 것도 모두 여러분 덕분입니다. 마음 속 깊이 감사합니다.

칸나츠키 노보루 선생님, 매번 근사한 삽화와 캐릭터 디자인 정말 감사합니다!

레아 검사 양은 제가 캐릭터 메이크했을 때 이미지 그대로라서 정말로 귀엽네요……!

쿠로세 코우스케 선생님, 매달 매달 코미컬라이즈를 기대하면서 읽고 있습니다.

이번 권이 나올 무렵에는 원작 1권의 결전에도 결판이 날 무렵. 자, 거기다, 마무리를 지어!

독자 여러분, 웹에서 응원해주시는 여러분. 언제나 정말로 감사합니다.

정리 사이트 관리인님, 매번 정말로 신세지고 있습니다. 정말 감사합니다.

게임 동료 여러분, 창작 관련 친구들, 언제나 상대해줘서 고마워……!

편집부 여러분, 출판이나 선전, 유통, 번역(!) 관계자 여러분, 감사합니다!

……아직 제 작품이 바다를 넘어 여러 사람이 읽고 있다는 실감이 없습니다.

정말로 이제 그만 눈을 뜨고서 침대 위라는 걸 깨닫는 거 아닐까요?

그러면, 다음 권은 엘프 양의 고향에 고블린이 나와서 퇴치하는 이야기가 될 거라 생각합니다.

앞으로도 열심히 작품을 써나갈 셈이니, 부디 잘 부탁드립니다.

■역자 후기

불초 역자가 돌아왔습니다.

경사스런 소식이 있습니다. 「데스마치에서 시작되는 이세계 광상곡」에 이어서 「고블린 슬레이어」 애니화가 결정됐습니다. 2018년 안으로 방송이 된답니다. L노벨 번역작 중에서는 두 번째가 되는군요. 기실 고블린 슬레이어의 판매량이나 GA문고의 동향을 볼 때 제법 빠른 시일 안에 애니화가 되리라고 이미 예상하고 있기는 했습니다만 그래도 역시나 뿌듯합니다. PV영상에서 나온 고블린 슬레이어는 역시나 마왕군 간부가 아닌가 싶은 포스를 보여주더군요. 하하하. 유튜브 동영상에 댓글도 달았어요.

독자 여러분도 만족하실 수 있는 좋은 애니가 되면 좋겠습니다.

지난번 후기에서 역자는 알루미늄 예찬으로 후기 분량을 채웠습니다만, 이번에는 테붓제(Tebutje)라는 것에 대해서 논해볼까 합니다. 생소하죠? 흔히 나오는 무기는 아닙니다. 이게 오세아니아 전역에서 사용되던 무기라고 하는데 하와이 쪽에 전통 무기로 전래되고 있습니다. 상어이빨 목검이라는 이름처럼 날 폭이 널찍한 목검 형태의 틀을 만들어놓고 거기다가 질긴 끈으로 상어이빨을 고정해서 톱날처럼 배치한 무기죠. 아마 금속 가공 기술도 발달하지 않은 문명권인데다가 워낙 바다에서 오래 지내다 보니 녹이 스는 금속보다는 나무와 상어이빨을 조합한 무기가 관리가 편했던 것으로 추정됩니다.

이게 어느 정도 마이너인가 하면 일어 원문으로 아무리 검색해도 알파벳 스펠링이 안 나와요! 음하하하! 일어 원문으로 검색하면 소●월드 2.0 위키 같은 거 뜨고 말이죠. 상어이빨이 관련 있다길래 찾아 봐도 안 나오고요. 영문으로 shark tooth weapon이라고 검색하면 사진이 주르륵 뜨는데 Leiomano나 Hawaiian koa라는 것만 뜨지 당최 어디서 일어 원문의 이름이 나왔는지를 알 수가 없어요! 하하하하!

그래도 열심히 시도한 끝에 결국 나온 알파벳 스펠링은 일단 Terbutje입니다만. 테르뷰체, 터뷰체, 테르부체, 터부체 등등등. 아무리 시도해봐도 제대로 된 검색 결과가 나오질 않아요. 어째서! 그러던 중에 발견한 수상한 스펠링이 바로 Tebutje였습니다.

검색해보면 독일어입니다. 심지어 위키 항목도 독일어밖에 없어요. 어째서? 하지만 중요한 건, 테븃제라고 한국어로 검색하면 제대로 된 검색 결과가 뜬다는 겁니다. 극소수지만요! 크으. 이 결과를 보기 위해 낭비된 검색어를 생각만 해도 눈물이 앞을 가립니다. 솔직히 멋있는 무기 같기도 해요. 여러분, 역자가 이렇게 검색 능력이 필요한 직업입니다.

아, 그리고 이번에 등장한 신관 전사가 역자의 눈길을 끌더군요. 만화판 3권을 보셨다면 아하 싶으실 겁니다. 동일 인물은 아니겠지만 만화 3권의 그녀와 본문의 신관 전사는 아마도 같은 여신을 모시는 신관이니까요. 만화 3권에서 특히 눈길을 끄는 베테랑 모험가 중 하나인지라 설정이 궁금했는데 소설에서 설명을 해주니 좋군요. 작가 후기에서 언급되는 그 목장 결전에 나오는 캐릭터인지라 전후 관계가 어떤지는 모르겠지만 아무튼 작가님도 코미컬라이즈 담당 만화가님도 일을 멋지게 하고 계십니다.

그리고 작가 후기에서 역자를 언급해주시는 것도 또 처음인 것 같아요. 앞으로도 정말 열심히 해야겠습니다.

그럼 여러분, 다음에 또 봬요!

고블린 슬레이어 6

1판 1쇄 발행 2018년 5월 20일
1판 4쇄 발행 2020년 9월 2일

지은이_ Kumo Kagyu
일러스트_ Noboru Kannatuki
옮긴이_ 박경용

발행인_ 신현호
편집부장_ 윤영천
편집진행_ 김기준 · 김승신 · 원현선 · 권세라 · 유재슬
편집디자인_ 양우연
국제업무_ 정아라 · 전은지
관리 · 영업_ 김민원 · 조은걸 · 조인희

펴낸곳_ (주)디앤씨미디어
등록_ 2002년 4월 25일 제20-260호
주소_ 서울시 구로구 디지털로 26길 111 JnK디지털타워 503호
전화_ 02-333-2513(대표)
팩시밀리_ 02-333-2514
이메일_ lnovelpiya@naver.com
L노벨 공식 카페_ http://cafe.naver.com/lnovel11

ISBN 979-11-278-4500-1 04830
ISBN 979-11-278-4050-1 (세트)

값 9,800원